AF139672

ELLEN HEINZELMANN

MAURICE
Die Vergangenheit hat einen Namen

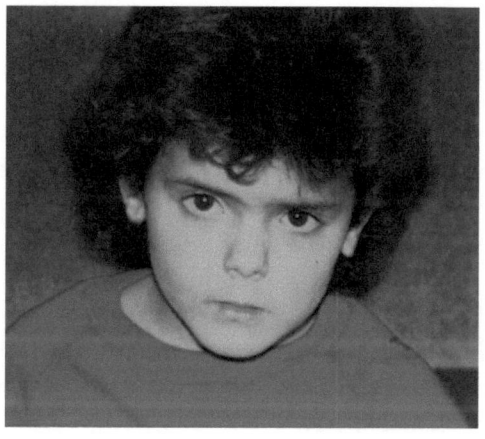

Die Autorin

Ellen Heinzelmann, Fachfrau für Marketing und Kommunikation, wurde 1951 im Kreis Waldshut geboren. Während ihrer langjährigen beruflichen Tätigkeit - zuletzt als Marketing- und PR- Verantwortliche in einer Organisation des öffentlichen Rechts in Basel - übersetzte sie Texte vom Deutschen ins Französische und Englische, wirkte als Dolmetscherin bei Vertragsverhandlungen in Paris. Sie schrieb viele Artikel in Fachzeitschriften und Heimatbüchern, war Redakteurin eines offiziellen, branchenbezognenen Vereinsorgans, entwarf Broschüren und Werbematerialien und organisierte umfangreiche geschäftliche Events. Sie lektorierte Fremdtexte und wirkte als Ghostwriterin. Die geschriebene Sprache hatte schon in früher Kindheit große Faszination auf sie ausgeübt. Heute, nach dem Ausstieg aus dem Berufsleben, ist sie ihrer Berufung gefolgt. Mit ihrem Debütroman "Der Sohn der Kellnerin", eine nicht alltägliche Geschichte, startete sie 2011 ihre Schriftstellerlaufbahn und nahm ihre Leser gleich mit auf eine emotionale Reise.

www.ellen-heinzelmann.de

Ellen Heinzelmann

Maurice

Die Vergangenheit hat einen Namen

Das Buch

Andrea Falcon kann zufrieden sein. Sie ist glücklich
verheiratet mit Norman, hat zwei niedliche Töchter
und lebt in einem großen Haus in Binningen, Basel-
Landschaft. Eine Welt bricht für sie zusammen, als
Norman ihr unerwartet von seinem Sohn beichtet,
der das Resultat eines amourösen Abenteuers vor
acht Jahren während eines Workshops in Montpellier ist und von dem er bis dato nichts wusste. Damals waren sie und Norman zwar noch nicht verheiratet aber schon als Paar zusammen und so fühlt
Andrea sich schändlich betrogen. Von einem Tag
auf den anderen verändert sich ihr Leben drama-
tisch, als der Junge namens Maurice auch noch in
der Familie in Binningen leben soll.
Ihre Ehe droht langsam aber sicher zu zerbrechen.
Zur gleichen Zeit kursieren in den Medien Nach-
richten über kriminelle Machenschaften in der Region von Basel-Landschaft. Es geht um Drogen und
Mord. Eigentlich zwei ganz verschiedene Geschichten, die am Ende dennoch auf unerwartete Weise
zusammenlaufen.

Bibliografische Information der Deutschen National-bibliothek

Die Deutsche Nationalbibliothek verzeichnet diese Publikation in der Deutschen Nationalbibliografie; detaillierte bibliografische Daten sind im Internet über dnb.d-nb.de

----

FSC®-zertifiziertes Papier
BoD druckt Bücher der Umwelt zuliebe auf FSC®-zertifiziertem Papier! Das heißt, dass für alle über BoD produzierten Bücher (ob Hardcover, Paperbacks oder Booklets) ausschließlich Papiere eingesetzt werden, die vom FSC zertifiziert wurden und somit aus einer verantwortungsvollen Forstwirtschaft stammen.

Layout und Umschlaggestaltung: Ellen Heinzelmann
Titelfoto: Roland Kunz / Bildmaterial: Pavla Fuksova

Herstellung und Verlag: BoD - Books on Demand, Norderstedt; www.bod.de

ISBN: 978-3-7386-3651-2

1

»Falcon!«

»Spreche ich mit Dr. Norman Falcon?«, ertönt eine ruhige Stimme mit französischem Akzent am anderen Ende der Leitung.

»Ja, und wer sind Sie?«, erwidert Norman.

»Oh, entschuldigen Sie bitte. Mein Name ist Leroy, Gérard Leroy …«, antwortet der Fremde und bevor er weiterreden kann, fährt Norman etwas ungeduldig mit der nächsten Frage weiter: »Und, was kann ich für Sie tun, Monsieur Leroy?«

»Ich habe ein Anliegen, das ich unbedingt mit Ihnen besprechen müsste. Könnten wir vielleicht …« Und wieder wird er von Norman unterbrochen. »Dann sagen Sie mir bitte, was Ihr Begehr ist! Ich habe nicht viel Zeit.«

»Nun, ich weiß nicht … ich denke, das Telefon eignet sich nicht dafür, ein … na ja, sagen wir mal ein brisantes Anliegen an Sie heranzutragen. Könnten wir uns heute oder morgen irgendwo treffen?«, erklärt Leroy etwas geheimnisvoll.

»Monsieur Leroy, ich habe weder Lust noch Zeit, mich mit wildfremden Menschen zu treffen, um mich mit diffusen Themen auseinanderzusetzen. Wenn Sie mir nicht sagen können, worum es sich handelt, dann betrachte ich dieses Gespräch jetzt als beendet.«

»Oh nein, bitte nicht Monsieur Falcon. Legen Sie bitte nicht auf. Es ist wirklich sehr wichtig. Genügt es

Ihnen, wenn ich Ihnen sage, dass es sich um Nathalie Marchand handelt?«, erwidert der Anrufer mit beschwörender Stimme.

›*Nathalie Marchand*‹ hämmert es in Normans Kopf. ›*Nathalie Marchand.*‹ Plötzlich bilden sich auf seiner Stirn kleine kalte Schweißperlen, so als fühle er sich bei einem schlimmen Streich ertappt. ›*Oh mein Gott, Nathalie … *‹ Der Nachname klang für ihn für einen Moment fremd, denn sie hatten sich, nachdem sie sich damals näher kennengelernt hatten nur noch beim Vornamen genannt. Doch diese Erinnerungslücke dauerte wirklich nur einen kurzen Moment, für die Dauer eines Wimpernschlags, nämlich nur so lange, bis er vor seinem geistigen Auge das Namensschild am Revers ihres Kostüms sah. ›*… wie lange ist das her?*‹

»Monsieur Falcon? Sind Sie noch da?«, fragt Leroy in Normans Schweigen hinein.

»Ja, ja, ich bin noch da. Ich überlegte gerade. Ich begegnete nur einmal einer Nathalie, eine Französin aus Montpellier«, erwidert Norman etwas verlegen, als müsse er vor dem Anrufer etwas verbergen.

»Ja, es war Oktober 1987, FAO-Workshop in Montpellier.«

Als wüsste er es nicht schon selbst genau. So etwas vergisst man nicht. Normans Blick entfernt sich, als würde er geistig in die Vergangenheit reisen. Es scheint eine Ewigkeit her zu sein, dieser Workshop der United Nations Food and Agriculture Organization. Nathalie war Dolmetscherin und dort im Organisations-Komitee tätig. Sie fungierte während der Veranstaltung als Hostess, die die internationalen Workshop-Teilnehmer betreute.

Wieder wird er durch den Anrufer aus seinen Gedanken gerissen.

»Monsieur … ?«

Norman zuckt zusammen.

»Wie sieht es aus, Monsieur Falcon? Können wir uns treffen?«, hakt Leroy nach. Er spricht ein perfektes Deutsch, das durch den französischen Akzent einen besonderen Charme erhält.

»Okay, ja … ähm, nein … natürlich nicht. Sagen Sie mir erst warum wir uns so dringend treffen müssen. Ich wüsste nicht, was ich mit Ihnen bezüglich Nathalie Marchand zu besprechen hätte. Ich traf sie nur kurz in Montpellier, danach nie mehr wieder. Ebenso wenig standen wir in Kontakt miteinander, weder schriftlich noch telefonisch.« ›*Dennoch bringen die Gedanken an Nathalie dein Blut in Wallung*‹, denkt er über sich selbst genervt. ›*Mensch Norman, du bist doch kein unbeholfener, frisch verliebter kleiner Junge mehr. Benimm dich wie ein Mann, der mit beiden Beinen fest im Leben steht* ‹, versucht er sich selbst in Gedanken zur Raison zu bringen.

»Ich bin ein guter Freund und Anwalt von Nathalie und sie hatte mich beauftragt, mit Ihnen in Kontakt zu treten. Bitte, Monsieur Falcon, können wir uns heute sehen?«, fleht Leroy.

»Ich verstehe nicht, warum Nathalie nicht selbst mit mir in Kontakt tritt, wenn sie mir etwas so Dringliches zu sagen hat und schickt stattdessen Sie vor?«, fragt Norman nun wieder etwas gefasster.

»Das möchte ich Ihnen gerne unter vier Augen erklären, Monsieur. Es ist sehr wichtig. Geht es Ihnen vielleicht heute Mittag oder heute Abend?«

Norman räuspert sich etwas unwillig. Eigentlich hatte er keine Lust, sich auf etwas einzulassen, das so mysteriös an ihn herangetragen wird. Doch auf der anderen Seite ist er irgendwie auch neugierig geworden. »Also gut … heute Mittag«, sagt er schließlich zu, »aber nur kurz, für die Dauer eines Mittagessens.«

»Das reicht lange hin. Ich danke Ihnen Monsieur. Und wo wollen wir uns treffen?«, antwortet der Fremde nun erleichtert.

»Kennen Sie das Restaurant Bajazzo in der Clarastraße?«

»Oh, das trifft sich gut, Monsieur, ich logiere hier im Hotel Europe, über dem Restaurant.« Er hatte bewusst dieses Hotel gewählt, weil es sich ganz in der Nähe von Normans Firma befindet. »Welche Uhrzeit? Ich könnte gleich einen Tisch für zwei Personen reservieren lassen.«

»Gut. Ich werde um ca. zwölf Uhr dreißig da sein, plus/ minus fünf Minuten.«

Sie beenden ihr Gespräch. Doch bevor Norman sich weiter an seine Arbeit macht, sitzt er einen Moment gedankenverloren da und starrt vor sich hin. Sein Blick fällt auf das Foto, das vor ihm auf seinem Schreibtisch steht. Es zeigt seine Frau Andrea, eine interessante Frau mit markanten ausgeprägten Gesichtszügen, rotbraunen Haaren und grünbraunen Augen sowie die beiden fünfjährigen Töchter Sarah und Laura. Die beiden eineiigen Zwillinge gleichen sich aufs I-Tüpfelchen. Ihre kastanienbraunen Locken tragen sie zu Schwänzen links und rechts über den Ohren zusammengenommen. Das Foto wurde dieses Jahr im Vergnügungspark Rust aufgenommen. Seine Familie mutet an wie eine Bilderbuchfamilie, um die ihn so mancher Kollege beneidet. Er schätzt sich überaus glücklich, denn alles in seinem Leben lief bis jetzt erfolgreich, immer schnurgerade aufwärts. Er liebt Andrea und seine Kinder und sie bewohnen ein schönes großes Haus am Neuhofweg in Binningen, schlechthin bekannt als Millionenhügel der Region. Er hatte das Haus über eine Immobilienfirma kurz vor seiner Hochzeit mit Andrea 1989 zu einem guten Preis erstanden, denn die Voreigentümer verließen die Schweiz sehr überraschend und wollten das riesige Haus möglichst schnell loswerden.

Doch schon bevor Norman eine Familie gründete, verlief sein Leben angenehm, gradlinig und störungsfrei. Aufgewachsen in Princeton, New Jersey, erlebte er eine behütete Kindheit. Dann startete der äußerst begabte Junge eine beispielhafte Karrierelaufbahn. Sämtliche Auszeichnungen außerordentlicher Leistungen während der Schulzeit vereinte er auf sich. Während seines College-Studiums erntete er für seine Projektarbeit in Agricultural Sciences die Auszeichnung First Class Honors und das College beendete der 23Jährige ebenso erfolgreich mit dem Bachelors Degree in Microbiology, und wie sollte es auch anders sein, mit einem Special Award. Das anschließende Studium im Fach Microbiology an der mathematisch-naturwissenschaftlichen Fakultät der Princeton University absolvierte er in vier Jahren. Seine Inaugural-Dissertation erhielt die Auszeichnung ›with greatest honor‹, was dem ›summa cum laude‹ entspricht. Im Anschluss daran ging er in die Forschung. 1981 kam er 28jährig über seinen Arbeitgeber, die Sitravon AG Princeton, in die Muttergesellschaft nach Basel, in der er heute arbeitet. Schon ein Jahr später lernte er die aus Freiburg im Breisgrau stammende Andrea kennen und es war Liebe auf den ersten Blick. Sieben Jahre später heirateten sie und die

Geburt der Zwillinge im darauffolgenden Jahr machte ihr Glück perfekt. Andrea gab ihren Job als Fachreferentin Anglistik an der Unibibliothek Basel auf. Obwohl Norman als Mikrobiologe, genügend verdient, um gut leben zu können, übersetzt Andrea von zu Hause aus, neben ihrer Rolle als Hausfrau und Mutter, wissenschaftliche Texte vom Deutschen ins Englische und umgekehrt, um nicht aus der Übung zu kommen, zumal sie in ein paar Jahren ihren Beruf wieder aufnehmen will.

Alles lief bestens … bis jetzt. Ein ungutes Gefühl beschleicht ihn. Was will dieser Franzose von ihm? Was will Nathalie von ihm? Er schreckt plötzlich aus seinen Gedanken hoch, als das Telefon erneut klingelt. Es ist Regula Studer seine junge Assistentin:»Hallo Norman, ich bin's, Regula, du wolltest um neun Uhr bei uns unten in der Forschung sein. Wir warten seit einer guten Viertelstunde auf dich.«

»Ach du meine Güte«, Norman blickt auf die Wanduhr über der Türe. Fast zwanzig nach neun. »Sorry, ich war so vertieft und … ich komme … gleich, in zwei Minuten bin ich da.«

Er steht auf und geht zur Tür. Irgendwie fühlen sich seine Beine bleiern an.

2

Als Norman beim Restaurant Bajazzo im Europe Hotel ankommt, sieht er schon von außen einen einzelnen Herrn am letzten Zweiertisch sitzen. Sie wechseln durch die Scheibe einen flüchtigen Blick und beide wissen in diesem Moment schon, dass es sich jeweils um die Person des Spontantreffens handelt. Norman geht schnurstracks auf den Tisch zu und sofort erhebt sich der dort wartende Gast, ein mittelgroßer, gepflegt aussehender Herr in den Vierzigern.

»Monsieur Leroy?«, sagt Norman mit leicht angehobener fragender Stimme, während er ihm seine Hand entgegenstreckt.

»Oui, Monsieur Falcon, ich bin Gérard Leroy. Ich danke Ihnen, dass Sie so spontan zugesagt haben. Setzen Sie sich doch bitte. Ich habe dem Kellner gesagt, dass er gleich kommen soll, sobald mein Gesprächspartner, also ... ähm Sie ... da sind.«

»Nun, ich bin gespannt, was Sie mir zu erzählen haben, das so unaufschiebbar dringend zu sein scheint«, antwortet Norman höflich und nimmt am Tisch seines Gesprächspartners Platz. Er betrachtet sein Gegenüber sehr genau. Er muss gestehen, dass dieser gepflegte Herr sehr gut aussieht. Das dunkle, graumelierte Haar und die ebenso dunklen Augen, die interessiert durch eine schwarzgerahmte Brille schauen, sein dunkler Anzug, der nicht von der Stange gekauft worden zu sein scheint, geben ihm ein Aussehen von auffallend ausgesuchter Eleganz. Er hatte ihn sich nach dessen leicht unterwürfig anmutenden Telefongespräch anders vorgestellt. Auch Leroy studiert sein Gegenüber sehr aufmerksam. Für diesen Moment herrscht ein fast beklemmendes Schweigen zwischen den beiden.

»Angenehm, Sie kennenzulernen«, eröffnet nun Leroy das Gespräch, »Sie entsprechen exakt Nathalies Beschreibung, sofern ich das in der Kürze beurteilen darf, und …«, weiter kommt er nicht, denn der Kellner tritt an den Tisch der beiden. »Guten Tag die Herren. Was darf ich Ihnen servieren?«, fragt er mit einer leichten Verbeugung.

»Haben Sie bezüglich des Mittagessens schon eine Wahl getroffen Monsieur Leroy«, fragt Norman höflich.

»Oh nein, ich habe auf Sie gewartet und dachte, Sie als Einheimischer könnten mir sicher eine Empfehlung geben«, antwortet Leroy wieder in diesem distinguiert höflichen Tonfall.

Norman blickt zum Kellner und fragt ihn, wie er es immer tut, wenn er hier essen geht: »Was können Sie mir heute empfehlen, Luca?«

»Als Vorspeise empfehle ich Ihnen Onion Soup Gratinée avec Crouton & Gruyère, anschließend Entrecôte à votre choix Café de Paris, mit einem Salatbouquet und Pommes dauphines.«

»Hört sich gut an. Monsieur Leroy möchten Sie sich dieser Empfehlung anschließen oder lieber etwas anderes aus der Karte aussuchen?«, fragt Norman, bevor er seine Bestellung aufgibt. »Ich berate Sie natürlich gerne.«

»Nein, das passt wunderbar. Ich nehme gerne den Menu-Vorschlag.«

»Gut, Luca, bringen Sie uns zweimal den Menu-Vorschlag.

Als Wein dazu bringen Sie uns bitte einen Château de Capitoul les Rocailles rouge aus dem Languedoc, es sei denn Sie haben eine andere Empfehlung.«

»Ihre Weinauswahl passt hervorragend Herr Falcon. Sie sind ein ausgezeichneter Kenner. Bevorzugen Sie noch einen Aperitif vor dem Essen? Vielleicht einen Martini oder …«, mit Blick zum Franzosen, »… einen Pastis 51?«

Norman bestellt sich noch den Martini und Leroy einen Pastis 51.

Nachdem der Kellner gegangen war, blickt Norman Leroy neugierig an, in Erwartung dessen, was dieser ihm zu erzählen hat. Leroy reagiert sofort.

»Monsieur Falcon, bevor ich anfange zu erzählen, nehmen Sie bitte dieses Schreiben von Nathalie. Dann ergibt für Sie alles, was ich mit Ihnen im Nachhinein besprechen will einen Sinn«, sagt er und überreicht Norman ein verschlossenes Couvert.

Norman blickt Leroy verständnislos in die Augen. Er wendet den Blick auch nicht ab, als er das Couvert öffnet. Während er dem Umschlag drei zusammengefaltete Blätter entnimmt, beschleunigt sich sein Herzschlag. Ja, er muss sich selbst eingestehen, dass er innerlich ziemlich erregt ist, als er die Blätter auseinanderfaltet und plötzlich Nathalies Handschrift erkennt. Leroy beobachtet ihn aufmerksam, als Norman den Brief liest.

»*Mon cher Norman*«

Schon bei dieser Anrede schlägt Normans Herz bis zum Hals. Er glaubt Nathalies schöne dunkle Stimme mit dem sympathischen französischen Akzent zu hören

und er fühlt einen Kloß im Hals, den er herunterzu-
schlucken versucht. Doch sein Hals fühlt sich wie zu-
geschnürt an.

»*Wenn Du diese Zeilen liest, bin ich nicht mehr. Die Tatsache, dass Du meinen Brief in dieser Minute in Deinen
Händen hältst, zeigt, dass du Monsieur Leroy, den Über-
bringer meines letzten Willens, nicht abgewiesen hast. Dafür
danke ich Dir.*«

›Letzter Wille‹, schießt es Norman durch den Kopf.
›Oh mein Gott‹.

»*Ich habe Dich seit unserer Begegnung im Oktober 1987
nie vergessen und die wunderschönen Erinnerungen unserer
kurzen leidenschaftlichen Begegnung tief in mir drinnen, wie
einen wertvollen Schatz aufbewahrt.*

*Ja, als sich unsere Wege damals trennten, wusste ich,
dass unsere Begegnung nichts weiter als ein kostbarer Augenblick im Kreislauf der Ewigkeit sein würde, ein kurzes
Verharren, als würden alle Zeiger still stehen. Dieser Augenblick, er ging vorbei und hinterließ seine Spuren unaus-
löschlich in zwei Herzen, wovon eines schon versprochen
war.*

*Ja, Du warst damals, wenn auch noch nicht verheiratet
doch in festen Händen, wie Du es nanntest, und trotz dieses
Wissens habe ich mein Herz und mich ganz Dir hingegeben.
Ich wusste, dass der Abschied schmerzhaft sein würde, und
dennoch wagte ich es, diesen Augenblick voll zu genießen. Er
war zu verführerisch um ›nein‹ zu sagen.*

*Erinnerst Du Dich noch an diese wunderbar duftende
dunkelrote Rose, die Du mir gabst und wie Du sagtest:
›Siehst du diese Schönheit und die Perfektion der Formen?
Die Natur ist voll dieser makellosen Wunder. Ich vergleiche
dich mit dieser Rose, Nathalie.‹*

Ja Norman, diese Rose habe ich über die Jahre hinweg aufbewahrt. Auch wenn sie in der Zwischenzeit getrocknet ist und ihre Farbe den satten Glanz verloren hat, hat sie nichts von ihrer Schönheit eingebüßt und die süße Botschaft, die ich damit verbinde, hallte bis heute in mir nach.

Doch Du hast nicht nur eine unvergessliche Spur wundervoller Erinnerungen in mir hinterlassen, sondern auch wachsendes Leben. Während mein kleiner Junge, ich gab ihm den Namen Maurice, in mir heranwuchs, saß ich oft an dem Fleck in Palavas-les-Flots, wo wir in inniger Umarmung saßen und aufs Wasser schauten. Alles um uns herum war von der untergehenden Sonne so wunderbar angestrahlt, so als würde alles aus eigener Kraft von innen heraus leuchten. Wir hatten nicht viel gesprochen … die Stimmung war zu wundervoll, um sie zu verplaudern.

Meine Sehnsucht nach Dir hat mir in den darauffolgenden Jahren nie gestattet, mich an einen anderen Mann zu binden. Ich lernte zwar nach Dir noch einen sehr liebevollen Mann kennen, der meinen Sohn liebte und ein guter Vater für ihn geworden wäre. Er war ein feiner Mensch, der nicht nur schlichte Zuneigung, sondern wahre Liebe und Treue verdient hätte. Doch zu mehr als Freundschaft reichten meine Gefühle nicht aus, ohne dass ich mich als Betrügerin gefühlt hätte. Nie mehr in meinem Leben empfand ich diese Liebe und Leidenschaft, wie Du sie in mir zum Erwachen brachtest. So widmete ich meine ganze Zuneigung voll und ganz meinem geliebten kleinen Maurice, der Ende Juni sieben Jahre alt wurde.

Jetzt, im Anblick des Todes, da ich dieses Schreiben verfasse und anschließend bei meinem Freund und Anwalt Gérard Leroy hinterlegen werde, empfinde ich die Erinnerungen noch stärker denn je, und es schmerzt in meinem Herzen.

17

Es ist so schwer, Abschied zu nehmen. Ich bin erst 32 Jahre alt und der Krebs hat meinen Körper erbarmungslos zerstört, so dass mir der Arzt nur noch wenig Zeit lässt, die ich mit meinem geliebten Maurice verbringen darf. Ich habe Angst ... Angst vor dem Sterben und Angst um Maurice, den ich alleine zurücklassen muss.

Glaube mir, mon Cher, in gesunden Tagen wäre ich nie auf die Idee gekommen, Dich zu behelligen. Es lag mir immer fern, in Deine Familie (ich nehme an, dass du in der Zwischenzeit eine Familie gegründet hast) einzudringen und etwas zu zerstören, was in Harmonie lebt. Aber nun, im Anblick des Todes quält mich die Sorge um Maurice ... Dein Sohn.

Ich weiß, es ist viel verlangt, aber bitte, mon Cher, nimm Dich Deines Sohnes an. Erlaube ihm, in Deiner Familie eine unbeschwerte Kindheit zu erleben. Stoße ihn nicht von Dir. Er ist ein Kind der Liebe und in Liebe und Verständnis aufgewachsen. Ein Heim-Dasein würde seine kleine Seele zerstören. Ich habe, außer einer alten liebevollen Tante, leider keine Verwandten, denen ich meinen Schatz anvertrauen könnte, und so bleibt mir nur dieser Weg zu Dir als Alternative. Deine Frau wird bestimmt verstehen, wenn Du ihr die Einmaligkeit unserer Vereinigung vor Eurer Ehe, die uns so unerwartet traf und ebenso unerwartet nicht ohne Folgen blieb, erklärst. Sie hat ganz bestimmt ein gutes Herz und wird ein Kind nicht hoffnungslos seinem Schicksal überlassen. Ich habe Dich als gefühlvollen Mann mit Herzenswärme kennengelernt, der allem Schönen zugetan ist. Eine gefühllose Frau an Deiner Seite würde nicht zu Deinem Naturell passen, und ich denke, dass Du auch nie Dein Herz an jemanden ohne Einfühlungsvermögen verschenkt hättest, da bin ich mir sicher.

Ich flehe Dich an ... es ist mein letzter Wille in meinem ach so kurzen Leben.

Deine Nathalie über den Tod hinaus

PS: Dieses Schreiben ist nur für Dich persönlich bestimmt Mein letzter Wille ist nochmals als offizielles Papier, gezeichnet und notariell bestätigt, hinterlegt.

Montpellier, 20. August 1995

Norman lässt den Brief auf den Tisch sinken. Er hatte gar nicht gemerkt, wie der Kellner zwischenzeitlich die beiden Aperitifs auf den Tisch stellte. Leroy hatte dabei den Kellner auch gebeten, den Wein erst auf sein Zeichen hin zu servieren.

Zutiefst erschüttert und mit feuchten Augen starrt Norman aus dem Fenster. Stumm blickt er auf die grüne Straßenbahn der Basler Verkehrsbetriebe und die Menschen die am Fenster vorbeiziehen. Ja, an jedes Detail von damals erinnert er sich, so als wäre es erst gestern gewesen. Er war wie verzaubert von dieser schönen, außergewöhnlichen Frau. Alles an Nathalie war einzigartig und wunderschön. Ihre schönen dunkelbraunen Augen, ihr sinnlicher Mund, das volle schwarze lockige Haar, ihr Schöngeist, ihre romantische Ader zogen ihn förmlich in ihren Bann. Die Art, wie sie alltägliche Begebenheiten betrachtete, wie sie darüber sprach, gab allem eine Schönheit, Reinheit und Lebendigkeit. Sie hatte eine ausdrucksvolle, schwärmerische, ja manchmal sogar fast poetische, bilderreiche Sprache.

Eine andere Seite von Nathalie war sehr nachdenklich und zuweilen betrübt, wenn es um ein trauriges Schicksal eines oder vieler Menschen ging. Sie verabscheute jede Gewalt. Norman erinnert sich noch zu gut, wie sie anlässlich des Suizids des ehemaligen Hitler Stellvertreters Rudolf Hess - wie sie beide damals auf das im August vorgefallene Ereignis kamen, erinnert er sich nicht mehr - ziemlich aufgewühlt war und gesagt hatte: ›*Ein verkommener, verrohter Mensch als Feind des Lebens kann sich des irdisch Stofflichen bemächtigen. Doch der Geist des Verfolgten und Gefolterten bleibt unsterblich, seine Reinheit und Schönheit unvergänglich. Er bleibt für irdische Grausamkeit unantastbar. Die Geschichte sollte uns gelehrt haben. Die Welt hat zu entscheiden, ob sie das Irdische als Ort der Gewalt und Trübsal oder lieber rein und lebendig halten will. Genau hier sollte sie ansetzen und Letzteres standhaft verteidigen.*‹

Er erinnert sich noch, wie überrascht er war, diese Worte aus dem Munde einer 24Jährigen zu hören.

Und dieser wertvolle Mensch, diese ungewöhnliche Frau, soll nicht mehr existieren? Ihre Stimme verstummt und ihre Schönheit der Zerstörung durch den Fraß der Verwesung anheimgestellt? Wie wahr sie doch gesprochen hatte: ›*der Geist bleibt unsterblich, seine Reinheit und Schönheit unvergänglich.*‹ Genauso schön und rein sind seine Erinnerungen an sie.

Leroy schweigt, denn er, der Nathalie sehr gut kannte und der sich über die Gefühle, die Menschen um sie herum bewegten, sehr wohl bewusst ist, kann sich gut vorstellen, was in Norman jetzt in diesem Moment vorgeht, auch wenn er den Wortlaut dieses privaten Schreibens nicht kennt. Doch aufgrund des Wissens über Nathalies Natur kann er sich sehr gut ausmalen, dass das Schreiben erschütternd sein muss.

Erst als Norman ihn durch einen dünnen Schleier von Tränen anschaut, beginnt er zu sprechen.

»Ich kann Ihnen sehr gut nachfühlen, Monsieur, und Sie brauchen sich Ihrer Tränen nicht zu schämen. Es ist nicht einfach eine solch bittere Kost zu verdauen. Auch ich hatte schwer daran zu tun, mich von Nathalie für immer verabschieden zu müssen.«

»Wann ... wann ist sie ...?« Norman unterbricht den Satz, weil er das Unumstößliche nicht aussprechen kann. Doch Leroy versteht und beantwortet die begonnene Frage: »Vor knapp zwei Wochen. Am 30. August.«

Norman schaut auf die Datumsanzeige seiner Uhr. Heute ist der 11. September. Er ergreift sein Glas Martini und leert es in einem Zug, während sein Blick durch alles hindurchzugehen scheint. Auch Leroy nimmt jetzt einen Schluck von seinem Pastis. Dann greift er in die Innentasche seines Jacketts und nimmt eine Brieftasche hervor, der er eine kleine Passepartout-Klappkarte entnimmt. »Ich soll Ihnen das hier geben«, sagt er und reicht sie Norman über den Tisch hinweg. Norman klappt sie auf und blickt direkt in das Gesicht eines kleinen Jungen mit dunklen Augen und vollem, wuscheligem Haar. Der Blick des Jungen ist sehr ernst. Es ist ein Blick, der zu verstehen und der seinem Alter vorauszueilen scheint. Der Ausschnitt des Passepartouts ist golden umrandet. Links in der Klappe steht ebenso in goldenen Lettern: ›*Maurice Cédric Marchand, né le 29 juin 1988*‹. Cédric ... natürlich, hatte sie diesen Namen gewählt. Das ›C‹ des Zweitnamens war eine ihrer vielen Gemeinsamkeiten. Und, dass es auch gleichzeitig sein eigener Zweitname ist, war für Nathalie wohl eine Selbstverständlichkeit.

Norman blickt auf zu Leroy. Er ist im Moment zu verwirrt, als dass er vernünftig Stellung dazu nehmen

21

könnte. Er sagt nur: »Ich bin sprachlos.« Er schüttelt den Kopf, als wolle er sich selbst aus einem Traum herausholen. »Es ist grad ein bisschen viel auf einmal«, sagt er, während er seinen Blick wieder auf das Foto richtet.

Leroy gibt dem Kellner unauffällig ein Zeichen, dass er den Wein servieren soll. Zu Norman gewandt sagt er: »Lassen Sie sich Zeit. Ich weiß, dass die Situation nicht einfach für Sie ist.«

»Nicht einfach? Welche Untertreibung?«, antwortet Norman mit einem niedergeschlagenen Ausdruck. Sein Zug um die Mundwinkel wirkt im Moment ungewöhnlich hart und er fügt hinzu: »In diesen ...«, er schaut auf die Uhr, »... in diesen fünfzehn Minuten wurde mein Leben in den Grundfesten erschüttert, weil ich gerade mal eben Vater eines siebenjährigen Sohnes geworden bin. In diesen fünfzehn Minuten wurde mir vor Augen geführt, dass ich eine wunderbare Frau ihrem Schicksal überließ, obwohl sie mir damals sehr viel bedeutet hatte. Ich erfuhr, dass diese Frau, die wegen oder trotz ihrer Liebe zu mir schwieg, um mein Leben zu schützen und die dabei nicht klagte; dass diese einmalige Frau diese Welt auf so tragische Weise verlassen musste. In diesen fünfzehn Minuten wurde ich schmerzlich daran erinnert, dass ich einmal meinen Prinzipien untreu wurde, weil ich einfach schwach war, mich dabei nicht einmal schlecht fühlte, weil es im Moment einfach richtig war, und dass ich danach nicht dazu stand. Ich blicke zurück auf mein Leben, das ich bisher führte und das Glück, das ich empfinden durfte, ohne mich um Nathalie gekümmert zu haben, und muss jetzt mit ansehen, wie die ganze Unbeschwertheit, die Zufriedenheit in der Umgebung dieses gesicherten Lebens und die Geborgenheit meiner Familie in diesem Moment ins Wanken zu geraten, gar zu zerbrechen drohen. Und Sie reden von ›nicht einfach‹?«

»Verzeihen Sie mir diesen Fauxpas Monsieur. Es war ungeschickt von mir.«

Norman merkt, dass er eben etwas zu schroff reagiert hatte und fügt beschwichtigend hinzu: »Sie brauchen sich nicht zu entschuldigen, Monsieur Leroy. Sie haben ja nichts falsch gemacht. Sie müssen verstehen … nun, ich brauche Ihnen ja nicht zu erzählen, dass …«

In diesem Moment nähert sich der Kellner dem Tisch, stellt die Weingläser hin, präsentiert in Richtung Norman das Etikett der Weinflasche und weist auf die Region und den Jahrgang hin. Nachdem Norman genickt hatte, entkorkt er die Flasche, betrachtet kurz den Korken, riecht daran, bevor er Norman einen kleinen Schluck ins Weinglas einschenkt. Jede der nachfolgenden Handlungen von Norman scheint monoton und wie von einer erlernten Rolle abzuspulen. Er hält das Glas gegen das Licht, um die Farbe des Weins zu betrachten, riecht daran, schwenkt, riecht nochmals, kostet, behält das Tröpfchen darauf genießerisch einen Moment im Mund, schluckt und nickt dem Kellner erneut zu, der zuerst Leroys dann Normans Glas füllt und den Tisch mit einer leichten Verbeugung und einem »zum Wohl die Herren« verlässt.

Beide heben das Glas, prosten sich schweigend mit einem Kopfnicken zu und trinken. Gleich darauf folgen die Vorspeise und schließlich der Hauptgang. Sie reden während des Essens nur wenig. Bei diesen paar wenigen ausgetauschten Worten erfährt Norman, dass Maurice im Moment in Paris bei Leroys Schwester, Valérie Petitjean, wohnt, dass der Junge zweisprachig aufwuchs, ein stilles, in sich gekehrtes und hoch intelligentes Kind ist, und dass er sich jetzt, nach dem Tod seiner Mutter, noch mehr in sein Inneres, wo niemand Zutritt hat, zurückgezogen hatte, und dass es viel Einfühlungsvermögen bedürfe, das Kind wieder aus dem Schneckenhaus, in das es sich einnistete, herauszuholen.

»Nach Ihrer Beschreibung scheint Maurice sehr viel von seiner Mutter mitbekommen zu haben«, stellt Norman fest.

»Oh ja«, bestätigt Leroy, »das hat er. Doch er hat auch viel von Ihnen, sofern ich dies aus meiner Warte, so kurz nach unserem Kennenlernen, beurteilen darf.«

Er macht eine kurze Pause und fährt fort: »Vielleicht sollten Sie wissen, dass Maurice nicht unvermögend ist. Nathalie hat ihm ein stattliches Erbe hinterlassen, das ich bis zu seinem achtzehnten Lebensjahr verwalte.«

Dann folgt wieder Schweigen und Norman betrachtet immer wieder das Foto. Er fühlt sich hilflos. Was erwartet Leroy jetzt von ihm? Erwartet er jetzt sofort eine Antwort, wie es weitergehen soll?

Als habe Leroy Normans Gedanken gelesen, sagt er: »Monsieur, Sie müssen nicht gleich jetzt eine Entscheidung treffen. Das wäre wirklich zu viel verlangt. Ihre Familie muss schließlich auch behutsam vorbereitet werden. Doch ich bitte Sie, lassen Sie bei Ihrer Reflexion über die weitere Zukunft des Kindes dessen Psyche nicht unberücksichtigt. Denken Sie daran, ob es verantwortbar wäre, dieses Kind hinter den Mauern eines Kinderheimes zu verwahren. Bedenken Sie auch, bevor Sie eine Unterbringung in einem Internat erwägen, auch wenn es sich um eine Anstalt der noblen Gesellschaft handeln würde, was dies für die Entwicklung dieses sensiblen, hochbegabten Kindes bedeuten könnte. Dies einfach als Anstoß, damit Sie als Vater die richtige, verantwortungsvolle Entscheidung treffen können.«

Das war ziemlich deutlich und klar. Norman hatte verstanden. Dieser Leroy hatte ihn soeben ganz subtil an seine Vaterrolle erinnert, an sein Verantwortungsbewusstsein appelliert. Dieses Kind ist aus seinem Fleisch und Blut, daran gibt es nichts zu rütteln. Erst wollte er Leroy daran erinnern, dass er nicht nur auf eine einzige Psyche Rücksicht zu nehmen habe, also nicht nur auf die des Kindes, sondern auch auf die seiner Frau und seiner beiden Töchter. Aber mit Leroys letztem Hinweis auf seine Vaterrolle hat sich das erübrigt. Es handelt sich hier nicht um Leroys Problem. Er ist schließlich nicht Maurice' Vater; er hat nur eine Vermittlerrolle übernommen, einen Freundschaftsdienst gegenüber einer verstorbenen guten Freundin und nicht nur das, er fungiert nun auch als Anwalt des kleinen Maurice. Nathalie hatte ihn bei der Übertragung des Falles wohl im Voraus reichlich entlohnt.

»Ja, es sieht so aus, dass ich diese Aufgabe mit mir alleine auszumachen habe und … nun ja, irgendwann mit meiner Frau sprechen muss.«, sagt Norman resigniert.

»Danke, Monsieur Falcon, dass Sie diese letzte Möglichkeit schon jetzt in Betracht ziehen. Die Aufnahme im festen Gefüge einer schon länger bestehenden Familie, auch wenn es von allen Varianten die Beste ist, wird für den Jungen ebenso nicht gerade einfach sein. Aber dennoch, ich denke, alles wird gut werden, davon bin ich überzeugt … für Sie, Ihre Familie und für Maurice.

Ich erwähnte ja, dass Maurice nicht unvermögend ist. Auch wenn das Vermögen bis zu seinem achtzehnten Lebensjahr fest gebunden ist, so hatte Nathalie dennoch für einen Teil davon verfügt, dass er freigegeben würde, sobald Sie die Vaterschaft anerkannt und das Kind bei sich in der Familie aufgenommen haben werden. Also er wird finanziell versorgt sein, so dass Ihr Familienbudget nicht groß tangiert wird.«

Nun, darum geht es Norman nicht. Das Finanzielle ist die kleinste Sorge, die ihn bewegt. Er spricht es aber nicht aus, sondern winkt den Kellner heran, weil er die Rechnung bezahlen möchte. Doch Leroy legt eine Hand auf Normans Hand, die auf dessen Brieftasche ruht, lächelt ihm zu und sagt: »Das übernehme ich.«

»Danke für die Einladung«, lächelt Norman verhalten zurück.

»Es ist mir eine Ehre Monsieur.«

»Ähm, …«

»Ja, Monsieur?«, Leroy schaut Norman fordernd in die Augen.

»Haben Sie …, haben Sie eine Fotographie von Nathalie … wie hat sie ausgesehen, nach so vielen Jahren?«, will Norman schließlich zögerlich wissen.

»Nathalie wollte keine Fotographie als Zeugnis ihrer letzten Tage aufbewahren. Die Krankheit hatte sehr an ihr gezehrt. Bewahren Sie das Bild, das Sie in Ihrem Herzen von ihr tragen«, rät Leroy Norman.

Zehn Minuten später, nachdem Leroy ihm mitteilte, dass er noch eine gute Woche hier in Basel sein würde, um dessen Entscheidung entgegenzunehmen, ist Norman auf dem Weg in die Firma, die unweit vom Restaurant gelegen, schnell zu Fuß zu erreichen ist.

Er sitzt da, stiert vor sich hin, kann keinen klaren Gedanken fassen. Immer wieder schüttelt er den Kopf, kann's einfach noch nicht richtig begreifen. ›*Ich habe einen Sohn. Oh mein Gott, ich habe einen Sohn.*‹ Er beschließt, seinen Arbeitstag für heute zu beenden. Er muss erst einmal seine Gedanken ordnen. Er greift zum Hörer und wählt Regulas Nummer.

»Regula, ich melde mich ab. Ich hab im Moment den Kopf voll und kann mich auf nichts richtig konzentrieren. Es steht heute Nachmittag doch nichts Außergewöhnliches an? Oder, habe ich etwas vergessen?«

»Nein, du liegst schon richtig, nichts Aufsehenerregendes, was deine Anwesenheit unbedingt erfordern würde. Unser Projekt kann ich alleine weitermachen. Ich erwarte hier keine Probleme mehr. Ich wünsche Dir einen schönen Nachmittag.«

»Danke Regula. Also bis Morgen. Ciao.« Er legt auf, sitzt noch einen Moment still da, holt das Foto nochmals aus der Innentasche seines Jacketts und betrachtet es eingehend. Immer wieder arbeitet es in seinem Kopf: ›*Mein Sohn. Was für ein Kind? Man kann den Blick nicht von ihm lassen.*‹ Er steckt das Foto wieder weg und verlässt das Büro.

3

Norman geht nicht nach Hause, zumal er heute nicht vor 22 Uhr erwartet wird, denn immer montags spielt er mit seinem Freund Beat im Forum Sports Club in der St. Johanns-Vorstadt in Basel Squash. Er braucht sich also nicht zu sputen und schon gar nicht sich irgendeine Ausrede ausdenken zu müssen.

Er will jetzt einfach alleine sein. Die angenehme Wärme des Spätsommers ist für ihn wie eine Einladung, ein bisschen zu Fuß zu gehen. Sein Weg führt ihn durch die Clarastraße. Einen Moment verharrt er beim Claraplatz, wo eine Dreiergruppe Caribbeans mit Rastalocken auf ihren Steeldrums karibische Weisen spielen. Bei dem eben gespielten, durch Belafone bekannt gewordenen, Song ›Jamaica Farewell‹ wird es ihm schwer ums Herz. In seinem Innern formen sich die Worte ›Oh Island In The Sun‹. Als die Melodie verklungen war, geht er weiter in die Greifengasse bis zur Mittleren Brücke. Langsam steigt er den rechtsseitigen Treppenabgang hinunter zum ›Unterer Rheinweg‹ und in Höhe des Museums Kleines Klingental lässt er sich auf einer der Stufen, die die Rheinpromenade säumen, nieder. Mit abwesendem Blick schaut er über den Rhein, ohne wirklich etwas von der Schönheit der sich im leise dahinfließenden Strom spiegelnden gegenüber liegenden Häuserfront wahrzunehmen. Er sieht nicht die Rheinfähre, die lautlos am Drahtseil vom Ufer des Kleinbasel nach Großbasel und wieder zurück fährt. Er sieht nicht das Tankschiff, das vom Hafen in Kleinhüningen zum Auhafen Muttenz vor sich hintuckert. Auch die Leute um ihn herum, die die Spätsommersonne noch genießen, existieren für ihn nicht. Vor seinem geistigen Auge spielt sich das Jahr 1987 ab und zwar die Tage im Oktober, als er in Montpellier am Institut National de la Recherche Agronomique beim Workshop der United Nations Food and Agriculture Organization teilgenommen hatte. Er erinnert sich sogar noch an das Thema des Workshops:

Mediterranean Network on Pastures and Fodder Crops.

Als er am Morgen des 5. Oktober das Institut am Place Pierre Viala betrat, empfing ihn Nathalie in einem schlichten dunkelblauen Kostüm. Ihr schwarzes Haar trug sie streng zu einem Knoten im Nacken zusammengenommen. Sie blickte ihn mit ihren tiefgründigen dunklen Augen an und sie hatte das bezauberndste Lächeln, das er je gesehen hatte. Sofort merkte er sich den Namen auf dem Schildchen, das am Revers ihrer Kostümjacke angebracht war. ›Nathalie C. Marchand‹. Mit genau demselben Akzent wie dieser Leroy ihn hat, hatte sie ihn begrüßt, sich dabei als Betreuerin vorgestellt, das Namensschild an sein Revers geheftet und ihm schließlich den Weg gewiesen. Jede ihrer Bewegungen sog er förmlich in sich auf. Er war einfach fasziniert, blieb stehen … einen Moment zu lang … und es war ihm als würde er von seinen aufwallenden Empfindungen hin und her geschüttelt. Es war wie ein wilder Tanz der Gefühle, ein kleines innerliches Erdbeben. Nathalie senkte etwas beschämt den Blick, räusperte sich, blickte wieder auf und sagte mit ihrer wunderbaren dunklen Stimme in ihrem wunderschönen französischen Akzent: »Ich wünsche Ihnen einen angenehmen Aufenthalt hier in Montpellier, Monsieur Falcon. Wenn Sie Hilfe benötigen, dürfen Sie sich gerne an mich wenden.«

Er erwiderte ihren Blick, lächelte und bedankte sich mit einer leicht angedeuteten Verbeugung. Dann machte er sich auf in Richtung Tagesraum, der sich ein Stockwerk höher befand. Nathalies Gesicht aber verfolgte ihn den ganzen Tag. Immer wieder versuchte er, sich zur Raison zu bringen. ›*Mensch Norman, was ist los mit dir. Du bist doch kein Teenager mehr, der beim Anblick einer schönen Frau sofort aus dem Häuschen gerät und weiche Knie bekommt. Außerdem ist diese Nathalie doch mindestens zehn Jahre jünger als du und überhaupt bist Du mit Andrea verlobt. Komm also schleunigst wieder runter auf den Boden der Realität alter Junge.*‹ Doch so einfach war das eben nicht mit dem Runterkommen auf den Boden der Realität. Sein inneres Zureden nutzte nichts, denn die momentane Realität hieß Nathalie C. Marchand. Nein, seine Gefühle wollten einfach nicht auf seinen Appell hören und so suchte er in den Pausen immer wieder ihre Nähe. Jedes sachte zufällige Berühren, und wenn's nur der kleine Finger war, ließ ihn angenehm erschaudern. In ihm wütete ein Sturm, begann alles zu beben. Beim Mittagessen saß er ihr gegenüber. Sie mussten nichts reden, die Augen sprachen Bände. Seine Augen konnten sich an ihrer Anmut nicht sattsehen. Sie schienen ihr zu sagen, ›*du bist ein Wunderwerk Gottes; all seine Kunst hatte ER an dir vollbracht*‹. Er ist zwar kein Gottesgläubiger, eher ein Freidenkender, doch was er in diesen Momenten erlebte, schien ihm von göttlicher Natur.

Ihre Blicke trafen sich am Abend beim Stehempfang. Immer und überall wurde der stumme Dialog fortgesetzt.

Als Norman an dieses ›Sprechen ohne Worte‹ denkt, zieht sich ein wehmütiges Lächeln um seinen Mund, denn ihm fällt dabei unwillkürlich die für ihrer beider Situation passende Strophe im Song von Harry Belafonte ›We make love‹ ein:

Sometimes in a room full of strangers
In the distance of laughter and small talk
With a look that takes only a moment
We make love, we make love.

Ja, es war ein solcher Moment, in dem sie ›Liebe machten‹, ohne sich berührt zu haben, inmitten vieler Menschen … nur einfach mit den Blicken.

Noch nie in seinem bisherigen Leben hatte er solche Gefühle erfahren. Wie ist das möglich? Was war das Besondere, das diese Frau ausmachte?

Es war der zweite Abend nach dem Workshop, da sie etwas abseits standen und sich wirklich unterhielten. Er zeigte auf ihr Namensschild und fragte sie, was die Abkürzung C in ihrem Namen bedeute. Sie blickte einen Moment an sich hinunter, hielt das Schild zwischen Zeigefinger und Daumen, als müsse sie erst nachsehen, von welchem C er sprach und lächelte: »Chantal. Nathalie Chantal Marchand.« Dann blickte sie wieder zu ihm auf und nach einer kurzen Pause fragte sie: »und Ihres?«

Sie lachte, dieses Mal laut, weil sie merkte dass er ihre Frage im Moment nicht begriff und fügte erklärend hinzu: »Was bedeutet das C in Ihrem Namen?«

Er schlug sich mit der flachen Hand an seine Stirn ob seiner langen Leitung, die wahrscheinlich in der kurzen Pause, die sie eingelegt hatte, zu begründen war: »Cedric. Norman Cedric Falcon.« Das C, so stellte sich später heraus, war nur eine kleine Gemeinsamkeit unter vielen.

Am Abend darauf nämlich saßen sie zusammen in Nathalies Citroën CX und fuhren nach Palavas-les-Flots, ein kleiner sonniger beliebter Badeort am Golfe du Lion, gute dreizehn Kilometer von Montpellier entfernt. Es war eine Fahrt von etwa zwanzig Minuten, während der sie sich erstmals richtig intensiv miteinander unterhielten und erste der vielen gemeinsamen Vorlieben entdeckten. Beide liebten sie Gedichte des Lyrikers Rainer Maria Rilke, Werke und Gedichte des Schriftstellers Victor Hugo. Sie hatten sich beide auch intensiv mit der buddhistischen Philosophie befasst. So wie er war sie fasziniert vom Leben und Wirken der beiden Mathematiker und Philosophen Blaise Pascal und René Descartes und ebenso wie er verstand sie es, voll und ganz in die Musik der Spätromantik von Mahler oder Wagner abzutauchen ... ja, und sie liebte die Songs von Harry Belafonte ... so wie er.

Norman gefiel dieser kleine Ort mit den niedrigen Häusern. Er hatte den Arm um Nathalie gelegt und sie ihren um seine Taille, als sie durch die Gassen von Palavas-les-Flots schlenderten. Bei Sonnenuntergang ließen sie sich am Strand nieder. Das Licht der untergehenden Sonne färbte alles in einen orange-roten Ton und ... ja, wie sie es in ihrem Brief an ihn beschrieb ... es sah aus, als würde alles aus eigener Kraft von innen heraus leuchten. Die Stimmung war so unbeschreiblich schön und romantisch und es war der Moment als er Nathalie in die Arme nahm und sie leidenschaftlich küsste.

Auf dem Rückweg passierte es schließlich. Sie saßen im Auto und führten diese herrlichen tiefsinnigen Gespräche, die ihn immer mehr faszinierten. Und es waren diese kleinen Berührungen, die in ihm eine unstillbare Begierde weckten. Sie waren schon in Montpellier angelangt und Nathalie lenkte den Wagen in eine abgelegene Nische, wo sie von fremden Blicken ungestört sein konnten. Sie schwiegen einen kurzen Moment und sie ließen die Atmosphäre, die förmlich zu knistern schien auf sich wirken. Dann schaute sie ihm tief in die Augen und sagte leise: »Dieser Moment, Norman, er gehört uns.« Es war ein unbeschreiblicher wunderschöner Moment, als dann auch noch aus ihrem Tape-Recorder der Song ›Did you know‹ von Harry Belafonte erklang. Dabei umarmte sie ihn und küsste ihn innig. Er schwebte im Liebeshimmel. Das Lied im Recorder war eben verklungen und es folgte der nächste Liebessong. Während Belafontes warme und berühmt-rauchige Stimme mit dem Song ›Try to remember the kind of September‹ aus dem Recorder ertönte, lagen sie sich völlig nackt auf dem nach unten geklappten Beifahrersitz ihres Wagens in den Armen und liebten sich leidenschaftlich, wie er es nie zuvor erlebte. Er fühlte sich wie in Ektase und er wusste im Moment nicht, wie ihm geschah. War das alles wahr? Gab es so etwas überhaupt? Kann eine Frau einen Mann so betören und ihm die Sinne rauben? Er hatte in diesem Moment nicht einmal ein schlechtes Gewissen Andrea gegenüber. Es war einfach so … die Situation gehörte genau da hin, wo sie sich abspielte und es war richtig so. »Oh Nathalie«, seufzte er nur, als sie nach diesem berauschenden Akt neben ihm in seinen Armen lag, als er ihren Atem am Hals spürte und sie ihn mit zärtlichen Fingern liebkoste. »Oh Nathalie, ich glaube, du bist von einem anderen Stern. Für diese Welt bist du zu perfekt.« Ihr amüsiertes Lächeln gab den Blick auf ihre weißen, wie bei einer Perlenkette aneinander gereihten Zähne, frei und mit sanfter Stimme, die dem Schnurren einer Katze glich, sagte sie: »Wir sind vom gleichen Stern, mon cheri, und wir sind beide aus Fleisch und Blut. Aber ich denke, dass es zwischen uns eine karmische Verbindung gibt.«

Ja, das glaubte er damals auch. Nie davor oder später hatte er einen Menschen getroffen, der so vieles mit ihm teilte, und ihn so in den Bann zog, auch Andrea nicht. Andrea ist eine schöne, kluge, zärtliche Frau, ja, und eine wundervolle Partnerin, und er liebt sie auch seit jeher von ganzem Herzen. Er möchte sie und seine Kinder niemals missen. Aber diese Liebe zu Nathalie war eine andere und mit nichts vergleichbar. Für ihn war diese außergewöhnliche Frau von einem anderen Stern, auch wenn sie selbst es verneinte. Er liebte sie nicht in seiner existierenden Welt.

Am Tage der Abreise, fuhr Nathalie ihn in ihrem Auto zum Flughafen in Montpellier. Sie hatten noch etwas Zeit und blieben im Auto sitzen. Die Stimmung war gedrückt, denn der Abschied hing schwer zwischen ihnen. Nathalie versuchte stark zu sein. Er spürte, wie sie ihre Tränen zu verdrängen versuchte und sie hatte sich gut im Griff. Mit ruhiger Stimme nämlich, die nichts von ihrer Aufregung verriet, sagte sie: »Es war sehr schön mit dir, Norman. Ich weiß, dass es einmalig war und auch für ewig einmalig bleiben wird. Unsere Wege trennen sich hier, aber dich und meine Gefühle, die unser kurzes Zusammensein so wunderbar belebten, bewahre ich tief in meinem Innern, wie einen kleinen Schatz.« Dass es mehr sein würde, das sie in ihrem Innern verbarg, als nur die Erinnerungen, konnte sie damals noch nicht ahnen.

Norman verspürt bei diesen Gedanken an den damaligen Abschied eine unendliche Traurigkeit.

Und er macht sich Gedanken, wie es jetzt weitergehen soll? Wie soll er es Andrea beibringen? Er möchte sie doch nicht verletzten. Aber sie wird verletzt sein. Abgedroschene Phrasen wie ›*Andrea, es war nicht so, wie es jetzt aussieht. Es ist nicht so, wie du denkst*‹ sind hier fehl am Platz. Er weiß selbst, dass es genauso war, wie es aussieht. Von den anderen Gefühlen weiß sie nichts und sie kann sich auch nicht da hineindenken. Man muss sie selbst erlebt haben, um sie zu verstehen. Es ist ihre heile Welt, die zerstört werden wird und die Welt ihrer beider Töchter.

Er holt das Foto wieder hervor und schaut seinen Sohn an. ›*Es ist verdammt so, wie es aussieht*‹, denkt er wieder. ›*Maurice ist real.*‹ Norman schaut auf die Uhr. Es ist spät geworden und die untergehende Sonne hatte ihre Kraft verloren. Er steckt das Foto in seine Aktentasche, zwischen die Unterlagen.

Er macht sich auf, zurück zur Firma, wo er seinen Wagen stehen hat. Um 19 Uhr ist er mit Beat im Forum verabredet. Er hat also noch genug Zeit, so dass er den Weg zurück immer noch gemütlich gehen kann.

Kurz vor sieben parkt er seinen BMW in der Johanniterstraße unweit des Forum Sports Clubs. Er schnappt seine Sporttasche vom Rücksitz und geht in Richtung Forum. Mit einem Gruß geht er bei der Empfangstheke vorbei in Richtung Squash Court. Unterwegs begegnet ihm Heinz, der Assistant Manager des

Centers, und er begrüßt diesen mit Handschlag. »Beat ist schon da. Er kam heute etwas früher und spielt sich schon mal ein«, informiert er Norman auf die Schnelle.

»Danke, Heinz, dann werde ich mich beeilen.«

Er geht weiter in die Umkleide, läuft anschließend zwei Runden, um seine Muskeln zu wärmen und sich somit für das Spiel geschmeidig zu machen und kurz nach sieben ist er im Court, um gegen Beat das erste Match zu spielen. Jedoch, er ist nicht richtig in Stimmung und schon gar nicht bei der Sache. Es fehlt ihm an Konzentration und dementsprechend auch an Reaktionsfähigkeit. So schlecht hatte er noch nie gespielt. Nach einer Weile des Spielens unterbricht Beat das Spiel abrupt. Er lässt den Schläger sinken und geht auf Norman zu. »Also, was isch los? Kumm verzell emool!«[1], fordert Beat ihn ohne Vorwarnung und ohne Umschweife auf.

»Was soll ich dir erzählen?«, fragt Norman etwas überrascht über Beats direkte Art.

»Loos emool, du kunnsch do yyne mit eme suure Schtai, schpiilsch Squash wie dr letscht Aafänger und froogsch mi unschuldig, was du mir verzelle sellsch?«[2], antwortet Beat gespielt empört. Obwohl Norman als gebürtiger Amerikaner selbst keinen Dialekt spricht, versteht er das Baseldytsch nach so vielen Jahren des Aufenthalts in der Schweiz ziemlich gut. Aber er will nichts erzählen und antwortet nur kurz: »Es ist nichts, es geht mir gut.«

---

[1] ›Also, was ist los? Komm, erzähl!‹

[2] ›Hör mal, du kommst hier rein mit einem mürrischen Gesicht, spielst Squash wie der letzte Anfänger und fragst mich unschuldig, was du mir erzählen sollst?‹

Doch Beat lässt nicht locker: »Denn muesch dym Gsicht aber au no saage, ass es dir guet goot. S'Gsicht waiß es nämlig noonig.[3]« Nach einer kurzen Pause, die er Norman zum Antworten ließ, und aus dessen Ecke schließlich nichts kommt, wird Beat noch eindringlicher: »Kumm jetze, Norman, y bi di Frind, und Frinde verzelle sich alles. Emänd kaan y dir jo hälfe!«[4]

Sie setzen sich nebeneinander auf den Boden des Courts. Ja, es stimmt, Beat Schnyder ist Normans bester Freund, und Norman weiß, dass er ihm jederzeit vertrauen kann. Zögernd beginnt er zu erzählen. Nicht ganz in jedes kleinste Detail gehend, denn das geht nur ihn etwas an, doch über seinen Fehltritt und die Folgen spricht er offen. »Weißt du, Beat, es war nicht der Akt der körperlichen Vereinigung als solches, der mich gefangen nahm und der heute noch wie ein tosendes Orchester in mir nachhallt. Es war Nathalies Wesensart, die mich so in ihren Bann zog. Der Geschlechtsakt war nur die Krönung unserer kurzen Beziehung, ohne den unsere Begegnung trotzdem etwas Einmaliges, sozusagen der Höhepunkt in unser beider Leben gewesen wäre.«

Nach Normans Geständnis ist Beat erst einmal für einen Moment still. Er reibt sich sein Kinn und bringt schließlich nur ein »Oje ! ... oke, des isch e gwaltigi Sach«[5] heraus.

»Ich weiß heute, dass es leichtsinnig war, aber damals war meine Vernunft außer Kraft gesetzt und ich

---

[3] ›Dann musst du es deinem Gesicht aber auch sagen, dass es dir gut geht. Das Gesicht weiß es nämlich noch nicht.‹

[4] ›Komm jetzt, Norman, ich bin dein Freund und Freunde erzählen sich alles. Vielleicht kann ich dir ja helfen.‹

[5] ›Oh ... okay, das ist eine gewaltige Sache.‹

war wie im Rausch, irgendwie gelähmt«, gesteht Norman.

»Mit em Brueder Liichtfueß foot's amme-n-a«[6], konstatiert Beat das Gesagte und schließt seine Frage gleich an:

»Und jetz muesch bi dr Andrea dyys Läbe go biichte?«[7]

Norman nickt nur wie abwesend, und Beat klopft ihm freundschaftlich auf die Schulter.

»Könnt mer dr Bueb nit z'Franggryych in en-Internat schtegge? Är isch doch z'Franggryych dehaime und wurd sich bi uns in dr Schwyz gar nit woolfyyle«[8], schlägt er Norman vor.

»Auch wenn ich im Moment nicht weiß, wie es weitergehen soll … nein, das kann ich nicht, bei Gott, nein. Seine kleine Seele würde Schaden nehmen. Sie hat es so schon schwer genug«, widerspricht Norman. »Immerhin muss das Kind jetzt den Tod seiner Mutter verkraften. So wie ich mitbekommen habe, hatte er ein inniges Verhältnis zu seiner Mutter. Und sie liebte ihn abgöttisch, wohl weil sie in ihm auch ein bisschen mich und unsere einmalige Beziehung sah.«

Beiden ist klar, dass sie ihr Training für heute vergessen können und so verlassen sie zusammen den Squash Court. »Ich bin etwas zu früh dran, um nach Hause zu gehen. Andrea erwartet mich noch nicht so bald zurück, und ehrlich gesagt, heute ist nicht der Tag

---

[6] ›Leichtsinn ist aller Laster Anfang.‹

[7] ›Und jetzt musst du Andrea deine Lebensbeichte unterbreiten.‹

[8] ›Könnte man den Jungen nicht in Frankreich in ein Internat stecken. Er ist doch in Frankreich zu Hause und würde sich bei uns in der Schweiz gar nicht wohlfühlen.‹

der Beichte. Ich muss ja selbst erst mal alles verdauen. Wollen wir zusammen noch etwas trinken und eine Kleinigkeit essen?« Beat findet Normans Vorschlag eine gute Idee und so sieht man beide kurz später einträchtig nebeneinander an der Snack-Bar des Forums sitzen. Erst nach 23.00 Uhr ist Norman endlich zu Hause und er ist froh, dass Andrea schon ins Bett gegangen ist. Er sitzt noch eine gute Weile im Dunkeln in seinem Sessel im Arbeitszimmer. Er ist zu aufgekratzt, als dass er jetzt schlafen könnte.

4

»Ach, *da* bist du?«, hört Norman Andreas Stimme. Er erschrickt. Er sitzt noch immer in seinem Sessel, wo er sich in der Nacht zuvor niederließ.

»Oh, ich muss wohl eingeschlafen sein«, sagt er und streicht sich mit den Händen durch sein kurzgeschnittenes schon grau-meliertes Haar. Sein Gesicht wirkt müde und unausgeschlafen. »Wie spät ist es?«

»Es ist nach acht Uhr.«

»Ach herrje, ich habe verschlafen.«

»Und wieso im Dunkeln?«, fragt Andrea etwas überrascht.

»Hm?«

»Na ja, es war kein Licht an, als ich dich hier schlafend vorfand. Du musst es ja heute Nacht ausgeschaltet haben und wenn du dazu in der Lage warst, hättest du ja auch gleich ins Bett kommen können«, folgert Andrea logisch.

»Ach, das Licht«, Norman erinnert sich, »ja, das hatte ich in der Tat gar nicht eingeschaltet.« Er macht eine kurze Pause, um zu überlegen, wie er sein seltsames Verhalten begründen soll und findet folgende plausible Erklärung: »Weißt du, Beat und ich hatten gestern mal wieder so ein richtig hartes Training. Ich war, als ich nach Hause kam, einerseits ziemlich müde, andererseits aber vom Sport noch recht aufgekratzt. Deswegen schaltete ich das Licht gar nicht ein, als ich mich im Sessel niederließ. Ich wollte im Dunkeln auf die Entspannung warten. Aber dann muss ich wohl doch eingeschlafen sein.«

»Na ja, egal, deine Assistentin hat eben angerufen. Sie wollte wissen, wie es dir geht.«

»Wie es mir geht? Wieso das denn?«

»Nun, sie sagte, dass du dich gestern ziemlich früh am Nachmittag aus dem Geschäft verabschiedet hast. Tja, und da hatte sie den Eindruck, dass es dir nicht gut ging. Als du heute Morgen nicht im Geschäft warst, hat sie sich verständlicherweise Sorgen gemacht. Und nun finde ich dich schlafend hier im Büro, was ja auch nicht gerade normal ist. Das musst du zugeben.«

»Mein Gott, ich bin doch keine Maschine, die nach Programm abläuft. Jetzt lief halt mal nicht alles nach Schema F. Regula braucht doch deswegen nicht gleich hier anzurufen und gleich alle verrückt zu machen«, gibt Norman leicht genervt zur Antwort.

»Du brauchst dich nicht so zu echauffieren, Norman. Wenn Regula nicht angerufen hätte, würdest du noch selig im Sessel schlummern, denn ich dachte du seist schon lange weg, ohne dass ich dich gehört habe«, widerspricht Andrea. »Ich geh in die Küche. In zehn Minuten gibt es Frühstück«, beendet sie ihre Rede schließlich, denn ihr ist es zuwider, wegen Nichtigkeiten zu streiten.

Kaum, dass Andrea in der Küche verschwunden ist, hört er auch schon Kindergeplapper aus dem oberen Stock. Bei diesem Geplapper gibt es ihm einen Stich ins Herz. Er vergräbt sein Gesicht in den Händen. ›Oh mein Gott ... wie soll es jetzt weitergehen‹

Nachdem er kurz in der Firma angerufen hatte, um mitzuteilen, dass er zu Hause noch an seiner begonnenen Präsentation arbeiten möchte und erst nach Mittag dann aufkreuzen wird, sitzt er im Esszimmer und schlürft gedankenverloren an seinem Kaffee. »Daddy, look at me. Look what Sarah and I did«, ruft Laura. Andrea und Norman hatten vereinbart, dass die Kinder zweisprachig aufwachsen sollen. Mit Mama sprechen sie deutsch, mit Daddy englisch.

»Daaaaaaaaaddy«, ruft Laura fordernder, nachdem Norman nicht reagiert hatte. Norman dreht sich zu Laura und blickt in ein breit grinsendes, total mit Lippenstift bemaltes Gesicht. Auch die Haare sind nicht von Cremes und Kosmetikfarbe verschont geblieben. Ihre hellbraunen Augen leuchten Beifall heischend. Norman verzieht seinen Mund zu einem einseitigen Lächeln, das ein bisschen dem typischen Harrison-Ford-Lächeln ähnelt und meint: »Darling, don't you think that's a little too much?« Andrea lässt einen gellenden Schrei los, dass Norman vor Schreck zusammenzuckt. »Was heißt hier ›*meinst du nicht, dass das ein bisschen zu viel ist*‹«, wiederholt sie Normans Bemerkung mit gereiztem, spöttisch nachahmenden Ton. »Es *ist* zu viel, viel zu viel«, schreit sie wütend und greift Laura an den Schultern und mit strenger Stimme fährt sie das Kind an: »Seid ihr jetzt ganz verrückt geworden? Wo ist Sarah? Ist die auch so verschmiert?«

Laura senkt ihren Blick und schnupft. »Sarah ist oben im Badezimmer.«

Von einer bösen Vorahnung getrieben, stürmt Andrea wie von der Tarantel gestochen, ins obere Stockwerk und, im Bad angekommen, ertönt der nächste gellende Schrei. Sarah steht im Bad, total mit Lippenstift, Make-up und Cremes verschmiert, während ihr Kunstwerk sich nicht wie bei Laura nur auf Gesicht und Haare beschränkt, sondern auch auf Pyjama, Waschbecken, Kacheln und Badewanne.

Norman blickt in das schuldbewusste Gesicht seiner Tochter und sagt ihr mit einem gespielt strengen Ton das Problem voraus, das wegen der ganzen Schweinerei auf sie beide zukommen wird: »Oh, looks like the two of you are in a lot of trouble. How could you take Mom's make-up and make such a mess?« Das Kind steht ganz geknickt da, schiebt die Unterlippe vor und fängt an zu schnupfen. Es sieht in seinem ganzen demonstrierten Elend so niedlich, so liebenswert aus, dass es Normans Herz erweicht. Er nimmt Laura in den Arm und mit seiner Papierserviette wischt er ihr erst mal das Gesicht ab, so gut es eben geht. Während er nach der Rubbelei mit dem Kind im Arm so dasitzt ist ihm klar, dass heute nicht der Tag ist, an dem er Andrea mit einer weiteren Hiobsbotschaft schockieren kann. Die Situation ist ziemlich angespannt, gar explosiv, so dass es sich nicht empfiehlt, das Dilemma noch zu vergrößern.

Nicht nur er erschrickt, als Andrea ihre Stimme wieder laut ertönen lässt: »Laura, komm rauf … sofort!« Auch Laura zuckt zusammen und drückt sich enger an ihren Daddy. »Come on«, sagt Norman, nimmt die Kleine bei der Hand und geht mit ihr hoch zu Andrea.

Die Kinder mussten diesen Leviten-Sturm über sich ergehen lassen, das war klar, denn was die beiden in so kurzer Zeit im Badezimmer fabrizierten, war eine mittlere Katastrophe. Doch Andrea liebt ihre Mädchen zu sehr, als dass sie ernsthaft böse mit ihnen sein könnte. Sie muss natürlich Strenge demonstrieren, wenn sie vermeiden will, dass gewisse unerwünschte Dinge sich wiederholen, und so wie es aussieht haben die beiden diese Lektion gut verstanden.

Kurz später, die Mädchen hatten ihr Frühstück - Kakao und Marmeladeschnitte - fein säuberlich eingenommen, steht Andrea mit den sauberen adretten Mädchen im Foyer des Hauses und blickt durch die offene Türe zu Norman, der noch immer an der Küchentheke sitzt und die Zeitung liest. »Schatz, ich bringe die Mädchen eben in den Kindergarten. Bist du noch da, bis ich zurück bin?« Der Kindergarten, der sich im Neusatzweg befindet, ist nicht weit von ihrem Haus entfernt, das heißt, dass Andrea in spätestens zehn Minuten wieder zurück sein wird.

Norman, ist erst einmal zufrieden, denn er weiß, dass sich Andrea inzwischen wieder beruhigt hatte, sonst würde sie ihn nicht so zärtlich ›Schatz‹ nennen. Er schmunzelt, denn er kennt seine Frau, von der er gewohnt ist, dass sie nie lange grollt, schon gar nicht der Kinder wegen. »Ich habe noch hier im Büro zu tun und gehe erst nach dem Mittagessen in die Firma«, beantwortet er Andreas Frage.

»Kinder, zieht euch schon mal eure Schuhe an, ich komme gleich«, sagt Andrea, die nochmals zu Norman geht, um ihn von hinten zu umarmen und ihm ins Ohr zu flüstern: »Der Ausraster von vorhin tut mir leid, Schatz. Ich weiß doch, wie unangenehm für dich so laute Töne sind. Aber es ist einfach mit mir durchgegangen.«

»Die Schreie sind schon verklungen. Ich höre sie nicht mehr«, lächelt er zurück. Andrea drückt ihm einen Kuss auf die Wange und will sich gerade aufrichten, als ihr Blick auf die Zeitung fällt. Sie schüttelt den Kopf, während sie die Headline ›Erneut Drogentoter in

Baselland‹ liest. »Schon der zweite innerhalb des letzten halben Jahres«, stellt sie besorgt fest und überfliegt den Artikel. »Mein Gott! Um die dreißig Jahre alt soll er gewesen sein. So ein junger Mann. Und dann noch in Oberwil, so nahe bei uns ... verdammt nahe.« Man spürt ihre Sorge, dass so etwas gerade im Nachbarort passierte. »Dass ausgerechnet Kinder den Toten finden mussten. Wenn ich mir vorstelle, dass unsere Mädels ... oh mein Gott, nicht auszudenken ...«

Norman nickt nur, äußert sich aber nicht dazu. Soweit will er gar nicht denken.

Nachdem Andrea und die Kinder gegangen waren, zieht Norman sich in sein Arbeitszimmer zurück, um an seiner Präsentation zu arbeiten. Er hört noch wie Frau Ballmer, die Zugehfrau, die Türe aufschließt und in das scheinbar leere Haus ein fröhliches »Guten Morgen« ruft. Er antwortet nicht, denn er ruft nicht gerne durch die geschlossene Türe und außerdem will er die gute Frau nicht erschrecken, denn zu dieser Tageszeit rechnet sie zu allerletzt mit seiner Anwesenheit. Andrea wird ja bald zurück sein.

Obwohl seine Gedanken immer wieder abschweifen, und daran ist nicht das Geklapper einer emsig arbeitenden Zugehfrau und das Geräusch des Staubsaugers schuld, kommt er recht gut mit seiner Arbeit voran und ist sehr zufrieden.

*

Um halb eins sitzt die ganze Familie zusammen am Mittagstisch. Norman ist nicht sehr gesprächig. Sein Gesicht wirkt blasser als sonst.

»Kein Wunder«, beginnt Andrea ihre Rede, »hatte Regula sich Sorgen um dich gemacht und sich nach deinem Wohlbefinden erkundigt. Du sitzt da, schweigst vor dich hin ... und außerdem siehst du ziemlich blass aus. Ich mache mir allmählich auch Sorgen. Sag mir, ist irgendetwas nicht in Ordnung? Fühlst du dich nicht gut?«

»Was soll denn sein? Ich habe doch gesagt, dass das Training mit Beat gestern ziemlich anstrengend war, und dass ich erst spät eingeschlafen bin. Ja und die Nacht, die ich hier in unbequemer Position im Sessel verbrachte, war ja auch nicht gerade das, was man Entspannung pur nennen könnte. Ich fühle mich einfach irgendwie gerädert.«

Andrea zuckt nur die Achseln und beobachtet Norman voll Sorge. Normans teilnahmsloses Verhalten ist so ungewohnt.

Bevor er das Haus verlässt fragt sie ihn: »Kommst du heute Abend pünktlich nach Hause? Yvonne wollte sich heute Abend wieder mal mit mir treffen. Es ist ja auch schon eine ganze Weile her, dass wir uns sahen. Würde gerne so um sieben verschwinden.« Nachdem Norman ihr zusagte, da zu sein, und schließlich das Haus verlassen hatte, greift sie zum Telefon und wählt die Nummer von Beat. Nach dem dritten Klingelton, nimmt er ab. »Sag mal Beat, du und Norman, ihr wart doch gestern zusammen. Ist dir an Norman etwas aufgefallen? Hat er irgendetwas gesagt?«

Beat schluckt einen Moment, fasst sich aber schnell und fragt zurück: »Wieso meinsch?«

»Er wirkt bedrückt, spricht kaum etwas. Er erklärt es damit, dass ihr gestern ein ziemlich strenges Training hattet und er so aufgekratzt gewesen sei und deshalb zu wenig geschlafen habe. Aber ihr spielt doch schon so lange zusammen und er hat bis jetzt noch nie von einem ›zu strengen Training‹ gesprochen, so dass er davon hätte überfordert sein können.« Sie wartet, dass Beat sich dazu äußert, aber es kommt nichts und sie fährt weiter: »Bitte Beat, ich mache mir Sorgen um Norman. So wie seine Assistentin sagte, ist er gestern auch schon am frühen Nachmittag aus der Firma weggegangen und sie hat sich berechtigt ebenso Sorgen gemacht.«

»Andrea, bekimmere Di nit. Y hätti s gmerggt, wenn do ebbis gsy wär.« [9]

Nachdem Andrea von Beat die Versicherung erhielt, dass ihm absolut nichts aufgefallen sei, beendet sie das Gespräch. Ihre Zweifel jedoch wurden nicht beseitigt. Beat hatte dieses harte Training vom Vortag nicht bestätigt. Zumindest ging er nicht darauf ein, ließ die Frage unbeantwortet stehen. Aber, was war es, das Norman so bedrückte.

Auch Beat bleibt nachdenklich zurück. Schließlich wählt er Normans Nummer, um ihm mitzuteilen, dass er mit seiner Neuigkeit bei seiner Frau bitte nicht allzu lange warten solle, weil sie sich ernsthaft Sorgen mache, zumal Norman es mit seinem Betragen nicht gerade geschickt zu verbergen weiß. Man spüre es ja mindestens hundert Kilometer gegen den Wind, dass etwas nicht im Lot ist. Außerdem fühle er, Beat, sich selbst schäbig als Mitwisser, vor Andrea den Ahnungslosen spielen zu müssen.

---

[9] Andrea, mach dir keine Sorgen. Ich hätte etwas gemerkt, wenn etwas gewesen wäre.

5

Andrea hatte sich mit ihrer langjährigen und sehr engen Freundin Yvonne Mäder um kurz nach sieben im Restaurant Binninger-Stübli verabredet. Dieses Restaurant wurde im Juni dieses Jahres von einem neuen Besitzer übernommen und seine exquisite Küche hat sich sehr bald herumgesprochen. Andrea trifft sich gerne mit Freunden in der gemütlichen Atmosphäre dieses Restaurants.

Yvonne, eine mittelgroße Brünette mit dunkelbraunen Augen und frechem, burschikosem Kurzhaarschnitt sitzt schon am reservierten Tisch und studiert die Karte, als Andrea kurz vor halb acht eintritt. Im nächsten Moment umarmen sich die beiden Freundinnen und begrüßen sich herzlich mit Küsschen links und rechts auf die Wange. »Wartest du schon lange«, fragt Andrea.

»Nein, nein ich bin auch erst seit fünf Minuten hier. Habe mich nämlich ebenfalls etwas verspätet. Na ja, ich hatte noch ein wichtiges Telefongespräch zu führen, das länger dauerte, als ich erwartete.«

»Ah, da bin ich froh. Bei mir waren es die Mädels, die mich aufhielten. Sie scheinen zu spüren, wenn die Mama mal weg will«, erklärt Andrea ihre Verspätung.

Kurz später sitzen die beiden vor ihren bestellten Menüs mit einem Gläschen Rotwein und sind sehr angeregt ins Gespräch vertieft. Sie hatten sich mindestens zwei Monate nicht mehr gesehen und da gibt es schließlich eine Menge zu erzählen.

»Sag mal Yvonne«, wechselt Andrea das Thema, »wie geht es dir im Amt? Du hattest doch von deinem neuen Kollegen erzählt, den du damals ein bisschen seltsam fandst ... sehr introvertiert, sagtest du. Hat sich das jetzt etwas gebessert?«

Yvonne arbeitet als Leiterin der Mordkommission und Drogenfahndung der Polizei Basel-Landschaft und erhielt vor einem halben Jahr einen neuen Mitarbeiter. Er wurde als Verstärkung ins Team geholt, als Yvonne für ein Projekt drei Monate im Ausland weilte. Als sie ihre Arbeit in Liestal wieder antrat, zählte Georg Zeindl, ein schon seit Teenagertagen in der Schweiz lebender Österreicher, schon zu ihrem Team.

»Na ja, er hat sich zwar im Team gut integriert, aber ein komischer Kauz ist er noch immer. Seine stechenden grünen Augen ... ich weiß nicht, wie ich sagen soll ... sie wirken verstört. Man hat auch das Gefühl, dass er manchmal durch einen hindurchschaut, wenn man mit ihm spricht«, beginnt Yvonne ihre Beschreibung über ihren etwas seltsamen Mitarbeiter.

»Warum hat man ihn denn bei euch eingestellt, wenn er so komisch ist? Man schaut doch bei einer Bewerbung immer, dass der Bewerber möglichst ins Team passt.«

»Na ja, er wurde eigentlich versetzt. Er hatte seinen Sohn verloren, wegen Drogen, und er sollte möglichst weg von seiner gewohnten Umgebung in Zürich. Da wir sowieso jemanden suchten, bot es sich an, dass er hierher versetzt wurde.«

»Ein Kind zu verlieren muss schlimm sein. Erst recht für die Mutter«, ist Andrea betroffen.

»Es gibt keine Mutter. Die hatte ihn verlassen, als der Junge acht Jahre alt war.«

»Gleich zwei Schicksalsschläge. Das muss natürlich erst verarbeitet werden. Vielleicht ist das auch die Erklärung für seinen verstörten Blick. Ich denke aber, es war gut, dass er von der alten Umgebung weg zu euch wechseln konnte. Irgendwann wird er sich hier bei euch auch heimisch fühlen und dann wird es für eure Zusammenarbeit bestimmt besser.«

»Nun, mit ihm zusammenzuarbeiten ist eigentlich gar nicht so schlimm. Er ist nämlich ein guter Polizist, hat eine hervorragende Kombinationsgabe, geht bei den Recherchen analytisch vor … man kann sich also absolut auf ihn verlassen. Ihm wurde in Zürich auch ein hervorragendes Zeugnis ausgestellt. Nur, und das steht einfach im Widerspruch zu seiner herausragenden Arbeitsweise, ganz speziell am gestrigen Tatort, benahm er sich wie ein Anfänger. Ich musste ihn ziemlich zurechtstutzen. Er war einfach zu wenig umsichtig, hatschte mit seinen platten Füßen in der Gegend herum und verwischte wertvolle Spuren. Er behinderte förmlich die Kollegen und Kolleginnen bei der Arbeit. Ich war ziemlich sauer und habe ihn vorläufig in den Innendienst verbannt.«

»Gestriger Tatort? Redest du von dem Drogentoten, von dem heute in der Zeitung zu lesen war?«

»Ja … genau von dem. Kinder hatten ihn gefunden. Nun, es handelt sich beim Toten nicht um einen wirklichen Junkie …« An dieser Stelle stoppt Yvonne ihre Rede.

»Ist er nicht an einer Überdosis gestorben?«, nimmt Andrea den Faden wieder auf.

»Doch, schon … hm … eigentlich dürfte ich nicht darüber sprechen. Es handelt sich um laufende Ermittlungen. Na ja, ich weiß ja, dass ich bei dir nicht Gefahr laufe, dass etwas frühzeitig an die Öffentlichkeit gerät.«

»Genau, es wäre nicht das erste Mal, dass du mir von deiner Arbeit erzählst«, bestätigt Andrea.

»Erste Untersuchungen bei der Rechtsmedizin zeigen eindeutig, dass der Mann kein Drogenkonsument war. Es war eine einmalige Sache. Dafür zeigte er Fesselspuren an den Handgelenken, ganz leicht, mit bloßem Auge fast nicht sichtbar. Man musste schon mit der Lupe hinschauen, wenn man etwas sehen wollte. Ein Gefesselter kann sich ja wohl nicht selbst spritzen. Er hatte zwei Einstiche, also er bekam wohl zwei Dosen verabreicht. Vermutlich sollte die erste ihn nur gefügig machen, und die zweite Dosis war dann der goldene Schuss.«

Andrea schlägt eine Hand vor ihren Mund. »Oh mein Gott. Das ist ja schlimm. Vor allen Dingen, dass es hier bei uns auf dem Land passierte. In Basel ist das Drogenproblem ja bekannt. Wer kennt nicht den Drogenstrich rund um die Claramatte. Aber sag mal, gibt es konkrete Hinweise, warum ihr meint, der Getötete wurde gefügig gemacht?«

»Es sieht so aus, als habe jemand ihn als Zielscheibe seiner grenzenlosen Wut benutzt, denn es gibt keinen Zweifel, dass sowohl vor als auch nach Eintreten des Todes mit beträchtlicher Grausamkeit vorgegangen wurde. Das Opfer zeigte am Geschlechtsteil ziemlich schlimme Verstümmelungen. Außerdem hatte es schlimme Verletzungen am After. Es wurde vergewaltigt und so wie es aussieht, gab es keine Penispenetration, sondern es wurde mit einem ziemlich groben Gegenstand malträtiert.«

»Huh, das schaudert einen ja richtig. Hat man einen solchen Gegenstand vor Ort gefunden?«

»Nein. Der wurde mitgenommen. Wohl, um keine Spuren zu hinterlassen. Jedoch, was wir fanden, und zwar etwa 100 Meter vom Leichenfundort entfernt, im Abfallkorb einer Tramhaltestelle, das ist eine Spritze. Das Blut des Opfers konnte an der Spritze festgestellt werden. Die Fingerabdrücke daran müssen noch ausgewertet werden. Wir sind auch nicht sicher, ob der Leichenfundort auch der Tatort war.« Yvonne schweigt einen kurzen Moment nachdenklich und ergänzt schließlich weiter: »Der oder die Täter - vermutlich waren es mindestens zwei - waren ziemlich wütend, gingen wirklich bestialisch vor. Einer alleine kann sich eine solch grausame Tat fast nicht ausgedacht, geschweige denn begangen haben. Wir sind jetzt noch am Abklären, erstens wer der Getötete ist und zweitens, in welcher Szene er verkehrte … Prostitution, Zuhälterei oder, auch wenn er nicht selbst Drogen konsumierte, gar in der Dealer-Szene. Meist hat das Ganze, wenn jemand so wütend, so bestialisch misshandelt wird, mit Prostitution und/oder Drogenhandel zu tun … aber, lass uns von etwas anderem reden. Sich über meine Fälle zu unterhalten macht nur trübsinnig. Sag mal wie geht es Dir, was machen die Mädels. Ich hab sie schon ewig nicht mehr gesehen.«

Andrea, inzwischen längst versöhnt mit den Umständen, die sie am heutigen Morgen ausflippen ließen, erzählt ihr vom Vorfall, als die beiden eine mittlere Katastrophe im Bad und an sich selbst verursachten. Die beiden Freundinnen lachen herzhaft. Plötzlich hört Andrea abrupt auf zu lachen und wird nachdenklich ernst. Yvonne stockt ebenso mitten in ihrer Unbeschwertheit. Andrea scheint etwas zu bedrücken, das sah sie schon, als Andrea hereinkam. So gut kennt sie ihre Busenfreundin. Und, was bedeutete Freundschaft denn schließlich sonst, wenn nicht einer guten Freundin zuzuhören, wenn sie etwas bedrückt und vielleicht, wenn man kann, Rat oder Halt zu geben. Dass dieser benötigte Halt irgendwann einmal sehr aktuell und wichtig werden würde konnten beide zu diesem Zeitpunkt noch nicht ahnen.

»Also Andrea, schieß los!«, fordert sie ihre Freundin auf. »Was meinst du?«, fragt Andrea erst einmal vorsichtig.

»Wie lange kennen wir uns nun schon?«, fragt Yvonne und ohne eine Antwort abzuwarten, ergänzt sie, »Ich kenne dich zumindest so lange und so gut, um zu sehen, dass dich etwas bedrückt.«

»Ach Yvonne. Du hast ja recht. In der Tat, irgendetwas stimmt nicht mit Norman. Genau gesagt, seit gestern«, beginnt Andrea.

»Ui, habt ihr einen Ehekrach?«, drängt es sich Yvonne nach Andreas vager Andeutung förmlich auf.

»Nein, nein. Es ist nur … wie soll ich es sagen … seit gestern ist Norman seltsam anders. Er wirkt von einem Tag auf den anderen fremd auf mich.«

»Hm, meinst du, dass er vielleicht fremdgeht. Meist ist das eine Erklärung für ein plötzlich verändertes Verhalten«, mutmaßt Yvonne knallhart, schließlich hatte sie darin aus ihrem eigenen Leben bestens Erfahrung. In ihrer Ehe mit Markus hatte es genauso begonnen. Seit zwei Jahren ist sie nun geschieden.

Andrea rümpft die Nase und schüttelt den Kopf. »Nein, das denke ich nicht.« Sie schüttelt, ihre Aussage bekräftigend, den Kopf noch energischer: »Nein. So etwas sieht Norman nicht ähnlich. Er liebt mich, er liebt die Kinder. Nein, er ist kein Fremdgänger. Ich mache mir eher Sorgen, dass er vielleicht krank sein könnte, oder vielleicht hat er Sorgen, über die er nicht reden kann ... oder besser, nicht weiß wie er es anstellen soll, darüber zu reden.«

»Na, dann frage ihn doch ganz einfach.«

»Das hab ich ja versucht. Aber er hatte eine Ausrede, zumindest glaube ich, dass es eine Ausrede war. Er sagte nämlich, dass ihn das strenge Training vom Vortag ziemlich gerädert hatte.« Einen Moment schaut Andrea schweigend vor sich hin, es ist mehr ein ›Durch-Alles-Hindurchschauen‹, und stellt dann sachlich fest: »Norman und gerädert! Nein. Der ist topfit, zumindest nicht weniger als Beat, und der schien mir beim Gespräch nicht gerädert.«

»Du hast mit Beat gesprochen?«, fragt Yvonne überrascht.

»Ja. Ich wollte doch nur wissen, ob ihm an Norman etwas aufgefallen sei. Er verneinte. Also, es hörte sich so an, als hätten sie trainiert wie immer. Ein besonders hartes Training, das anstrengender gewesen sein soll als bisher, hatte er nicht bestätigt. Kein Wort hatte er darüber verloren. Auch auf meine Frage hin nicht. Er ist gar nicht darauf eingegangen ... ja, er überging die Frage einfach, als wäre sie nicht gestellt worden.«

»Nun, jetzt warte mal ab. Vielleicht hat ihn das Training dieses eine Mal halt etwas mehr geschafft als früher. Manchmal gibt es auch eine körperliche Unpässlichkeit, die einen Einfluss auf die Kondition hat; schlechte Tagesform, kennst du doch«, versucht Yvonne ihre Freundin zu beruhigen.

»Er ist aber an diesem Tag auch früher vom Geschäft nach Hause gegangen ... nein ich sollte eher sagen weggegangen. Er kam ja nicht nach Hause.«

»Du hast auch im Geschäft angerufen? Na ich weiß nicht, ob er darüber erfreut ist, wenn du Himmel und Hölle wegen einer vagen Vermutung in Bewegung setzt.«

»Nein, ich habe doch nicht angerufen. Gott behüte ... nein. Regula, so heißt seine Mitarbeiterin, die hat bei mir angerufen, weil er am Morgen nicht zur Arbeit erschien. Ich fand ihn dann schlafend in seinem Büro ... im Bürosessel.«

»Da haben wir's. Es ging ihm gestern nicht so gut und deswegen hat er auch verschlafen ... im Büro halt. Kann ja mal vorkommen, wenn einem nicht so gut ist und wenn man gar auf dem Zahnfleisch daherkommt.«

»Klänge plausibel, wenn es nicht so plötzlich aus heiterem Himmel gewesen und er dann am Abend nicht trotzdem ins Training gegangen wäre. Regula hatte sich eben auch Sorgen gemacht. Sie sagte, dass er vom Mittagessen zurückkam und dann auch nicht mehr lange da war. Er hatte sich danach gleich ohne viele Worte verabschiedet. Er habe den Kopf im Moment voll, soll er gesagt haben. Das sieht ihm eben auch nicht ähnlich. Er hat den Kopf immer voll, schließlich ist er ein Genie, aber das hat ihn noch nie belastet.«

»Na, dann haben wir ja die Erklärung. Ist doch verdächtig, oder? Gleich nach dem Mittagessen. Da hat er sich ganz einfach den Magen verdorben. Irgendetwas ist ihm nicht bekommen«, versucht Yvonne Andreas Bedenken zu entkräften.

»Na, wenn er sich den Magen verdorben hätte, hätte er doch nicht gesagt, er habe den Kopf voll. Da hätte er doch locker seinen Magen als Grund für sein verfrühtes Verschwinden angeben können. Daraus hätte er doch kein Geheimnis zu machen brauchen. Nein der Magen war's nicht. Und außerdem, mit verdorbenem Magen spielt man nicht Squash«, widerspricht Andrea energisch.

»Na ja, meine Süße, dann ging es ihm halt ganz einfach wieder besser und er dachte, ein Training könne ihm nicht schaden«, lässt Yvonne sich nicht von ihrer Magen-Verdorben-Theorie abbringen.

Andrea lacht. »Ja Frau Leiterin Drogenfahndung. Wahrscheinlich ist es so.«

»Oh, klang ich wieder wie eine Polizistin?«, fragt Yvonne augenzwinkernd.

»Kein Problem. Es verlangt ja auch keiner, dass du über deinen eigenen Schatten springst«, versucht Andrea Yvonnes selbst bemerkte praktizierte Polizistenrolle charmant zu entschuldigen. »Na ja, vielleicht mache ich mir wirklich zu viele Gedanken und die ganze Sache entpuppt sich tatsächlich als harmlos.«

Es ist ihr lieber, die ganze Diskussion auf diese Art zu beenden, schon der Peinlichkeit wegen, sollte sich alles als eine Überreaktion ihrerseits herausstellen.

»Nun, meine Liebe, so gefällst du mir wieder besser. Es ist nicht gut, alles gleich schwarz zu sehen, bevor man mit der Hauptperson überhaupt konkret gesprochen hat.«

6

Es ist halb elf als Andrea nach Hause kommt und Norman im Sessel neben dem Cheminée lesend antrifft. Sie geht zu ihm, umarmt ihn von hinten und küsst ihn seitlich auf den Hals, wie sie es immer tut.

»Na, wie war dein Abend«, fragt Norman, bemüht Teilnahme an Andreas Aktivitäten zu zeigen. Doch es kommt nicht glaubwürdig rüber. Sie löst sich enttäuscht von ihm und sagt ziemlich kurz angebunden, ihn jedoch sehr genau beobachtend: »Wie immer, wenn ich mit Yvonne zusammentreffe. Sehr interessant, sehr spannend, sehr lustig.«

»Schön, das freut mich«, kommentiert er ihre Kurzbeschreibung lächelnd.

Andrea nimmt Norman gegenüber im Sessel Platz und beobachtet ihn nachdenklich.

»Norman?«, beginnt sie nach einer gewissen Zeit.

Norman schaut fast ein bisschen erschrocken auf. »Hm?«

»Ich sitze nun schon …«, sie blickt auf die Uhr über dem Cheminée, »… sagen wir … etwas mehr als fünfzehn Minuten hier und sehe zu, wie du in dein Buch vertieft bist.«

»Ja! Und? Was ist daran besonders? Nichts Außergewöhnliches, oder?«, kommentiert er vorsichtig ihre Feststellung, ohne schroff wirken zu wollen. Er hat das Gefühl, dass Andrea ihn herausfordern will, darüber zu reden, was ihm seit gestern auf dem Herzen liegt. So wie es aussieht, wird es wohl heute zu dieser späten Stunde sein.

»Das Besondere, das Außergewöhnliche daran ist, dass du in diesen gut fünfzehn Minuten nicht *einmal* geblättert hast. Du scheinst über einer Seite zu brüten oder ...«, sie stoppt mitten in der Rede.

»Oder?«, fragt er betont gelassen ... fast etwas zu gelassen. Mein Gott, wie soll er seiner Frau beibringen, dass er sie damals vor acht Jahren betrogen hatte, dass er einen Sohn hatte, von dem er bis gestern nichts wusste. Sie würde es nicht verstehen, wie auch? Sie würde ihm nicht glauben, dass er sie über alles liebt, dass seine Affäre mit Nathalie, wenn auch damals sehr tiefgehend, danach keine Bedeutung mehr hatte. Dass es eine Affäre war, die zwar den Moment verzauberte, aber danach im Wissen, dass es keine Zukunft für sie beide geben konnte, abgeschlossen war, das heißt also mit seiner Abreise von Montpellier. Dass er zu Andrea, die total anders als Nathalie ist, stand, weil er sie liebte. Dass das Leben während der paar Tage in Montpellier ein ganz anderes war, als das, das er hier mit Andrea führte.

»Oder du liest gar nicht, blickst stattdessen durch dein Buch hindurch«, beendet Andrea in seine Gedanken hinein den begonnenen Satz. »Tja, und das ganze passt zu deinem äußerst seltsamen Verhalten seit gestern.« Sie blickt ihn traurig an, fast flehentlich, dass er doch endlich mit ihr reden möge.

Norman schaut seine Frau resigniert an. Er fühlt einen Kloß im Hals. Als er beginnt, über das, was seit gestern auf ihm lastet, zu reden, ist seine Stimme belegt: »Ja, Andrea, ich muss mit dir reden.«

Andrea gibt es einen Stich ins Herz. ›*Um Gottes Willen*‹, denkt sie, ›*gibt es also doch eine andere?*‹ Ihr wird plötzlich ganz heiß, ihr Puls beginnt schneller zu schlagen. Sie spürt wie die Röte ihren Hals hochsteigt. Sie versucht, diesen Gedanken gewaltsam wegzuschieben … ›*es kann keine andere sein*‹, denkt sie. So etwas passiert doch nicht von einem Tag auf den anderen und schon gar nicht in ihrer intakten Familie. Das passiert anderen Frauen, aber nicht ihr, nicht mit Norman. Außerdem ist Fremdgehen, das auf eine Trennung hindeutet, doch ein Prozess und nicht eine einmalige Sache von gestern auf heute. Sie kann nicht mehr ruhig sitzen und steht von ihrem Sessel auf.

Auch er steht auf. »Bevor ich aber zu erklären anfange, lass' mich eines vorwegschicken. Andrea ich liebe dich, ich liebe dich und die Kinder über alles, das sollst du wissen. Eine Welt würde für mich zusammenbrechen, mein Herz würde zerreißen, wenn ich einen von euch verlieren würde.«

Andrea wird ganz schwindlig. Was für ein Geständnis erwartet sie, nach einer solch dramatischen Einleitung. Dann beginnt Norman zu erzählen, wie er damals vor acht Jahren Nathalie kennenlernte, wie er dieser Anziehungskraft, die von dieser Frau ausging, wider alle Vernunft, die sich in ihm bemerkbar machte, nicht widerstehen konnte … ja und schließlich, dass aus dieser kurzen Affäre ein Kind hervorging, ein Junge, der heute sieben Jahre alt ist.

Jedes Wort, brennt ihm wie Feuer auf der Zunge. Nein sie schmerzen ihn, weil ihm sehr wohl bewusst ist, was er seiner Frau mit diesem Geständnis zumutet. Andreas Gesichtszüge verhärten sich, versteinern zu einer Maske. Sie ist zu fassungslos, um auch nur ein

Wort herauszubringen. Er will zu ihr gehen und ihre Hände ergreifen. Doch sie hält ihm ihre Hände abwehrend entgegen. Für einen Moment herrscht eisernes Schweigen.

»Andrea … bitte Andrea, glaube mir, es ist für mich ebenso ein Gang durch die Hölle, dieses Geständnis abgeben und dich damit so kränken zu müssen.«

»Und warum tust du es?«, fragt sie ruhig, als sie ihre Sprache wieder gefunden hatte. Doch ihre Stimme ist kaum mehr als ein Flüstern.

»Weil ich keine andere Wahl habe«, sagt er, während er sie flehend anblickt. Sie weicht seinem Blick aus.

Von ihm halb abgewandt fragt sie ihn: »Warum hast du es denn nicht einfach für dich behalten? Wir hatten es doch bis jetzt so gut miteinander. Alles hat gestimmt. Warum zerstörst du alles?«

»Weil es geschehen ist und nichts rückgängig gemacht werden kann.«

»Das weiß ich selbst, …«, sagt sie, ihm jetzt wieder zugewandt, mit eisernem Blick, »dass du einen Seitensprung nicht rückgängig machen kannst und schon gar nicht, wenn es einer mit Folgen war. Doch, wenn ich davon nie erfahren hätte, wäre ich doch auch nie enttäuscht gewesen. Ich war's doch so viele Jahre nicht. Wie sagt man so schön: ›*Was ich nicht weiß, macht mich nicht heiß.*‹ Du hättest es doch als dein süßes Geheimnis…«, bei dieser Formulierung lacht sie bitter, »… für dich bewahren können. Warum jetzt? Dein Kind ist sieben Jahre alt. Sieben Jahre sind Mutter und Kind ohne dich ausgekommen, und wenn du heimlich Alimente für den Jungen überwiesen hattest, so ist mir das bisher nie aufgefallen. Warum Norman, warum? Warum machst du alles kaputt?«

»Liebes, es liegt mir fern, alles kaputtzumachen. Aber ich hatte keine andere Wahl, als diese Beichte. Ich habe von meinem Sohn erst gestern erfahren. Ich erfuhr nicht davon, weil die Mutter ganz plötzlich die launische Idee hatte, in unser Leben einzudringen. Ich erfuhr davon, weil sie vor zwei Wochen einem Krebsleiden erlegen ist.«

Andrea zuckt bei diesen Worten zusammen. Ihr Blut in den Adern scheint zu erstarren.

Norman fährt fort. »Sie hatte einen Rechtsanwalt, der gleichzeitig ein guter Freund von ihr ist … ähm war …, damit beauftragt, mit mir in Kontakt zu treten, damit ihr über alles geliebter Sohn bei seinem Vater ein zu Hause finden kann. Es gibt sonst niemanden.«

Andrea reißt entsetzt die Augen auf. »Nein. Das meinst du nicht wirklich, oder? Der Junge soll in unserer Familie unterkommen? Das kannst du von mir nicht verlangen.«

»Andrea«, seufzt Norman und geht auf sie zu, will sie an den Schultern nehmen. Er möchte sie so gerne in die Arme schließen, an sich drücken. Doch sie weicht zurück.

»Fass mich nicht an!«, sagt sie beherrscht mit kalter nie dagewesener Härte, so dass Norman erschreckt zurückweicht.

»Andrea, er ist ein Kind«, sagt er deprimiert, »ein Kind, das in Liebe aufwuchs. Man kann ein unschuldiges Kind doch nicht seinem Schicksal überlassen. Man kann es doch nicht bestrafen für die Sünden seiner Eltern.«

Nach einer weiteren Pause eisernen Schweigens fragt sie: »Und wie geht es jetzt weiter?«

»Ich werde morgen den Rechtsanwalt anrufen - er ist noch in Basel - und das weitere Vorgehen mit ihm besprechen. Doch bevor ich das tue, bitte Andrea, sage mir, ob du vielleicht doch in Erwägung ziehen könntest, als Mutter meinen Sohn aufzunehmen und, wenn auch anfänglich nicht zu lieben, dann doch zumindest zu akzeptieren. Ich bin so hilflos, Andrea. Es fällt mir unendlich schwer, dich darum zu bitten, aber ...«, er stockt einen Moment, »... aber es ist doch auch mein Kind, aus meinem Fleisch und Blut.«

Es ist genau dieser Satz, der Andrea wie ein schmerzhafter Stich mitten ins Herz trifft. ›Sein Fleisch und Blut in einem Kind vereint mit dem Fleisch und Blut einer anderen.‹ Sie hat Tränen in den Augen. Norman blickt sie hilflos an.

»Ich gehe ins Bett«, sagt sie mit erstickter Stimme, dreht sich weg und will den Salon verlassen.

»Andrea«, fleht Norman. Sie dreht sich nochmals um, und er sieht, dass ihr Tränen die Wangen hinunterlaufen.

»Tu, was du nicht lassen kannst«, sagt sie nur.

»Ich will nicht tun, was ich nicht lassen kann, sondern ...«

Doch Andrea unterbricht ihn, »dann tu halt das, von dem du glaubst, dass es getan werden muss.« Sie verlässt endgültig den Salon.

*

Norman sitzt schon seit fünf Uhr früh in seinem Büro, um an seiner Präsentation ein paar Korrekturen vorzunehmen. Er sieht blass und übernächtigt aus, denn er hat kaum geschlafen. Er nimmt das Bild von

Maurice hervor, um es anzuschauen. Er kann es sich nicht erklären, aber er beginnt das Kind, ohne es je gesehen, gesprochen oder berührt zu haben, schon jetzt zu lieben. Mit einer zärtlichen Geste streicht er über das kleine Gesicht. Es ist nur ein zartes Berühren mit den Fingerspitzen. Plötzlich drängen sich ihm die Bilder des Vorabends wie ein Film vor sein geistiges Auge. ›So schnell kann sich alles ändern‹, denkt er, ›von einer Minute zur anderen.‹ Während er so gedankenverloren dasitzt, hört er wie oben die Türe geht. Er schreckt auf und lässt das Bild schnell wieder in seinen Unterlagen verschwinden. Andrea ist aufgestanden. Sie hatte sich am Abend zuvor ins Gästezimmer verzogen. Jedes dieser alltäglichen Geräusche, nimmt er heute ganz bewusst war. Die Badtüre, die Toilettenspülung, die Dusche, der Gang zum Ankleidezimmer und schließlich, wie sich die Schritte über den Treppenabgang nähern und wieder in Richtung Küche entfernen. Langsam erhebt er sich und bangen Herzens geht er zur Küche.

Andrea steht mit dem Rücken zur Tür bei der Anrichte, um das Frühstück vorzubereiten.

»Andrea?«, spricht Norman sie leise an.

Andrea wendet sich kurz zu ihm um. Ihr Gesicht wirkt unnatürlich blass, tiefe Schatten liegen wie dunkle Halbmonde unter ihren Augen. Wie Norman wirkt auch sie übernächtigt.

›Oh mein Gott, was habe ich ihr angetan‹, durchzuckt es ihn schmerzhaft. Er würde so gerne zu ihr gehen, sie umarmen, nein fest an sich drücken und sie nie mehr loslassen, immer wieder seine Liebe beteuernd. Doch er wagt sich gar nicht in ihre Nähe.

Andrea wendet sich wieder von ihm weg und beginnt mit dünner Stimme zu sprechen. »Kannst du für mich heute ein paar Besorgungen machen?«, fragt sie. »Ich brauche einiges für die Geburtstagsfeier übermorgen. Das meiste ist bestellt und liegt bei Globe bereit. Und den Rest, was es noch braucht, bekommst du auch dort.«

Ach, das hatte er in der ganzen Hektik total vergessen ... die Zwillinge feiern Freitag ihren Geburtstag und da kommen eine Menge Kinder. ›Auch das noch‹, denkt er. Doch im nächsten Moment empfindet er diese Vorstellung gar nicht so abschreckend: ›Wer weiß, vielleicht ist das gar nicht so schlecht, gibt so ein Kindergeburtstag vielleicht doch etwas Ablenkung. Möglicherweise hilft der Abstand uns allen ein bisschen, uns mit der neuen Situation anzufreunden und nicht gleich alles schwarz zu sehen.‹ Er hofft innigst, dass irgendwann, wenn der Junge erst einmal da ist, die Wunden langsam heilen werden und ein normaler Alltag einkehren kann.

»Natürlich mache ich die Besorgungen. Heute, gleich nach der Arbeit«, sagt er sehr beflissen.

»Der Zettel hängt an der Pinnwand«, antwortet Andrea tonlos. In dem Moment hört man oben Gelächter. Die Mädchen sind wach und kurz später hört man sie auch schon, wie sie hintereinander her die Treppe herunterpoldern. Über das Wohn- und Esszimmer platzen sie in die offene Küche.

»Mami, ich hab' Hunger«, quäkt Sarah mit kräftiger Stimme, »krieg ich heute ein Müsli?«

»Ich auch«, echot Laura und sie kichern beide.

»Daddy?«, tönt Sarah in fragendem Ton, da sie ihn eben erst entdeckte.

»Yes, Darling«, antwortet Norman. Er versucht zu lächeln, sich nichts anmerken zu lassen.

»Will you be here for our birthday party, or will you have to work?«, fragt sie, denn ihrer beider Geburtstag ist im Moment das, was die beiden am meisten bewegt.

»I'll try to be here«, verspricht er in zärtlichem Ton.

»Do you have a gift for us?«, will Sarah schließlich wissen. Norman schmunzelt. Wie sind sie süß seine beiden Mädels. Natürlich ist das erwartete Geburtstagsgeschenk noch wichtiger, als die Geburtstagsparty.

»Natürlich kriegt ihr ein Geburtstagsgeschenk«, mischt Andrea sich ein. Das wisst ihr doch.

»Ich wünsch' mir zum Geburtstag ein Brüderchen«, sagt Sarah.

»Ich auch«, ist es wieder Laura, die hinterherplärrt.

Andrea zuckt zusammen und steht für einen Moment wie zur Säule erstarrt da. Die Mädchen hatten früher immer wieder mal diesen Wunsch geäußert, doch da hatte er für sie eine andere Bedeutung ... anders als heute. Auch an Norman ging dieser geäußerte Wunsch nicht ohne Gefühlsregung vorbei. Wie ein Stromschlag durchzuckt es seinen Körper und ist überrascht, mit welcher Antwort Andrea reagiert.

»Soll's ein *kleines* Brüderchen sein, oder lieber ein *größeres*, mit dem ihr schon spielen könnt?«, fragt Andrea sehr geschickt, nachdem sie sich wieder gefasst hatte, um die Situation zu retten ... und, na ja, vielleicht auch, um die Kinder auf das bevorstehende Ereignis einzustimmen. Wenn dieser sarkastische Unterton in ihrer Stimme nicht deutlich herauszuhören gewesen wäre, hätte Norman fast so etwas wie ein Silberstreif am Horizont vermutet. Doch noch ist er vorsichtig, in dieser Äußerung eine Entwarnung für die explosive Atmosphäre zu erhoffen. Die Stimmen der Kinder reißen ihn aus seinen Gedanken.

»Ein *kleines* Brüderchen«, quäkt Sarah.

»Nein, lieber ein *größeres,* mit dem man spielen kann«, widerspricht Laura und schubst ihre Schwester. Und schon geht der Zank los, als Sarah Laura erklärt, dass das gar nicht gehe, ein großes Brüderchen, weil ein großer Bruder nämlich zu groß sei. »Gell Mama, wir sind aus deinem Bauch gekommen«, fragt sie, erwartet aber gar keine Antwort, denn die Mädchen sind aufgeklärt. So folgert sie logisch weiter, dass im Bauch von Mama nur ein winziges Baby Platz habe. Laura widerspricht dem »nein zwei« und es wird immer lauter.

Es ist Andrea, die das Gezeter unterbricht: »Ihr geht jetzt beide hoch, wäscht eure Hände, kämmt die Haare ein bisschen ordentlich hin, denn so setzt ihr euch nicht an den Tisch, und dann kommt ihr herunter und … ja, ihr kriegt euer Müsli heute.«

»Juhu«, rufen sie beide im Chor und schon stürmen sie wieder hintereinander her die Treppe hoch, so als wollte jede die erste sein.

«Andrea?«, beginnt Norman erneut, als die beiden weg sind.

Diesmal dreht sie sich nicht zu ihm um, als sie fragt: «Was ist?«

»Andrea, wie kann ich dir beweisen, dass ich nie aufgehört habe, dich zu lieben … seit wir uns begegneten? Wie kann ich dich davon überzeugen, dass ich es unendlich bedaure, dich so gekränkt zu haben und dass ich, wenn ich könnte, alles, was damals in Montpellier geschah, rückgängig machen würde?« Er weiß, dass er beim zweiten Teil seiner Aussage nicht ehrlich war. Er weiß, dass damals alle Vernunft außer Kraft gesetzt war und er das kurze ekstatische Zusammensein mit Nathalie nie bereute, auch heute nicht. Aber es hatte nichts mit seiner Beziehung zu Andrea zu tun. Es sind in seinen Augen zwei ganz verschiedene Dinge, so als wären es zwei voneinander unabhängige Leben gewesen. Wie soll man das jemandem begreiflich machen?

Er möchte sie umarmen, doch er wagt es nicht, sich ihr zu nähern. Entmutigt lässt er die Arme sinken. Geknickt, schuldbewusst steht er da, wie ein kleiner Junge, der die Konsequenzen für sein fehlbares Verhalten erwartet.

Andrea beantwortet Normans Fragen nicht. »Rufst du diesen Rechtsanwalt nun heute an?«, fragt sie stattdessen in die knisternde unerträgliche Stille hinein.

»Ja, das möchte ich tun«, antwortet er kleinlaut.

»Hast du eine Vorstellung, wie es weitergehen soll? Wann soll der Junge kommen? Wie soll er kommen? Wird ihn jemand bringen? Müssen wir mit einem Haus voller Gäste rechnen?«

»Nein Andrea. Es wird außer dem Jungen niemand ins Haus kommen. Ich stelle mir vor, dass ich erst einmal nach Paris reise, damit wir uns gegenseitig kennenlernen. Dann werden wir entscheiden, zusammen mit Maurice, ob er mich gleich hierher begleitet, oder ob er noch etwas Zeit benötigt. Das ergibt sich je nach Situation.«

»Maurice heißt er also?«, sagt Andrea darauf sehr leise.

Norman ist aufgefallen, dass er bis jetzt den Namen seines Sohnes nie erwähnt hatte, auch den seiner Mutter nicht.

»Ja, Maurice«, antwortet er knapp.

»Frühstück ist fertig. Kommt ihr«, ruft Andrea zu den Kindern hoch. Sich mit den Kindern zu beschäftigen ist immer eine passende Ablenkung, wenn man sich nicht weiter auf ein Thema einlassen will. Auch Andrea bedient sich bevorzugt dieser Taktik und auch sehr erfolgreich.

Das Frühstück geht schweigsam vonstatten. Andrea schaut nur auf den vor ihr stehenden Teller und Norman versucht vergeblich Blickkontakt mit ihr aufzunehmen. Nur die Kinder plappern munter drauf los in Vorfreude auf ihren fünften Geburtstag, im Moment ihr wichtigstes Thema. Kurz später verlässt Norman wortlos das Haus, nachdem er den Zettel für die Einkäufe von der Pinnwand nahm. Als er weg ist, vergräbt Andrea, die Ellbogen auf den Tisch gestützt, ihr Gesicht in ihren Händen. Sie schluchzt innerlich, doch Tränen hat sie keine mehr. Es schmerzt sie in der Brust. Wie doch von einem Tag auf den anderen das Leben sich so grundlegend verändern kann. Alles, was bisher in geordneten Bahnen angenehm und sorgenfrei ablief, fällt zusammen wie ein Kartenhaus. Ihre Ehe ein Trümmerhaufen. Erst die Kinder, die wieder zu zanken beginnen, holen sie aus ihren trüben Gedanken zurück.

*

Nachdem sie die Kinder in den Kindergarten gebracht hatte sitzt sie wieder wie apathisch am Tisch und starrt ins Leere.

Sie hatte eine Sonnenbrille getragen, als sie die Kinder fortbrachte, um ihre roten Augen zu verbergen. Sie hatte im Kindergarten erklärt, dass sie sich eine Bindehautentzündung eingehandelt habe und auch ziemlich lichtempfindlich sei.

Ist es möglich, dass sie sich nur eingebildet hatte, die Kindergärtnerin, mit der sie sprach, habe sie etwas mitleidig angeblickt. ›Sehe ich so bejammernswert aus?‹, fragte sie sich im Stillen. Sie hatte das Gefühl, als sei die Erklärung mit der Bindehautentzündung nicht überzeugend rübergekommen und die ganze Welt sehe ihr an, dass sie Eheprobleme hatte?

Sie muss mit jemandem sprechen, mit jemandem, dem sie sich anvertrauen kann und so geht sie zum Telefon und wählt eine Nummer. Es geht auch nicht lange meldet sich eine Frauenstimme: »Borowsky.«

»Hallo Kerstin, ich bin's, Andrea.«

Kerstin ist Andreas um vier Jahre ältere Schwester und hat in Freiburg eine Praxis für psychologische Beratung und zwar schwerpunktmäßig Ehe-, Paar- und Familienberatung. Andrea glaubt, dass ihre Schwester im Moment die richtige Ansprechpartnerin für sie sei, zumal sich die beiden als Kinder und vor allem als Jugendliche und Halberwachsene immer schon gut verstanden. Damals schon hatte sie sich an ihre Schwester gewandt, wenn sie Sorgen hatte. Aber nicht nur für Sorgen war Kerstin für sie da, nein, die beiden unternahmen auch sonst viel zusammen.

»Oh hallo Andrea«, sagt Kerstin erfreut, »schön deine Stimme zu hören. Wie geht's euch beiden und was machen eure Mädels? Die werden ja schon ganz aufgeregt sein. Ich habe übrigens vor vier Tagen die Geschenke abgeschickt. Sind sie angekommen?«

»Jetzt hast du viele Fragen auf einmal gestellt. Den Mädels geht's wie immer blendend, sie sind aufgeweckt und hecken auch hin und wieder Streiche aus, die auch mich ganz schön auf die Palme bringen können, und, na klar sind sie aufgeregt. Doch das Päckchen ist bis jetzt noch nicht angekommen«, gibt Andrea erst mal Auskunft auf Kerstins Fragen, ohne auf die Frage ›wie es ihr selbst und Norman geht‹ einzugehen.

»Oh je, ich hoffe es kommt noch rechtzeitig an. Ist natürlich nie ganz gewiss, wenn man etwas grenzüberschreitend verschickt.«

»Wir haben ja noch drei Tage. Gehen wir mal lieber vom günstigsten Fall aus«, versucht Andrea zu beruhigen. Ihre Stimme muss anders als sonst geklungen haben, denn Kerstin fragt besorgt: »Andrea. Was ist los? Deine Stimme klingt so … na ja, so kleinlaut. Hast du etwas auf dem Herzen?«

Bei dieser Frage fängt Andrea an zu schluchzen.

»Um Gottes Willen, Schwesterchen, was ist geschehen?«, fragt Kerstin erschrocken. Sie spürt, wie ihre Schwester aufgewühlt ist.

»Norman hat einen Sohn. Er hat ihn mir gestern gebeichtet. Einen siebenjährigen Sohn hat er.«

»Häh?«, fragt Kerstin ungläubig. Norman war in ihren Augen seit jeher ein hoch gebildeter, gut situierter, grundanständiger Mensch. Fremdgehen passte nicht zu ihm. Das würde sie ihm nie zutrauen. »Ist das wirklich wahr, Andrea, oh mein Gott? Hat er dich so viele Jahre betrogen? Ein Doppelleben geführt? Ihr ward doch für mich *DAS* Vorzeige-Ehepaar. Selten habe ich eine Ehe, und ich habe wirklich in viele Ehen hineingeblickt, so harmonisch erlebt, wie die eure.« Ihre Stimme wirkt sehr aufgeregt. »Er soll so viele Jahre gelogen haben? Andrea, es fällt mir schwer, mir dies vorzustellen. So durchtrieben hätte ich ihn nie eingeschätzt.«

»Ist er auch nicht«, antwortet Andrea zu Kerstins Überraschung. »Er hatte es selbst erst gestern erfahren und er leidet selbst wie ein Hund unter dieser Situation. Und er beteuerte gestern und heute immer und immer wieder seine Liebe zu mir ... ja, und es klang echt ... und ... verzweifelt ...«

»Na das ist ja schon mal was«, findet Kerstin fürs Erste alles gar nicht so tragisch. »Das müsste dich doch gleich einmal beruhigt haben. Wie sieht es mit dir aus? Liebst du ihn auch immer noch, jetzt nachdem du von der Affäre weißt?«, will sie wissen.

Andrea wartet mit der Antwort. Es ist als wolle sie in sich hineinhorchen, um zu spüren, was sie für Norman empfindet.

»Ja, Kerstin, ich liebe ihn noch. Wenn ich ihn bis gestern liebte, kann ich ja heute nicht sagen, *)aus und vorbei, ich liebe dich nicht mehr(*. Er ist ja immer noch derselbe, der er gestern war, vor der Beichte. Ich bin halt einfach bitter enttäuscht, es tut so schrecklich weh und ...«

Sie wird von Kerstin unterbrochen, denn es scheint als wäre ihr eine Aussage erst jetzt so richtig bewusst geworden: »Was sagtest du eben? Er selbst soll erst gestern erfahren haben, dass er einen Sohn hat. Er wusste also all die Jahre nichts davon? Habe ich das richtig verstanden?«

»Ja.«

»Mensch Andrea, das bedeutet doch, dass er dich nicht all die Jahre konstant betrogen hatte, sondern, dass es ihm vor einigen Jahren - sagen wir es mal salopp - für einmal den Ärmel reingezogen hatte, er sich aber zu seiner ... ward ihr damals eigentlich schon verheiratet? ... ähm ... nein, wenn ich genau nachrechne, war das vor eurer Heirat ... also, dass er sich zu seiner zukünftigen Frau bekannt hatte. Hm. Das ist doch erfreulich. Zumindest kommen seine heutigen

Liebesbezeugungen glaubhaft rüber. Einzig, was mich etwas stutzig macht, das ist, warum gerade jetzt nach so vielen Jahren …? Ich meine, wenn seine damalige … nennen wir es mal Affäre … bis heute den gemeinsamen Sohn verschwiegen hatte, warum kommt sie nach so vielen Jahren mit dem Kind daher? Platzt mitten in euer Leben und beschwört damit eine Krise herauf? Sie hätte es doch weiterhin für sich behalten können. Und zweitens, warum hatte Norman es nicht für sich behalten, nachdem er es erfahren hatte? Er hätte ja nichts zu sagen brauchen.«

»Sie ist nicht in unser Leben geplatzt. Sie ist verstorben, ein Krebsleiden, und hatte jemanden beauftragt, mit Norman in Kontakt zu treten.«

»Ach herrje … ich sehe das Problem«, beginnt Kerstin ganz plötzlich zu begreifen. »Der Junge soll in eurer Familie aufwachsen, richtig?«

»Ja.« Andrea schluchzt erneut auf.

»Nun, jetzt verstehe ich dich natürlich auch viel besser. Auf der anderen Seite hat sich zumindest das Bild, das ich von Norman bis jetzt hatte, nun auch wieder bestätigt, alles wieder zurechtgerückt. Norman hat sich bereiterklärt, seinen Sohn, den er nicht kennt und bis anhin auch nicht lieben konnte, aufzunehmen und nicht gedacht, er solle sehen, wie er mit dem Tod seiner Mutter ohne Vater zurechtkommen soll. Das fremde Kind könnte ihm ja egal sein. Aber nein, er ist bereit, Verantwortung zu übernehmen, auf die Gefahr hin, dass er dir viel abverlangen und dir sehr wehtun wird und schließlich, dass seine Ehe einer empfindlichen Belastungsprobe ausgesetzt sein wird. Das spricht für ihn. Es zeigt, dass er halt doch ein grundanständiger Typ ist, abgesehen natürlich von seinem Seitensprung

… wohl bemerkt vor eurer Ehe. Na ja, den Ärmel kann es einen schon mal reinziehen. Er wäre nicht der erste, dem so etwas passiert … also wirklich passiert, wider die Vernunft … dennoch … er ist schließlich immer zu dir und den nachfolgenden Kindern gestanden. Übrigens, so etwas passiert nicht nur Männern, sondern auch Frauen. Wann genau ist es denn passiert?«

»Vor acht Jahren bei einem Workshop in Montpellier.«

»Nun, meine kleine Schwester. Was soll ich dir raten?«

Wieder schluchzt Andrea laut auf.

»Schau, du bist verletzt … verständlich. Auch, wenn er die ganzen Jahre nach eurer Hochzeit ein liebender, treusorgender Ehemann und Vater war. Es ist und bleibt eine Verletzung, weil da eine andere Frau war, die er, wenn auch nur kurz, begehrt hatte, obwohl ihr euch schon versprochen wart. Aber, wie gesagt, er war dir danach immer treu. Im Prinzip ist es eher verletzter Stolz, denn Wut oder Hass, das sich deiner bemächtigt, und Fakt ist: du liebst ihn noch und er liebt dich. Also, ich meine, mit diesem Problem, wenn man es mal nüchtern betrachtet, müsstest du …«, sie räuspert sich, »… müsstet ihr beide umzugehen verstehen. *Bemüht* euch darum, diese Herausforderung, euch zu erneuern, anzunehmen. *Bemüht* euch, diese Situation zu meistern. Ich habe schon manche Paare in ähnlicher, manchmal sogar schlimmerer Lage auf diese Weise wieder zusammengebracht, glaube mir. Diese Wunde verheilt, weil ihr einfach zusammengehört, füreinander geschaffen seid. Ihr seid, wie ich schon gesagt habe, ein Vorzeige-Ehepaar. Es braucht Zeit, das ist klar. Ich will damit nicht sagen, dass du ihm gleich um den Hals fallen und ihm sagen sollst, alles vergessen, alles verziehen, wobei es aber auf längere Sicht schon darauf hinausläuft. Denk daran: Verzeihen ist eine Eigenschaft des Starken. Sagte übrigens schon Mahatma Gandhi. Aber, was ich vorerst mal meine, das ist, dass ihr versucht, schon der Kinder wegen, einen vernünftigen Alltag zu leben, korrekten Umgang miteinander zu pflegen … Schmusen und Küssen lassen wir jetzt mal außen vor … dazu habt ihr später noch Zeit genug.«

Andrea muss lachen. Wenn ihre Schwester Ratschläge erteilt, hört sich alles so einfach, so plausibel und so vernünftig an.

Als Kerstin ihre Schwester lachen hört, meint sie: »Jetzt gefällst du mir schon wieder besser. Selbstverständlich, und das darf man natürlich nicht übersehen, es gibt hier etwas, das eure Situation verschärft … na, ja, das brauche ich dir nicht zu erklären, das ist wohl der Junge, der in eure Familie kommen soll. Es ist einerseits ein fremdes Kind, das du nicht kennst, das dich womöglich immer an eine andere Frau erinnern wird, die du nie kennengelernt hast, und die deinem Mann ganz kurz einmal sehr nahestand. Und auf der anderen Seite sind da eure Kinder, die plötzlich eure Liebe und Aufmerksamkeit teilen müssen. Und schließlich sind da die Bekannten, Freunde, Nachbarn, der Kindergarten, die Arbeitsstelle etc., die alle ja auch etwas mitbekommen werden, und daraus erwächst sicherlich auch die Sorge, dass ihr zum Spottgespräch im Dorf werden könntet. Könntet, nicht zwangsläufig müsstet … das liegt an euch. Somit steht euch eine schwierige, jedoch nicht unlösbare Aufgabe bevor. Du kannst dir ja mal vor deinem geistigen Auge vorstellen, wie euer Leben ausschauen würde, wenn du dich dieser Herausforderung stelltest, das heißt wie du das Beste mit der ganzen Familie daraus machen würdest oder aber, wie das Leben ausschaute, wenn du dich von deinem Mann trennen würdest. Letzteres, wenn ich dir einen Rat geben darf, sieht sicher nicht besser aus, als die erste Variante.«

»Und, das sagt mir meine geschiedene Schwester?«, kommentiert Andrea mit einer Portion Ironie in der Stimme.

»Ja, meine Liebe, das sagt dir deine geschiedene Schwester. Und warum? Weil sie weiß, dass bei euch nicht alles verloren ist. Weil es bei euch keinen Scherbenhaufen zu kitten gilt, bei dem die Einzelteile so klein sind, dass sie gar nicht mehr zusammenfügbar sind. Indessen meine Ehe war nicht zu retten. Anders als bei euch beiden war unsere Liebe erkaltet, sowohl bei meinem chronisch fremd gehenden Gatten, als auch bei mir.

Ich habe viele Ratsuchende zu einem Beenden des Schreckens geraten, wenn ich die Rettbarkeit einer Ehe als unmöglich erachtete. Da habe ich aber auch dahingehend beraten, den Schaden möglichst gering zu halten, indem fair miteinander umgegangen wird. Doch Unrettbarkeit trifft bei euch einfach nicht zu.«

»Ja, Kerstin, ich weiß. Bei dir und Claudio lag der Fall ganz anders. Mein Einwand war ja auch gar nicht richtig ernst gemeint. Aber weißt du, im Moment bin ich so erdrückt, so unendlich enttäuscht … und … hm … ich stelle mir vor meinem geistigen Auge immer wieder vor, wie Norman es mit der anderen getrieben hat und kurz danach lag er wieder mit mir zusammen im gemeinsamen Bett.«

»Hier gleich mal meine Widerrede. Du sollst dir vor dem geistigen Auge ganz etwas anderes vorstellen. Da du jedoch zum Inhalt deiner Vorstellung schon eine Wahl getroffen hast, ist es für mich schwer, dich zu überzeugen. Es ist, wie ich dir zu erklären versuchte, dein verletzter Stolz, der dir diese Bilder immer wieder einsuggeriert. Er, dein alles geliebter Mann, hat mit einer anderen genau das gleiche getan, was er mit dir tat, genauso ekstatisch womöglich - na ja, man weiß ja ›neue Besen kehren gut‹ - und dieser Gedanke ist unerträglich … ein Dauerschmerz. Hat er der anderen womöglich auch seine Liebe ins Ohr geflüstert? Ich glaub's zwar nicht, aber nehmen wir es mal an, weil dein verletzter Stolz dir auch dies wahrscheinlich suggestiv einflüstert. Doch, meine Kleine - darf ich dich noch so nennen? - ich appelliere an deine Vernunft: betrachte es als einmalige Affäre, so sieht es nach den ganzen Schilderungen nämlich aus, und richte deinen Fokus lieber darauf, wie es weitergehen soll, statt dich zermürbendem Selbstmitleid hinzugeben. Denk daran, ihr habt, im Gegensatz zu mir, zwei, ähm nein, drei Kinder. Und, last but not least, du liebst Norman noch. Das ist doch das Wichtigste, oder?«

»Ach Kerstin. Du hast ja recht. Es klingt alles so einfach … aber in der Realität ist es eben nicht einfach.«

»Ich habe ja auch nie gesagt, dass es einfach sein wird, deswegen sprach ich von *Bemühungen* - darin steckt das Wort ›*Mühe*‹ - nach einer bestmöglichen Lösung.«

»Du bist knallhart sachlich, logisch und bringst Dinge unverblümt auf den Punkt. Wenn meine Seele auch nicht geheilt ist, so hat es mir dennoch gut getan, mit dir zu sprechen. Ich werde deine Worte beherzigen, sie mir immer wieder in Erinnerung rufen … und vielleicht … na ja, vielleicht wird irgendwann einmal alles gut werden. Danke Kerstin.«

»Bitteschön. Doch so wahnsinnig viel war das nun auch wieder nicht.«

»Na ja, für dich sind solche Dinge täglich Brot, für mich eine neue, schmerzhafte Erfahrung. Aber Kerstin, bitte, kein Wort zu Mama oder Papa, ja?«

»Oh, keine Sorge meine Liebe, diese Aufgabe nehme ich dir nicht ab«, sagt Kerstin lächelnd. »Außerdem, du weißt ja, ich bin an meine berufliche Schweigepflicht gebunden.«

Nachdem Andrea aufgelegt hatte, sitzt sie wieder ähnlich apathisch wie kurz zuvor am Tisch. Als hätte es dieses aufbauende Gespräch gar nicht gegeben, stehen ihr die Tränen in den Augen. Sie blickt trostlos aus dem Fenster. Es hatte leicht zu regnen begonnen. ›Passt zu meiner Stimmung‹, denkt sie. ›Hoffentlich ist es Freitag zur Party wieder etwas besser‹. Sie versucht sich abzulenken mit Gedanken zur Geburtstagsvorbereitung. Während sie Notizen über alles zu Erledigende macht, drängen sich ihr immer wieder trübe, traurige Gedanken auf. Es tut so weh. Es tut so unendlich weh. Das Klingeln des Telefons schreckt sie aus ihren trüben Gedanken hoch. Sie blickt durch den Schleier ihrer Tränen auf das Display und nimmt die Anzeige nur verschwommen wahr: ›Norman Firma‹. Sie nimmt nicht gleich ab. Erst nach dem siebten oder achten Klingelton nimmt sie den Hörer von der Basis.

»Hallo Andrea, ich bin's Norman. Endlich bin ich durchgekommen. Habe es lange probiert.«

»Ja, ich hatte mit meiner Schwester telefoniert.«

›Aha, jetzt weiß also auch Kerstin Bescheid‹, denkt er und fährt mit dem Anlass seines Anrufes weiter: »Du, ich komme heute Abend später. Ich gehe nach der Arbeit mit unserem amerikanischen Besuch noch essen. Es muss leider sein. Aber keine Angst, ich werde die aufgetragenen Besorgungen heute Mittag erledigen.«

Mit erstickter Stimme antwortet sie: »Ja ist gut ...« Einen kurzen Moment stockt sie, dann fragt sie: »Hast du den Rechtsanwalt schon angerufen?«

»Ja«, antwortet er mit ruhiger Stimme. »Am Samstag fliege ich mit ihm nach Paris und Sonntagabend werde ich wieder zurück sein ... mit oder ohne Maurice. Das wird sich dann zeigen.«

Andrea spürt, wie der Schmerz wieder in ihr hochsteigt. Mit trauriger Stimme sagt sie schließlich: »Okay. Ich werde also mit dem Essen heute nicht auf dich warten. Bis später.«

»Andrea ... Andrea, bitte ...« Doch da hatte sie schon aufgelegt.

7

»Guten Morgen Vreni.« Yvonne Mäder kommt mit viel Schwung ins Büro, so schwungvoll, dass man meinen könnte, ihre Jacke könne mit ihrem Tempo nicht mithalten. Vreni, eine zierliche knabenhafte Frau mit kurzen dunklen Locken ist die Sekretärin bei der Kantonspolizei. Yvonne ist froh um diese junge, äußerst tüchtige Angestellte. Sie kennt sich sehr gut aus und ist eine hervorragende Unterstützung.

»Guten Morgen Yvonne«, begrüßt Vreni ihre Chefin und fügt lachend hinzu:»Wie immer ist dein Geist schon im Büro, während dein Körper hinterherhuscht.«

Yvonne lächelt zurück, hält in ihrer Bewegung inne. »Hört sich an, als wollest du mir etwas Wichtiges sagen.«

Vreni schmunzelt. Yvonnes scharfer Verstand und Menschenkenntnis ist berühmt, beinahe Respekt einflößend.

»Georg ist schon da.«

»Was? Das ist aber neu, dass der so früh schon im Büro ist«, stutzt die Chefin.

»Nun, er war, wie es scheint, fleißig … noch gestern Abend. Er möchte mit dir sprechen. Hat, glaube ich, die Identität und das Umfeld des Opfers ausfindig machen können.«

»Glaubst du's oder weißt du's?«

Solche Fragen waren ganz typisch für Yvonne. Sie will ihre Mitarbeiter dazu motivieren, sich klar auszudrücken und nicht trotz Gewissheit nur vage zu argumentieren. ›Ich glaube‹ oder ›ich bin der Meinung‹, sagt sie immer, seien Formulierungen, die Zweifel ausdrückten und das mag sie nicht.

»Ich glaube, ich weiß es«, antwortet Vreni grinsend, die sehr wohl verstanden hatte.

»Danke, schicke ihn zu mir«, und schon ist Yvonne in ihrem Büro verschwunden. Es geht auch nicht lange, erscheint Georg Zeindl bei ihr.

»Nun Georg, setz dich, ich habe gehört, dass du Wichtiges herausgefunden hast. Schieß los.« ›Wenn er mich doch nur nicht mit seinen grünen Augen so anstarren würde‹, denkt sie, während Georg mit seinem Bericht beginnt.

»Der Getötete heißt Reto Wyss, sah jünger aus, als er wirklich war. Er zählte immerhin schon 38 Jahre, war Zuhälter und Drogendealer, wurde jedoch nie aktenkundig, zumindest bis jetzt. Er wirkte nämlich immer im Hintergrund. Trat selten in Erscheinung.«

»Hatte er Familie?«

»Nein. Er stammt aus Therwil, hatte gerne junge Liebhaber um sich. Sein Aktionsfeld als Zuhälter war das Rotlicht-Milieu in Basel.«

»Aha! Vermutlich an der Ochsengasse? Hatte nicht letzte Woche der Fahndungsdienst der Kantonspolizei Basel-Stadt zusammen mit dem Migrationsamt und des AWA[10] in einer koordinierten Aktion dort eine Kontrolle durchgeführt?«

»Doch, und dem Betriebsinhaber - seit zwei Jahren ist Reto Wyss alleiniger Betreiber, weil sein Kompagnon wegen eines Clinchs ausgestiegen ist - drohte nun wegen Verstoßes gegen das Ausländergesetz ein Straf-

---

[10] AWA, Amt für Wirtschaft und Arbeit

verfahren. Auf jeden Fall, meine ich, ist es um den Kerl nicht schade. Einer weniger, was soll's? Sollen sie doch alle verrecken, diese Verbrecher.«

»Georg, so etwas möchte ich nicht hören. Wir fahnden bei Mordfällen immer gleich seriös ... es gibt für uns keine guten oder schlechten Morde«, weist Yvonne ihn zurecht.

»Ja, sorry«, entschuldigt sich Georg.

»Also, bis jetzt ein unbeschriebenes Blatt ... nie aktenkundig geworden ... zumindest bis letzte Woche nach der Razzia«, fasst Yvonne kurz zusammen. »Und seine Drogenaktivitäten? Fanden diese auch in der Kontaktbar statt?«

»Sowohl dort, wenn auch äußerst diskret, als auch auf der Straße in Basel-Stadt und Basel-Landschaft ... und natürlich nur via Zwischenhändler. Er selbst ging nicht auf die Straße, er ließ die Drecksarbeit von anderen ... meist jungen Leuten machen, und er war stinkreich ... auf Kosten anderer.«

»Dass jemand eine Kontaktbar unterhalten kann, dick im Drogengeschäft zu Hause ist, und dennoch für die Polizei bisher ein unbeschriebenes Blatt gewesen sein soll, will mir nicht ganz in den Kopf. Wie hast du das, was die Basler Polizei bisher nicht wusste, denn jetzt so schnell herausbekommen? Aus diesem Milieu darf die Polizei ja nicht auf Mithilfe hoffen«, ist Yvonne einigermaßen überrascht.

»Eine ehemalige Prostituierte in der Kontaktbar namens Monique Francine hatte es mir gesteckt.«

»Du hast in Basel recherchiert? Ich hoffe doch, dass du zusammen mit den Kollegen von Basel-Stadt gearbeitet hast. Ich will keinen Ärger.«

»Basel-Stadt ist informiert. Doch diese aus dem Welschland[11] stammende Monique ist seit einem Monat in Birsfelden, unweit von meiner Wohnung zu Hause und dort habe ich sie auch vernommen.«

»Okay. Und die hat so einfach frank und frei mit dir geplaudert?«

»Nun, wie du ja angedeutet hast, zaubert diese Sorte Mensch seine Kaninchen nur aus dem Hut, wenn dabei etwas herausspringt und so ließ ich ihr einen Fuffi[12] rüberwachsen. Tja, und da hat sie geplaudert. Die hatte sowieso einen Brass auf den Saukerl.«

»Sag mal, wie redest du eigentlich? Auch solche Worte gehören nicht ins Vokabular meiner Mitarbeiter«, rügt Yvonne ihn ein weiteres Mal und fügt gleich auch noch eine Frage an. »Diesen Fuffi, finde ich dann wohl in deiner Spesenabrechnung, ja?«

»Sorry, Yvonne, der Saukerl ist mir rausgerutscht. Ja, und der Fuffi ... wenn's der Aufklärung dient, dann ist dem doch nichts einzuwenden ... oder ...? Oder doch?«, fragt er nur scheinbar unsicher geworden.

»Nun, in diesem Fall ist es gerechtfertigt«, gibt sie zu, »aber ich bitte dich, es nicht zur Gewohnheit werden zu lassen. Ich möchte die Fälle natürlich am liebsten ohne Bezahlung fürs Singen lösen.« Sie räuspert sich. »Nun gut, ich weiß, dass eine Fahndung ohne Judaslohn in diesem Milieu fast ein kleines Kunstwerk ist. Dennoch staune ich, für welchen Kleckerbetrag die schon singen. Na ja, das sollte mich nicht bekümmern. Lass uns weiterfahren im Text. Gibt es Hinweise zu den Fingerabdrücken auf der Spritze?«

---

[11] Welschland wird in der deutschen Schweiz der französische Teil der Schweiz genannt.
[12] Fünfzig-Franken-Note

»Nein, sie konnten niemandem in unserer Kartei zugeordnet werden.«

»Hm, noch ein unbeschriebenes Blatt? Ziemlich selten in diesem Milieu. Und, was gibt's zu diesem Fall noch? Oder war das alles?«

»Betreffend Mordmotiv, kann ich nur insoweit etwas sagen, als dass es sich, wie wir übrigens vermutet hatten, wohl um einen Racheakt handelt. Wyss hatte zwei Tage vor dem Mord einen heftigen Streit mit einem Fremden.«

»Und diesen Fremden kennen wir natürlich auch nicht«, stellt Yvonne sachlich fest.

»In der Tat, so ist es. Eben diese Monique hatte den Streit zufällig mitbekommen … in einem Hinterhof in der Hammerstraße … kannte aber diesen ominösen Fremden nicht. Sie sah ihn aber auch nur von hinten. Er trug einen schwarzen Hut und schwarze Lederjacke, war in etwa so groß wie der … ähm … wie das Opfer.«

Georg scheint offensichtlich Probleme zu haben, den Getöteten als bedauernswertes Opfer zu sehen. Für ihn war er ein Täter, der eben nun selbst verdientes Opfer seiner Machenschaften wurde. In diesem Milieu nichts Ungewöhnliches.

Yvonne schaut Georg nachdenklich an. Angesichts des schweren Verlusts, den er gerade wegen Drogenkonsums selbst erlitten hatte, lässt sie im Stillen als Entschuldigung für Georgs Wut gelten. So, wie sie informiert ist, war dessen Sohn gerade mal knapp siebzehn Jahre alt, als er an Atemstillstand starb, weil er Heroin zusammen mit Benzodiazepinen konsumiert hatte. Immerhin haben solche Typen, wie Wyss diese jungen Leute mit auf dem Gewissen.

»Hat diese Ex-Prostituierte etwas von dem Gespräch mitbekommen? Konnte sie sagen, worum es bei diesem Streit ging?«, will Yvonne wissen.

»Nicht viel. Das einzige, das sie verstehen konnte, weil dies ziemlich laut gesagt wurde, war ›Ich warne dich. Lange mache ich das nicht mit. Dann bist du fällig‹. Das war alles.«

»Nicht gerade viel«, überlegt Yvonne laut, »aber immerhin.«

»Eine Verbindung mit dem Fall von vor einem halben Jahr besteht jedenfalls nicht.«

»Nun, daran habe ich auch nicht gedacht. Das damalige Opfer war ganz klar ein Junkie, der sich den goldenen Schuss selbst verpasste … Okay, Georg, gute Arbeit, danke.«

Für Yvonne ist das Gespräch beendet und sie greift zum Telefonhörer und will gerade wählen. Georg zögert, verlässt das Büro nicht gleich. Etwas will er wohl noch loswerden. Yvonne legt den Hörer wieder auf und blickt Georg mit hochgezogenen Augenbrauen fragend an. »Ist noch was?«, fragt sie.

»Ähm … ja … dürfte ich mit Urs wieder raus? Der Innendienst … na ja, das ist nicht so mein Ding«, stammelt er etwas unbeholfen.

Yvonne zögert einen Moment und meint dann: »Ja, was war denn das … deine Recherche? Hast dich ja gar nicht an meine Anweisung gehalten, oder?« Sie scheint ihm diese Missachtung ihrer Anordnung wegen seiner guten Arbeit nicht wirklich zu verübeln. Und sie ahnt auch schon vorweg, welche Antwort sie zu erwarten hat, ging es doch bei dieser Anordnung hauptsächlich um Arbeit direkt beim Tatort. Prompt kommt der erwartete Einwand.

»Nun, das waren ja auch nur Interviews, Recherchen, ein bisschen rumhören, nichts weiter. Ich meine, ich möchte wieder ganz normal eingesetzt werden, Tatortaufnahme und so.«

»Okay, versuchen wir es. Hast ja deinen Fauxpas mit deiner ziemlich schnellen Teilaufklärung wieder wettgemacht. Aber Georg, keinen solchen Mist mehr wie beim letzten Tatort, ja?«

Um Georgs Mund spielt ein feines, fast nicht wahrnehmbares Lächeln, während seine Augen ihren stechenden Ausdruck nicht verlieren. »Versprochen«, sagt er, »Danke.«

Dann verlässt er Yvonnes Büro definitiv. Sie schüttelt etwas verdutzt den Kopf und nimmt den Telefonhörer wieder auf, um das beabsichtigte Gespräch mit den Kollegen von Basel-Stadt zu führen.

8

Norman sitzt im Flugzeug der Air France neben Leroy. Sie schweigen beide. Leroy liest in seiner Zeitung ›La Tribune‹ und Norman blickt gedankenversunken aus dem Fenster. Vor zehn Minuten sind sie vom ›EuroAirport Basel Mulhouse Freiburg‹ in Richtung Paris gestartet. Die Bilder der letzten Woche spielen sich vor seinem inneren Auge ab. Ja, seit knapp einer Woche ist alles anders … seine heile Welt fiel wie ein Kartenhaus abrupt zusammen … schien aus den Angeln gehoben. Er sieht sich mit Leroy im Restaurant sitzen und spürt nochmals nach, wie sich sein Herz krampfhaft zusammenzog, als dieser ihm von seinem Sohn und Nathalies Tod erzählte, wie Leroy sich dann schließlich freute und ihm für die Entscheidung, nach Paris zu reisen, dankte; er sieht die Enttäuschung und Traurigkeit in Andreas Gesicht, als sie von seinem Seitensprung erfuhr. Seither hatte er sie nicht mehr lachen gesehen, ihre Augen wirkten traurig. Sie ist still geworden. Sie redeten zusammen nur das Nötigste, zum Beispiel, wenn es um die Kinder ging oder wenn es etwas zu erledigen oder zu planen gab. Das Geburtstagsfest war so ein Planungsfall. Ein feines Lächeln spielt um seinen Mund, als er sich vorstellt, wie ausgelassen und übermütig die Zwillinge gestern bei ihrer Geburtstagsfeier waren. Gut, dass das Wetter so schön mitspielte. Das Regenwetter war nur ein kurzes Intermezzo von eineinhalb Tagen. Jetzt war es wieder angenehm warm, so wie es für die Region im September üblich ist, und sie konnten sich die meiste Zeit draußen aufhalten. Sarah, die das von Mama vage in Aussicht gestellte Brüderchen unter den Geschenken natürlich vergebens gesucht hatte, stupste ihre Mama nochmals daraufhin an, dass sie diese vage Andeutung als Versprechen aufgefasst hatte. ›Warte ab Liebes, bis Papa am Sonntag von Paris zurückgekehrt ist‹, hatte sie der kleinen resoluten Sarah gesagt.

›Und, dann bringt er ein Brüderchen mit?‹ hatte die Kleine gefragt und dabei die Augenbrauen etwas ungläubig hochgezogen. ›Vielleicht! Mal sehen‹, wollte Andrea das Gespräch beenden. Doch bei dem kleinen hartnäckigen Quälgeist, der Sarah nun mal sein konnte, konnte sie sich nicht so einfach aus dem Gespräch stehlen.

›Wächst das denn nicht in deinem Bauch?‹, fragte sie skeptisch. ›Ja, meist wachsen Babys im Bauch…‹, versuchte sie geschickt abzulenken, blickte in das ungläubige Gesicht der Fünfjährigen und versuchte weiter umständlich zu erklären, ›… aber manchmal …‹, doch sie kam nicht weiter, weil sie einfach nicht wusste, wie. Da kam Sarah ihr zu Hilfe, die dann ziemlich altklug meinte: ›aber manchmal kommen sie eben aus Paris, stimmt's Mama?‹

Andrea lächelte gequält, stupste ihre kleine altkluge Tochter auf die Nase und sagte: ›Genau. So, nun geh' zu den anderen spielen. Die warten schon auf dich. Silvia hat ein schönes Spiel ausgedacht.‹ Silvia war eine junge, angehende Erzieherin und kommt immer wieder mal zu den Falcons, wenn die Eltern hin und wieder alleine weg wollen oder eben um bei Geburtstagspartys und sonstigen Veranstaltungen zu helfen.

Norman indes war so dankbar, dass Andrea, trotz ihrer eigenen erlittenen Enttäuschung, die Kinder auf die anstehende familiäre Veränderung prophylaktisch vorbereitet hatte. Er möchte es so gerne als gutes Zeichen verstehen, dass Andrea sich mit der Situation abfinden und den Jungen vielleicht in ihr Herz schließen könnte.

Plötzlich spürt er, wie sich ein Druck auf seine Ohren aufbaut. Er blickt auf die Uhr. ›*Oh mein Gott, wir sind ja schon im Landeanflug. Wie schnell eine Stunde vergeht, wenn man so in Gedanken versunken ist.*‹ Norman hält sich die Nase zu, um einen Druckausgleich herzustellen. Leroy, der sich sehr gut vorstellen kann, was in Norman jetzt vorgeht, so kurz davor, seinen Sohn kennenzulernen, blickt zu ihm hinüber und lächelt freundlich.

Langsam rollt die Maschine auf dem Flughafen Orly zum Gate, um anzudocken. Norman fühlt, wie sein Herz aufgeregt pocht. Was ist es, das ihn so nervös macht? Es kann nicht alleine die Existenz eines kleinen Jungen sein. Nein, es ist mehr … viel mehr. Es ist die Erinnerung an Nathalie, an diese wenigen Tage, in denen er so fasziniert war und alles um sich herum vergaß, alle seine Prinzipien über Bord warf. Und heute, nach acht Jahren, war plötzlich alles wieder so nah, so real. Tja, und womöglich wird Maurice' Aussehen ihn in Zukunft Tag für Tag an diese wundervolle Frau erinnern. Ihm ist flau im Magen.

Ein Taxi bringt die beiden vom Flughafen in die Avenue de Wagram No. 14 unweit des Place Charles De Gaulle. Leroys Schwester, also das Ehepaar Petitjean, wohnt im obersten Stockwerk, von wo aus man einen herrlichen Blick auf den Arc de Triomphe hat.

Nebeneinander steigen sie die fünf Stockwerke hoch. Valérie empfängt sie beide in der offenen Türe.

»Bonjour Monsieur«, begrüßt sie Norman, während sie ihm die Hand reicht und in eher schlechtem als rechtem Deutsch sagt: »Es ist mich eine Freude, sie zu kennenlernen. Pardonnez-moi, Monsieur, mein Deutsch …« Sie zuckt die Achseln und lächelt charmant. Norman lächelt zurück und mit einem »Pas de problème. Moi, je suis également enchanté de vous rencontrer«, gibt er seiner Freude, sie kennenzulernen, ebenfalls zum Ausdruck und damit ihre Hand wieder frei, damit sie ihren Bruder herzlich umarmen und mit Küsschen links und rechts auf die Wangen begrüßen kann. Die verblüffende Ähnlichkeit verrät unverkennbar die geschwisterlichen Bande der beiden. Valéries Haar ist nur etwas ergrauter, als das ihres Bruders. Die wachen, dunklen Augen blicken klug in die Welt.

Im Salon sitzt Valéries Gatte, Pierre, am Tisch mit Maurice, einem ausgesprochen hübschen Jungen, der sehr viel von seiner Mutter, aber auch von Norman mitbekommen hatte, an einer Partie Schach. Beide schauen sie auf, als Valérie mit ihrem Bruder und Norman eintritt und stehen auch gleich auf. Norman blickt in Maurice ernste dunkle Augen. Der Atem bleibt ihm im Hals stecken. Er fühlt einen Kloß, der ihm den Luftstrom abzuschneiden scheint. Pierre begrüßt den Gast herzlich auf Französisch. Dann wendet Norman sich seinem Sohn zu. »Bonjour Maurice«, sagt er mit belegter Stimme.

»Sie können Deutsch sprechen«, sagt Maurice statt einer Begrüßung. »Ich verstehe und spreche Deutsch.« Er hatte genauso diesen schönen Akzent wie Nathalie ihn hatte und Leroy ihn hat.

Da steht Norman nun vor seinem Sohn, der ihn in der Sie-Form anspricht und weiß nicht richtig, wie er mit ihm ins Gespräch kommen soll. Er fühlt sich diesem Jungen so nahe und doch so fern.

»Ich denke, du weißt, wer ich bin«, sagt er, hilflos, weil er nicht weiß, wie er dem Jungen in den ersten Minuten begegnen sollte. Immer wieder hatte er diesen Moment im Geiste durchgespielt, doch es kam ihm nichts in den Sinn, das ihn einigermaßen befriedigt hätte und so beschloss er, das Ganze einfach auf sich zukommen zu lassen.

»Ja, Monsieur, ich bin vorbereitet. Meine Mutter hatte mir gesagt … kurz bevor sie …«, er stockt, hat Tränen in den Augen, die er sich mit dem Ärmel wegwischt. Den Tod seiner Mutter zu verdauen wird wohl noch seine Zeit brauchen. Dann räuspert er sich und fährt schließlich weiter, » … bevor sie starb, hatte sie gesagt, dass ich vermutlich bald meinen Vater kennenlernen würde.« Mit einem kurzen Blick zu Leroy erklärt er: »Auch Monsieur Leroy hatte sich sehr lange mit mir unterhalten und erklärt, wie er vorgehen möchte.« Norman ist überrascht, zum einen über Maurice' gute deutsche Sprache, aber auch über dessen gepflegte Ausdrucksweise und Reife.

»Willst du das ›Monsieur‹ dann nicht weglassen und stattdessen ›du‹ zu mir sagen.«

»Wenn Monsieur es wünscht«, gab der Knabe höflich zur Antwort.

»Nun ich würde mich freuen, gäbe doch das traute DU unserer NOCH beziehungslosen Begegnung schon mal einen vertrauten Anfang. Wenn es dir im Moment noch schwer fallen sollte, ›Papa‹ zu sagen, kannst du mich auch gerne Norman nennen«, bietet er ihm an.

»Es fällt mir nicht schwer, Mons…, ähm … Papa.«

Norman würde seinen Sohn so gerne in die Arme schließen und an sich drücken, so sehr hat er ihn schon jetzt ins Herz geschlossen. Doch er hat Angst, ihn damit gleich zu Beginn des Kennenlernens zu überfordern.

Es ist Valérie, die mit einem Empfangsdrink der Atmosphäre die Spannung etwas nimmt. Norman blickt auf das Schachbrett und nach kurzer Betrachtung hat er die Situation der Figuren gleich erfasst. »Es scheint, als würdest du gewinnen, mein Junge«, lächelt er mit Blick zu Maurice, dessen Augen für einen Moment leuchten. »Ja, ich bin in einer guten Position.«

»Er ist ein richtiger Schachmeister«, erklärt Leroy, der selbst sichtlich Freude an diesem Jungen hat.

»Dann freue ich mich schon jetzt auf meine erste Partie mit einem Meister«, bekundet Norman nicht ohne Stolz und sein Sohn lächelt wieder. Norman hat das Gefühl, dass das Eis zu diesem Zeitpunkt gebrochen war.

*

Es ist schon ziemlich spät, nach Mitternacht, als Norman sich ins Gästezimmer zurückzieht. Doch er kann nicht schlafen. Zu tief bewegt ist er von all dem Erlebten der letzten Tage und vor allen Dingen der letzten Stunden. Wie es wohl seinem Sohn jetzt ergeht, denkt er sich. Nach seinem Dafürhalten war es ein guter Tag heute und er hat das Gefühl, dass alles gut werden könnte. Maurice ist ein so angenehmes, wohl erzogenes Kind, ist für sein Alter sehr reif und vernünftig und hoch intelligent. Dieser Junge erfüllt ihn schon jetzt mit Stolz und es dürfte seiner Meinung nach auch für Andrea nicht ein Ding des Unmöglichen sein, dieses Kind ins Herz zu schließen. Man kann gar nicht anders bei diesem Jungen.

Maurice ist im Laufe des Tages einigermaßen aufgetaut, so gut es eben für diese Situation überhaupt möglich war. Den Verlust seiner Mutter wird er so schnell nicht verschmerzt haben, das ist Norman klar. Aber er hat sich mit ihm, seinem Vater, schon jetzt sehr lange unterhalten. Er hatte Norman auch gefragt, ob er seine Mutter liebte. Es war schwierig für Norman, mit seinem Sohn über dessen Mutter zu sprechen. Wie sollte er einem Kind erklären, was er damals empfand, wie sie beide dieses kurze intensive Zusammensein erlebten und trotz großer Zuneigung nicht zusammenblieben.

Maurice schien zu spüren, wie schwer es ihm fiel. Er hatte ihm alle Peinlichkeit abgenommen, als er sagte: ›Meine Maman sagte, sie habe dich immer geliebt … hatte nie aufgehört, dich zu lieben. Aber sie sagte auch, dass es seinen Grund gehabt habe, warum du trotz dieser großen Liebe nicht bei uns leben konntest und es auch nicht deine

Schuld gewesen sei. Sie war die beste Maman der Welt. Sie war so lieb und sie hat alles für mich getan, damit ich glücklich sein konnte. Sie meinte, ich solle nicht traurig sein, keinen Vater zu haben ... zumindest keinen, mit dem ich spielen und auch herumtollen könne, dafür aber einen, der wunderbar ist, der wunderbarste überhaupt. Sie hatte mir ein Foto von Dir gegeben.‹ Er kramte in seiner Tasche und reichte Norman ein schon leicht zerknittertes Foto. Es zeigte ihn mit anderen Doctores während einer Pause beim Workshop damals - 1987. Wieder gab es Norman einen Stich ins Herz.

›*Le fait ...*‹, er hielt inne, weil ihm das passende Wort auf Deutsch nicht einfiel, und Norman sprang helfend ein: ›*Die Tatsache*‹.

›*Ja, die Tatsache ...*‹, nahm Maurice dankend an, ›*... einen wunderbaren Vater zu haben, hatte sie in mir immer wach gehalten und ich habe mich ein bisschen daran festgehalten und...*‹ Er zeigte mit seinem Zeigefinger auf seine Brust und erklärte weiter, ›*... da drinnen habe ich immer gehofft, dass ich dir irgendwann einmal begegnen würde. Den Grund unseres Treffens habe ich mir aber anders gewünscht. Nicht so.*‹

Es war erstaunlich, wie Maurice sich auszudrücken verstand. Norman war immer wieder überrascht, nein total perplex. Der Junge war seinem Alter um Jahre voraus. Für ein Kind von sieben Jahren viel zu klug, viel zu reif. Man sprach mit ihm wie mit einem Erwachsenen.

Seine Wortwahl, die Tiefsinnigkeit seiner Worte, sein Akzent, alles, ließen in Norman die Erinnerungen an Nathalie wieder schmerzhaft aufleben. Was für eine Frau damals, und was für ein Kind heute! ... sein Sohn.

Gegen Abend hatte er mit Leroy alles Formelle, das es bedurfte, ein französisches Kind in die Schweiz mitzunehmen, erledigt, oder besser gesagt, Leroy hatte ihm alles erklärt. Der war im Vorfeld nämlich ziemlich tüchtig gewesen, hatte schon alles hervorragend in die Wege geleitet, es bedurfte nur noch der Zustimmung des leiblichen Vaters, der die Vaterschaft auf einem Dokument anerkannte. Leroys ruhige, sachliche Art tat Norman gut.

Maurice war einverstanden, seinen Vater am nächsten Tag schon in die Schweiz zu begleiten und Norman hatte auch gleich seine Frau angerufen, damit sie die Mädchen schon mal auf ihren Bruder vorbereiten könne.

Jetzt hofft er nur noch innigst, dass das Leben trotz der gewaltigen Veränderung seinen gewohnten Lauf nehmen und vielleicht sogar bald wieder glücklich werden kann. Mit diesem Gedanken schläft Norman gegen halb zwei Uhr am Morgen ein.

9

Sonntagnachmittag brachte ein Taxi Vater und Sohn zum Flughafen. Wieder einmal hieß es für Maurice zuvor Abschied zu nehmen. Dieses Mal von den Petitjeans, Valérie und Pierre, was für ihn auch sehr schwer war, obwohl er gar nicht so lange bei ihnen wohnte. Es waren gute zwei Wochen. Valérie hatte, obwohl sie sich vorgenommen hatte, stark zu sein, geweint. Auch Pierre wischte sich mit einem Finger eine Träne aus den Augenwinkeln. Leroy strich Maurice über sein dichtes, wuscheliges schwarzes Haar, blinzelte ihm aufmunternd zu und wünschte ihm alles Gute. ›*Würde mich freuen, von dir mal zu hören, wie es dir so geht mein Kleiner‹*, sagte er auf Französisch, ›*meine Telefonnummer hast du ja‹*, und der Junge nickte nur. Zu Norman gewandt fragte er: ›*Bleiben wir in Kontakt?‹* Norman nickte.

Sie befinden sich schon wieder im Landeanflug auf den ›EuroAirport Basel Mulhouse Freiburg‹. Nicht mehr lange, dann wird Maurice seiner neuen Mutter und seinen beiden Schwestern gegenüberstehen. Während des Fluges sprachen sie kaum miteinander. Jeder war in seine Gedanken vertieft, denn für beide war die neue Situation ein umwälzendes Ereignis, das zu verarbeiten nicht gerade einfach ist und bestimmt noch einige Zeit benötigen wird.

»Wir sind gleich da«, sagt Norman. »wie fühlst du dich?«

Maurice schaut seinen Vater von der Seite an und meint: »Es ist ein komisches Gefühl.«

»Es wird gleich vergehen. Denk daran, jetzt hast du eine Familie und das wichtigste ist, dass du glücklich wirst. Meine beiden Racker, Sarah und Laura, wirst du mögen. Sie werden dich sicher ablenken können.«

»Eine Familie zu haben, bin ich nicht gewohnt, zumindest nicht eine so große«, sagt Maurice leise. »Ein bisschen habe ich auch Angst, weil alles so neu ist … und …« An dieser Stelle unterbricht er und Norman nimmt den Faden des abgebrochenen Satzes auf: »… und du meinst, dass du in der Familie ein Fremder bleiben wirst?«

»Nein, das ist es nicht … nicht wirklich … ja, vielleicht ein bisschen, aber es ist … ich vermisse so sehr meine Maman. Es tut so weh …«, sagt er und deutet mit seinem Finger auf seine Brust, »… hier drin.«

Norman legt seinen Arm um Maurice, drückt ihn sanft an sich und sagt: »ich weiß, Maurice, ich weiß. Mir tut es auch weh.«

Andrea steht schon mit vielen anderen Wartenden in der Empfangshalle auf der französischen Seite des Flughafens. Immer wieder schaut sie wie gebannt auf die automatische Schiebetüre, durch die alle angereisten Fluggäste hindurchkommen werden. Von Zeit zu Zeit wandert ihr Blick in die sie umgebenden Gesichter, und sie überlegt sich, welche Schicksale sich wohl dahinter verbergen mochten. Die Mädchen indessen nehmen von den Leuten um sie herum keine Notiz. Sie sind einfach nur neugierig und ziemlich aufgeregt, denn Andrea hatte ihnen erzählt, dass der Papa also tatsächlich einen Bruder namens Maurice aus Paris mitbringen würde, sozusagen als leicht verspätetes Geburtstagsgeschenk.

»Mami, wie sieht er aus unser Bruder?«, will Sarah wissen.

»Na wie schon«, antwortet Laura altklug, »so wie wir … ganz genau so.«

»Nee, bestimmt nicht, oder Mami?«, fragt Sarah.

»Nun, er wird nicht genauso aussehen wie ihr«, gibt sie Sarah recht. Eigentlich mag sie gar nicht sprechen. Es ist ihr so weh ums Herz. Sie hofft, dass die Mädchen sich mit dieser Auskunft zufrieden geben. Doch weit gefehlt.

»Warum nicht«, gibt Laura keine Ruhe.

»Du bist dumm. Weil er nicht unser Zwillingsbruder ist, deshalb«, meint die selbstsichere Sarah unwirsch. Sie ist von sich überzeugt und glaubt, im Gegensatz zu ihrer Schwester, überlegen über den Dingen zu stehen. »Nur Zwillinge sehen sich ähnlich. Papa und Mama sehen sich schließlich auch nicht ähnlich.«

»Nein, *du* bist dumm«, kräht Laura, »Mama und Papa sind ja auch keine Geschwister.«

»Bitte Kinder seid doch bitte leise. Wartet jetzt einfach mal ab. Ihr werdet dann schon sehen«, versucht Andrea den Streit zu schlichten.

Es geht noch eine ganze Weile, bis die Türe erstmals aufgeht und die ersten Reisenden hindurchkommen. Als dritter Fluggast kommt Norman, an der Hand Maurice. Als Andrea die beiden durch die Tür kommen sieht, durchzuckt es sie, als wäre sie vom Blitz getroffen worden. Automatisch richtet sich ihr Körper pfeilgerade auf, als wäre er zur Salzsäule erstarrt. Ein brennendes Gefühl von Eifersucht durchzieht sie und lodert im Innern.

Norman zögert einen Moment, als er in das starre Gesicht seiner Frau blickt, und in diesem Moment zweifelt er daran, dass im Hause Falcon je wieder ein normales Leben einkehren könnte.

Die beiden Mädchen stehen mit offenem Mund stumm da und harren der Dinge, die da auf sie zukommen. Vom ganzen ausgelassenen ungeduldigen Temperament, das nur Minuten zuvor noch sprudelte, ist nichts mehr zu spüren. Stattdessen verstecken sie sich halb schräg hinter ihrer Mama.

Norman spürt, wie die kleine Hand, die bisher ruhig in seiner lag, sich anspannt und den Druck verstärkt.

›Oh mein Gott‹, denkt er, ›wie gerne hätte ich Maurice diese Spannung erspart.‹ Langsam gehen sie auf die kleine Gruppe in der Wartezone zu. Bei ihr angekommen, versucht Norman mit gespielter Fröhlichkeit, die Stimmung etwas zu entspannen.

»Na, ihr beiden! Was ist los? Wollt ihr euren Bruder nicht begrüßen?«, fragt er seine Mädels, diesmal natürlich nicht wie gewohnt auf Englisch. Ganz zaghaft löst sich Sarah zuerst aus der Gruppe und streckt Maurice ihre Hand hin.

»Hallo Maurice, ich bin Sarah«, sagt sie, und mit unsicherem Blick zu ihrer Mama sprudelt sie dann ihr Sprüchlein, wie auswendig gelernt, hervor. »Willkommen bei uns in der Schweiz.« Maurice lächelt schüchtern und antwortet höflich: »Danke Sarah.«

Jetzt ist auch Laura aus ihrer Lethargie erwacht und streckt Maurice gleichfalls die Hand hin, um ihn zu begrüßen. Andrea begrüßt den Jungen nur ganz kurz angebunden: »Hallo Maurice. Ich bin ... ähm ... Andrea. Willkommen.« Und schon lässt sie seine Hand los. Die Zwillinge schauen ihre Mama nur ganz groß an. Irgendwie spüren sie, dass da etwas nicht stimmt. Warum soll Maurice ›Andrea‹ und nicht ›Mama‹ sagen, wo Maurice doch ihrer beider Bruder ist. Das ist das eine und das andere, warum begrüßten Papa und Mama sich wie zwei Fremde. Ein knappes »Hallo Andrea« … »Hallo Norman«, war das einzige, das sie hervorbrachten. Das sind sie von ihren Eltern so nicht gewohnt.

Auf der Heimfahrt nach Binningen sind die Zwillinge im Fond des Wagens gerade dabei, sich an ihren neuen Bruder, den sie gleich in die Mitte genommen hatten, heranzutasten. Es plappert jetzt wieder, so wie man es von den beiden gewohnt ist. Norman und Andrea indessen sitzen vorne schweigsam nebeneinander.

Während der Wagen die Auffahrt zum Anwesen hochfährt, blickt Maurice mit staunender Miene auf das riesige Haus der Falcons. In einem solch großen Haus hatte er bisher noch nie gewohnt.

»Komm«, sagt Sarah, »ich zeige dir dein Zimmer.«

»Ich auch«, quäkt Laura, wie gewohnt hinterher. Sie ist eindeutig die langsamere von beiden, oder besser die zögerlichere.

Norman folgt den dreien in Maurice' künftiges Zimmer, das direkt neben dem der Mädchen liegt.

»Gefällt es dir, Maurice«, fragt er.

Der Knabe nickt nur ehrfürchtig. Er ist überwältigt von der Pracht dieses Hauses und natürlich seines Zimmers. So hatte er es sich nicht vorgestellt. An den Gedanken, in einem Schloss zu wohnen, zumindest so kommt es ihm vor, muss er sich erst einmal gewöhnen.

»So Mädels, jetzt lassen wir Maurice mal alleine, damit er seine Sachen auspacken und sich an seine neue Umgebung gewöhnen kann«, lockt Norman die Zwillinge aus Maurice' Zimmer. Während sie neben ihrem Papa die Treppe hinuntergeht, summt Sarah vergnügt ein Kinderliedchen vor sich hin.

»Na, meine Kleine, du bist so zufrieden«, stellt Norman überrascht fest, denn normalerweise kennt er Sarahs Stimme eher als ziemlich lautes Organ.

»Er ist nett, Papa. Unser Bruder ist nett«, erklärt sie, für ihren Papa ziemlich überraschend. Er hofft nur, dass seine kleine clevere Tochter jetzt nicht nach der Herkunft ihres Bruders fragt, zumindest noch nicht. Im Moment will er den Mädchen nicht irgendwelche umständlichen Erklärungen auftischen müssen. Er hat Glück, denn im Moment sind die beiden so sehr von Maurice eingenommen, dass keine auf die Idee kommt, ihn danach zu fragen.

Als Maurice zwei Stunden nach Ankunft immer noch nicht unten erscheint, geht Norman hoch, um nach ihm zu sehen. Vorsichtig klopft er an die Zimmertür.

»Oui«, vernimmt er Maurice' Stimme und tritt ein. Dort findet er den Knaben im Schneidersitz, an die Wand gelehnt, auf dem Boden sitzend. In den Händen hält er ein gerahmtes Foto. Er hat Tränen in den Augen. Norman setzt sich neben seinen Sohn auf den Boden und blickt auf das Foto. Es zeigt Nathalie zusammen mit Maurice. Sie hat einen Arm um ihn gelegt. Mit leiser Stimme erklärt Maurice: »Das war vor zwei Jahren an meinem fünften Geburtstag.«

Norman gibt es einen Stich ins Herz, als er nach so vielen Jahren Nathalies Gesicht wieder sieht. Sie hat nichts von ihrer Schönheit eingebüßt, nichts von ihrem

Zauber verloren. Er ist nach wie vor fasziniert von ihrer Ausstrahlung.

»Sie war eine wunderbare Frau«, sagt er leise und legt seinen Arm um Maurice, der diese Annäherung zulässt. Er legt seinen Kopf an Normans Brust. So sitzen sie eine Weile schweigend da.

»Sie mag mich nicht«, bemerkt Maurice plötzlich in die Stille hinein. Norman blickt seinen Sohn überrascht an.

»Wer?«

»Andrea! Sie mag mich nicht«, erklärt er unverhohlen seine Empfindungen.

Norman drückt Maurice noch fester an sich und beginnt, Andreas Verhalten zu erklären. »Weißt du mein Junge, Andrea weiß erst seit knapp einer Woche, dass ich einen Sohn habe und muss sich erst mit diesem Gedanken anfreunden. Das braucht seine Zeit. Ich übrigens erfuhr von dir nur einen Tag zuvor.«

Der Junge schaut seinen Vater überrascht an. »Du hast von mir nichts gewusst?«, fragt er erstaunt.

»Nein. Deine Mama hatte mir nie etwas von dir erzählt. Unsere Begegnung vor acht Jahren war beeindruckend, wunderbar und sehr kurz - eine Woche dauerte sie alles in allem - und wir hatten danach keinen Kontakt mehr miteinander. Es mag für dich seltsam anmuten, dass zwei Menschen, die sich so nahe standen, auseinandergingen und ihr kurzes Zusammensein nur eine schöne Erinnerung blieb. Doch deine Mama wusste, dass ich verlobt war und wollte sich nicht dazwischendrängen. Und ich fühlte mich auch an mein Versprechen an Andrea gebunden. Ich liebte Andrea ja auch, auf eine andere Art, als ich deine Mutter liebte. Deine Mutter war … nun, wie soll ich sagen, sie war eine besondere Frau. Solchen Menschen begegnet man nicht oft im Leben.«

Maurice schweigt und kuschelt sich noch näher an seinen Vater. Norman spürt, wie nötig sein Sohn diese Nähe und vor allen Dingen Zuneigung braucht und es scheint ihm auch, dass der Junge es braucht, über seine Mutter zu sprechen. Maurice ist ein so sensibles Kind und er liebt ihn … er liebt ihn seit dem ersten Augenblick, als er ihn kennenlernte.

»Willst du nicht mit mir hinuntergehen. Du solltest mal etwas essen und …«, er lächelt, »…. deine Schwestern warten auf dich. Die finden dich nämlich toll.«

Maurice lächelt zurück und schickt sich an, aufzustehen. Gemeinsam gehen sie die Treppe hinunter.

»Hallo Maurice«, rufen die Mädchen im Chor.

»Wollen wir spielen, wenn du gegessen hast?«, fragt Sarah während sie Maurice, ihren ganzen Charme aufbietend, höflich an seinen Platz am Tisch geleitet. Norman staunt, wie charmant seine Racker sein können.

Flankiert von den beiden Mädchen nimmt Maurice sein Abendbrot ein. Die Abendsonne, die nun schon ziemlich tief unten steht, wirft noch letzte Strahlen ins Esszimmer, genau auf Maurice' Platz und lässt sein dunkles Haar seidig glänzen.

Norman hatte sich die Woche nach Maurice' Ankunft von seiner Arbeit frei genommen, weil er noch einiges zu erledigen hatte. Vor allen Dingen wollte er Maurice zu Beginn seines Aufenthalts nicht sich selbst überlassen, zumal Andrea sich sehr schwer tut, sich ihm gegenüber unbefangen zu verhalten. Die Anmeldung in der Schule erfolgte gleich am Montag. Er wird Maurice aber erst nach den Herbstferien definitiv zur Schule schicken. Jetzt war ihm vor allem einmal wichtig, sich möglichst viel mit dem Kind zu befassen, ihm bei der Trauerbewältigung zu helfen. Auch hatte er Spaziergänge geplant, damit Maurice seine Umgebung kennenlerne. Er soll sich zurechtfinden, wenn er auch mal alleine unterwegs ist. Ein ganz spezielles Vergnügen bereitete es ihm, mit seinem Sohn Schach zu spielen. Er ist verblüfft über dessen kombinatorisches Sehvermögen. Es ist ein Sehen auf hohem Niveau. Anhand seines Gespürs für die Stellung der Figuren kann Maurice sich schon vorweg ein Urteil bilden, welchen Zug sein Gegner vermutlich wählen wird und er erkennt daraus seine Chancen auf Angriffsmöglichkeiten. Es ist ein absolut taktisches Spiel, das er führt.

Jetzt nach einer Woche kann Norman zurückblickend sagen, dass die Integration soweit gut gelungen ist ... bis eben auf die bei seiner neuen Mutter. Andreas Ablehnung ist spürbar. Sie spricht nur das Allernötigste mit ihm.

Er ist so froh, dass sich die Mädchen so gut mit Maurice verstehen. Sie umgarnen ihn förmlich. Er amüsiert sich richtig, zu sehen, wie seine Töchter um dessen Gunst buhlen. Jede will ihm am nächsten sein und Sarah hat sich gar in den Kopf gesetzt, unbedingt Schach lernen zu wollen. Maurice gibt sich wirklich viel Mühe, es ihr auf einfache, kindliche Art beizubringen.

Einmal beobachtete er die Kinder, als beide Mädels in Maurice' Zimmer waren. Während Sarah und Maurice auf dem Boden sitzend mit dem Schachspiel beschäftigt waren, schaute Laura sich im Zimmer ihres Bruders um. Zwangsläufig blieb sie natürlich an dem Bild, das Maurice auf dem Nachttisch aufgestellt hatte, hängen. »Wer ist das?«, fragte sie neugierig. Maurice und Sarah schauten beide, wie am Schnürchen gezogen gleichzeitig auf.

»Das ist meine Maman«, erklärte er, ohne große Gefühlsregung zu demonstrieren.

»Und warum sagst du das ›Mama‹ so komisch?«

»Ich spreche es halt französisch aus.«

»Aha … hm.« Man merkte, dass es hinter Lauras Stirn arbeitete. »Deshalb sagst du zu unserer Mama auch nicht Mama stimmt's«, folgerte sie nach einiger Überlegung logisch.

»Ja, deshalb nenne ich sie beim Vornamen«, gab Maurice ihr recht.

»Und, wo ist deine Mama jetzt?«, war die nächste Frage, die sich ihr aufdrängte.

»Sie ist tot. Deshalb bin ich hier bei euch.«

»Aha«, und wieder arbeitete es sichtbar hinter ihrer Stirn.

»Und warum bist du dann nicht bei deinem Papa in Paris geblieben?«

»Weil mein Papa hier ist, hier bei euch … außerdem habe ich nicht in Paris gelebt, sondern in Montpellier«, beantwortete Maurice geduldig Lauras Fragen.

»Wenn du in Mopölje gewohnt hast, warum hat unser Papa dich in Paris geholt?«

»Na, nachdem Maman gestorben war, wohnte ich so lange bei Freunden in Paris.«

»Aha«, antwortete sie knapp. Für Laura schien alles irgendwie ein bisschen mysteriös. »Und warum ist unser Papa auch *dein* Papa, wenn unsere Mama doch nicht *deine* Mama ist?«, wollte sie schließlich wissen.

Doch bevor Maurice antworten konnte, mischte sich Sarah, die etwas mehr Kombinationsgabe als ihre

Schwester, jedoch weniger Sanftmut als Maurice besaß, ins Gespräch ein. »Menno Laura, das ist doch ganz einfach. Papa hat die Mama von Maurice halt vor unserer Mama gekannt. Maurice ist ja auch älter als wir«, sagte sie ganz ungeduldig und fügte noch reizbarer hinzu: »Du störst uns beim Spiel, Laura.«

Maurice blickte ganz erstaunt zu der kleinen Schwester. Über ihren logischen Scharfsinn schien er sehr überrascht. »Weißt du denn, Sarah, wie Kinder gemacht werden?«, fragte er sie.

»Klar«, sagte sie ziemlich von sich überzeugt. »Wir haben ein Buch und da drin steht alles.«

»Du kannst doch aber nicht lesen«, bezweifelte er Sarahs Aussage.

»Es ist ein Bilderbuch natürlich. Da wird alles genau gezeigt. Ein klein bisschen ist darin auch geschrieben. Das hat Mama uns dann vorgelesen. Du siehst, ich kenne mich aus«, sagte sie mit gewichtigem Gesicht. Maurice lächelte. Seine kleine kluge Schwester schien ihm zu gefallen.

Sie hatten ihren Papa nicht entdeckt, wie er sie heimlich beobachtete. Und er, Norman, war froh, dass sich dieses Mama-Papa-Thema so einfach unter den Kindern aufgeklärt hatte. So wird er sich nicht in umständlichen Erklärungen ergehen müssen. Nebenbei hatte Sarah ihm auch noch unwillkürlich dabei geholfen, zu argumentieren, wenn er seinen Sohn bei Kollegen, Freunden, Bekannten und Schulen bekannt machen wird.

10

»Einen Mord lasse ich mir nicht anhängen«, wehrt sich der Befragte. Erich Lachenmeier wurde Mitte Februar bei der Claramatte direkt mitten in der einschlägigen Szene aufgegriffen. Er trug einen schwarzen Hut und schwarze Lederjacke und ist in etwa so groß wie das Mordopfer in Oberwil vom September und er mischte im Drogengeschäft mit. Die Polizei kann ihm Drogengeschäfte zwar nicht nachweisen, da sie bei der Ergreifung bei ihm nichts gefunden hatte, aber aufgrund der Einstiche im Arm liegt für sie auf der Hand, dass er vermutlich keineswegs sauber ist. Lachenmeier kommt aus Zürich und betrieb hauptsächlich dort seine Geschäfte, war aber auch hin und wieder hier in Basel zu sehen. Entsprechend war er hier in der Szene lange Zeit nicht allzu bekannt. Das hat sich inzwischen aber geändert, denn seit knapp einem Jahr kam er vermehrt und vor allen Dingen länger nach Basel, weil seine Geschäfte hier gut liefen. Heute scheint er seinen Wirkungskreis ausschließlich hier her verlegt zu haben.

Soeben wird er in Basel-Stadt von der Polizei verhört. Die Kollegin Yvonne Mäder aus dem Amt Basel-Landschaft beobachtet das Gespräch durch die Scheibe.

»Sie dealen mit Drogen, vermitteln drogenabhängige junge Frauen, die ihre Sucht finanzieren wollen, an Freier, Ihre Fingerabdrücke sind auf der Spritze mit dem Blut des Opfers, die unweit vom Mordopfer gefunden wurde, aber sie sind unschuldig«, spöttelt Daniel Weibel, der verhörende Beamte. »Erzählen Sie das Ihrer Großmutter, aber nicht mir«, meint er zynisch.

»Ich streite die Sache mit den Drogengeschäften von früher und Zuhälterei ja gar nicht ab. Glücklicherweise deale ich aber schon längere Zeit nicht mehr. Allerhöchstens nehme ich selbst mal was. Mein Hauptgeschäft heißt Schutz von Prostituierten. Die dürfen sich unter meinem Schutz sicher fühlen. Dafür verdiene ich durch sie meinen Unterhalt. Das ist das eine und das andere, ich habe mit dem Mord an Reto nichts zu tun. Den lasse ich mir nicht anhängen. Da hat doch jemand meine weggeworfene Spritze verwendet. Oder glauben Sie wirklich, ich wäre so blöd, meine Fingerabdrücke auf einem Mordwerkzeug und dann auch noch in der Nähe des Tatorts zu hinterlassen? Und … wieso sollte ich den Reto denn umgebracht haben. Hatte mit dem doch überhaupt nichts zu tun, wollte auch gar nicht, mit dem Arschloch. Der war ein hinterhältiger Drecksack, der sich ziemlich rar gemacht hat. Er war meist unsichtbar und ließ andere für sich arbeiten und auch ins Messer laufen.«

»Dafür, dass Sie mit ihm nichts zu tun hatten, wissen Sie ja ganz schön viel über ihn«, insistiert Weibel.

»Logo! Über Reto weiß jeder Bescheid, jeder, außer …«, Lachenmeier grinst, »… jeder, außer die Polizei. Alle, zumindest alle in der Branche, wissen auch, dass mit ihm nicht gut Kirschen essen ist … ähm war. Deshalb wollte ja auch keiner groß mit ihm zu tun haben, zumindest keiner, der sein eigenes Business betreibt. Dem pädophilen Schwulibert Geilhuber durfte man ja nicht in die Quere kommen.«

»Pädophiler Schwulibert Geilhuber?«, hakt Weibel mit abfälliger Stimme nach, während er jedes Wort betont deutlich wiedergibt.

»Ja, so sagt man halt zu den alten geilen Säcken, die sich nur an Knaben ranmachen. Kinderficker ... bäh. Dem hätte so mancher gerne den Schwanz abgeschnitten.«

»Aha. Nun man lernt nie aus«, sagt Weibel mit hämischem Unterton. »Aber erzählen Sie mir doch mal, woher sie wissen, dass man Retos Genitalien verstümmelt hatte. Das stand nämlich in keiner Zeitung.«

»Mann, das wusste ich doch gar nicht. Schwanz abschneiden, das wünscht man so einem, der sich wie Reto an fast noch Kinder ranmacht. Aber man sagt das nur so.«

»Aha. Sagt man also auch nur so. Nun gut, dann sagen Sie mir auch mal nur so, was Sie von Reto wollten, kurz bevor der über den Jordan ging.«

»Ich hatte mich nie mit Reto getroffen, weil ich mit dem nichts am Hut hatte. Wo sollte das denn gewesen sein?«

»Ja sagen Sie es mir. Ich weiß es nicht.«

Lachenmeier verschränkt die Arme vor seiner Brust und schmollt: »Ich weiß es auch nicht.«

Weibel legt eine Pause ein. Das ist seine berühmte Taktik, wenn er die Leute verunsichern will. Und in der Tat, seinen Delinquenten machen solche Pausen nervös. Er handelt instinktiv, senkt für einen Moment den Kopf, doch dann geht er auf Konfrontation. »Warum werde ich überhaupt verdächtigt? Das können doch einige andere genauso gewesen sein. Reto war, wie gesagt, nicht sonderlich beliebt.«

»Weil nur Ihre Fingerabdrücke auf der Spritze zu finden waren. Darum.«

»Ich sagte doch, dass es nicht schwierig ist, ans Besteck anderer Leute zu kommen. Ich benutze meine Spritzen nur für mich selbst. Sonst für niemanden. Und ich wiederhole noch einmal. Wenn ich wirklich jemandem anderen einen goldenen Schuss verpassen wollte, würde ich Handschuhe tragen oder die Spritze wieder mitnehmen und irgendwo sonst entsorgen, aber doch nicht am Tatort. Bin doch nicht blöd.«

»Nun angenommen, es ist so; jemand hat Ihre Spritze geklaut. Lassen wir das mal für einen Moment so stehen. Aber wir haben noch ein weiteres Indiz. Nicht jeder trägt Hut und Lederjacke. Und wenn wir schon dabei sind, leg mal das Scheiß Ding endlich ab.«

»Nicht jeder trägt Hut und Jacke, ja, aber viele«, freut sich Lachenmeier, weil er aus dieser Aussage schließt, dass der Verdacht gegen ihn wegen dieses Indizes auf ziemlich wackligen Füßen stünde. »Und meinen Hut kann ich nicht ablegen, weil es mich sonst an meine Glatze friert.« Er lehnt sich gelassen in seinem Stuhl zurück. Weibel spürt diese plötzlich aufkeimende Arroganz und ist leicht gereizt darüber.

»Mag sein, aber diese anderen bewegen sich in einem anderen Milieu, Schlauberger. Sie stehen mit dem Arsch an der Wand, Herr Lachenmeier, also kein Grund sich so überheblich zu geben.«

»Verdammt nochmal, ich war's nicht. Begreifen Sie's doch endlich«, echauffiert sich Lachenmeier.

Eine Beamtin kommt in den Verhörraum und sagt Weibel etwas ins Ohr. Der nickt und die Beamtin verlässt den Raum wieder. Lachenmeier beobachtet das Geschehen sehr unruhig.

»Sagen Sie doch mal drei Sätze«, sagt Weibel unvermittelt. »und zwar ›*Ich warne dich. Lange mache ich das nicht mit. Dann bist du fällig*‹«

»Warum?«, fragt der Verdächtigte trotzig.

»Weil Sie mir doch beweisen wollen, dass Sie sich nicht mit Reto Wyss getroffen haben.«

»Sagen Sie es mir nochmal! Was soll ich sagen? Hab's vergessen.«

Weibel wiederholt die drei Sätze und Lachenmeier spricht sie nach. Er muss diese Sätze noch zwei Mal wiederholen. Kurz darauf schaut die Kollegin von vorher herein und nickt.

»Nun, Herr Lachenmeier, Sie wurden soeben eindeutig identifiziert, dass Sie dem Opfer gedroht haben«, sagt Weibel siegesgewiss.

»Das ist doch ein abgekartetes Spiel. Da will mich jemand reinlegen«, protestiert Lachenmeier.

Weibel lächelt süffisant, denn nun ist er es, der sich in der überlegenen Position fühlt, und mit einer gewissen Häme in der Stimme sagt er: »Jetzt dürfen Sie sich erst einmal in einer gemütlichen Zelle ausruhen und morgen erzählen Sie mir, welche Rechnung sie mit Ihrem Freund Reto Wyss offen hatten; vielleicht erzählen Sie noch etwas über Ihren Komplizen. Sie möchten die Tat doch nicht alleine auf Ihre Kappe nehmen, oder?«

»Ich bin unschuldig. Ich habe Reto nicht getötet. Ich habe auch keinen Komplizen«, schreit Lachenmeier. Nur diesmal hat er sichtlich Angst.

»Okay«, sagt Weibel und nach einer kurzen Pause zum uniformierten Beamten: »Abführen!«

Lachenmeier schreit, windet sich beim Zugriff, so dass der Uniformierte ihn etwas härter anfassen muss.

»Ich war's nicht. Da will mir jemand was anhängen«, hört Weibel den Verdächtigen noch schreien, bis er endgültig aus seinem Hörbereich verschwindet.

Weibel sitzt seiner älteren, sehr erfahrenen Kollegin aus Basel-Land gegenüber. »Und, was hältst du davon, Yvonne?«

»Nun, ich bin mir nicht so sicher, dass er der Täter ist«, antwortet Yvonne. »Ich habe ihn beobachtet. Seine Reaktionen, sein Gesichtsausdruck ... alles an ihm lässt mich zweifeln.«

Daniel ist über Yvonnes Äußerung überrascht. »Ja aber er wurde doch eindeutig identifiziert. Seine Stimme, sein Markenzeichen Hut und Lederjacke und die Fingerabdrücke auf der Spritze. Na wenn das nicht ausreicht, ihn festzunageln!«

»Ich kenne das. In diesem Milieu wird sehr oft eindeutig identifiziert, wenn man einen Verdacht von sich ablenken will. Man nimmt als Täter dann gleich mal jemanden, der einem auch mal ans Bein gepinkelt hat. Und dieser Lachenmeier hat recht, so blöd ist nicht einmal der Dümmste, seine Fingerabdrücke so nah beim Tatort zu hinterlassen.« Yvonne wiegt den Kopf hin und her. »Und ... hm ... die Zeugin machte auf mich keinen Vertrauen erweckenden Eindruck. Sie schien mir sehr berechnend.«

»Also diese Tat passt schon mal gar nicht zu einer Frau.«

»Sie muss ja nicht zwangsläufig sich selbst schützen wollen. Sie könnte ja jemanden anderen schützen wollen. So wie wir erfahren haben, hatte dieser Reto mehr Feinde als Freunde. Und wenn man eine Spritze eines anderen Drogenbruders für eine Tat verwendet, der dann für eine Tat, die er womöglich gar nicht begangen hat, in die Kiste kommt, wären da gleich zwei Fliegen mit einer Klappe erwischt worden.«

»Meinst du, sie könnte gekauft worden sein?«, geht er auf Yvonnes Anregung ein.

»Zum Beispiel. Oder aber, sie ist als ebenfalls Enttäuschte eine Komplizin der Täter. Sie war schließlich mal Retos Angestellte. Oder eine weitere Variante könnte sein, dass sie gar mit einem der Täter liiert ist. Es gibt der Möglichkeiten viele. Dann wurde halt nie Lachenmeiers Alibi überprüft. Ich weiß, es liegt sehr lange zurück, fünf Monate. Das ist zu lange, als dass er sich selbst, geschweige denn jemand anderer sich erinnern könnte, wo er sich am Abend des 9. und in der Nacht des 10. September aufgehalten haben soll. Dennoch, ein Versuch wäre es wert. Manchmal verbinden Leute mit einem Datum ein ganz spezielles Ereignis und kann sich deswegen genau erinnern. Was mir auch noch seltsam erscheint, das ist der Inhalt der Drohung, die dieser Lachenmeier ausgesprochen haben soll. Er soll diesen Reto gewarnt haben, dass er da nicht mehr lange mitmache, dass Reto dann fällig sei, nicht ganz zwei Tage später wird dieser tot aufgefunden. Todeszeitpunkt in der Nacht vom 10. auf den 11. September. Ziemlich flugs, findest du nicht? Da hätte der nicht sehr viel Geduld zum Warten gezeigt. Nein, das passt einfach nicht.«

»Nun, dann sollten wir das Umfeld der Zeugin etwas näher durchleuchten. Wo und für wen arbeitet sie, und mit wem ist sie womöglich zusammen et cetera pp. Und schließlich das Umfeld von Lachenmeier muss genau unter die Lupe genommen werden. Mal seh'n, was dabei herauskommt.«

Yvonne steht auf, um sich zu verabschieden. »Wenn du Unterstützung brauchst, ich schicke sie dir gerne. Musst es mir einfach sagen. Wir werden in unserer Umgebung auf jeden Fall auch noch tätig sein.«

Dann verabschieden sich beide sehr freundschaftlich. Auf dem Weg zum Auto ruft sie ihren Mitarbeiter Georg Zeindl an: »Du Georg, deine Zeugin, diese Monique, die wurde heute in Basel vorgeladen. Man hat ja diesen Lachenmeier festgenommen und sie hat ihn eindeutig identifiziert ...« Bevor sie weitersprechen kann, nimmt Georg das Gespräch auf. »Ist ja prima, dann können wir den Fall ad acta legen.«

»Nein eben nicht. Ich möchte, dass du dich nochmals umhörst und -siehst. Ich habe das dumpfe Gefühl, dass Monique nicht die Wahrheit sagt.«

»Wieso sollte sie denn nicht?«, wundert sich Georg fast ein wenig enttäuscht. »Die Fingerabdrücke auf der Spritze sprechen doch auch eine eindeutige Sprache.«

»Zu eindeutig«, sagt Yvonne. »Es ist halt ein Gefühl. Nenne es weibliche Intuition. Ich will wissen, was sie so treibt. Hat sie einen Freund? Für wen schafft sie an? Schafft sie an, um ihren Drogenkonsum zu finanzieren ... du weißt schon, die ganze Palette des Milieus. Und schließlich interessiert mich, ich weiß, das wird das schwierigste von allem sein, wo sie letztes Jahr am 9. September war, als sie angeblich Zeugin eines Gesprächs wurde und dann natürlich auch noch am 10. September, als der Mord passierte.«

»Okay Chefin, wird gemacht«, sagt Georg dienstbeflissen. Nachdem er aufgelegt hatte, bleibt er einen Moment nachdenklich sitzen. Dann schmunzelt er hämisch. ›Na, dann auf ein Neues‹, denkt er. ›Wir kriegen die Sache schon noch ins Kästchen.‹

*

Am 27. Februar wird Lachenmeier nach zehn Tagen Haft wieder auf freien Fuß gesetzt. Nicht einmal wegen Dealerei konnte er belangt werden.

Die Recherchen der Polizei von Basel-Stadt hatten nämlich ergeben, dass er sich am Mittwoch, den 9. September des Vorjahres definitiv nicht mit Wyss getroffen haben konnte. Es war nämlich genau das Datum, an dem Thuri seinen runden Geburtstag in der Zischbar feierte und da war Lachenmeier höchst persönlich zugegen. Thuri, eigentlich Arthur Fischer, ist Betreiber dieser Bar in der Kaserne, die nur dienstags Treffpunkt für Lesben und Schwule ist, und der hatte neben anderen Zeugen Lachenmeiers Anwesenheit bestätigt. Sie feierten die ganze Nacht hindurch und waren am Ende ziemlich zugedröhnt, vor allen Dingen auch mit Drogen. Thuri bestätigte auch, dass Lachenmeier seine Spritze in der Bar entsorgt hatte, und dass in der Tat jeder an das Besteck hätte drankommen können, wenn er gewollt hätte. Somit konnte also jeder, der in der Bar verkehrte, der Täter gewesen sein. Lachenmeier selbst hatte in der Bar gepennt und war am Folgetag nicht zu gebrauchen, kam gar nicht auf die Beine.

Wyss selbst hingegen verkehrte nie in dieser Bar. Der bevorzugte noblere Umgebungen.

Georgs Recherchen über Monique ergaben, dass sie mit keinem Kerl fest liiert war, dass sie einmal als Prostituierte in der Kontaktbar von Wyss und seinem damaligen Kompagnon gearbeitet hatte, sich aber sehr bald, nachdem die beiden Kompagnons sich trennten, ebenfalls von Reto trennte, weil sie sich über ihn ziemlich ärgerte. Sie hatte anschließend aber auch nicht mehr anschaffen wollen, weil sie es leid war, dass die Zuhälter sich auf ihre Kosten eine goldene Nase verdienten. Seither verdient sie ihren Unterhalt ganz seriös als Bardame und ist dabei, wie man dort bestätigt, ziemlich tüchtig.

Als die Kollegen von Basel-Stadt Lachenmeiers Unschuld eindeutig bestätigt sahen, befragten sie Monique nochmals wegen ihrer Falschaussage und die hatte sich auch gleich gegen diese Formulierung ›Falschaussage‹ verwehrt. »Ich habe nicht gelogen«, hatte sie hartnäckig betont, »geirrt vielleicht, ja, aber nicht gelogen.« Sie begründete es damit, dass ihre Beobachtung schließlich schon ein paar Monate zurückliege und die Stimme für sie wirklich genauso klang, wie die von Lachenmeier. Es waren ja auch nur diese drei Sätze, die sie hörte. Sie betonte auch ganz klar, Lachenmeier nicht zu kennen. Die Polizei hielt ihr dann vor, dass sie, wenn sie sich doch mit Reto Wyss überworfen habe, ein mögliches Interesse gehabt haben könnte, dass dieser sein Leben aushauchte und sie sich mit den Tätern zu einer gemeinsamen Sache eingelassen habe. Sie legten ihr ans Herz, doch mit der Polizei zusammenzuarbeiten und die Täter zu nennen. Das könne sich strafmildernd auf sie auswirken. Doch Monique ging darauf nicht ein. Sie betonte, dass sie sich nicht mit Reto überworfen habe, sondern dass sie mit seiner Praxis, wie er die Kontaktbar führte und er mit den Mädchen teilweise umging, nicht einverstanden erklären konnte. Sie war sozusagen ›Chefprostituierte‹ und fühlte sich verantwortlich für die jungen meist ausländischen Dinger. Doch das liege auch schon ein gutes Jahr zurück. Ihre Konsequenzen habe sie ja dann gezogen, indem sie die Bar nach einem kleinen Disput verlassen

habe. Seither habe sie Reto auch nicht mehr gesehen …
außer eben an diesem 9. September in besagtem Hinterhof im Gespräch mit dem Fremden … ein Gespräch, das im Verlauf ziemlich heftig ausartete. Zum Schluss fügte sie noch an, dass die gerechte Strafe, die nach der Razzia durch die Polizei auf ihn zugekommen wäre, für sie ausreichend Genugtuung gewesen wäre. Dass er eine Woche nach der Razzia das Zeitliche segnete, sei wohl ein glücklicher Zufall. Dem Kerl weine nämlich keiner eine Träne nach.

Die Polizei entließ auch Monique aus dem Verhör und steht nun genau wieder dort, wo sie vor Lachenmeiers Festnahme stand.

Indessen Yvonne traut dieser Monique nach wie vor nicht über den Weg. »Die ist raffiniert, clever, nicht von dummen Eltern«, hatte sie zu Georg über die 30jährige Monique gesagt. »Deswegen ist ihr auch so schlecht beizukommen. Ich bezweifle, dass es diese Drohung an Reto Wyss im Hinterhof überhaupt gab. Wie gesagt. Der Mord folgte mir zu dicht auf die Drohung. Ich möchte wissen, ob es jemanden gibt, der sich zufällig erinnert, Monique am 9. September 1995 irgendwo, weit entfernt dieses Hinterhofs, gesehen zu haben.«

»Nein, Yvonne, tut mir leid. Die Recherchen ergaben, dass sie an dem Abend in der Bar frei hatte. Über das Wo und Wie sie ihre Freizeit verbringt gibt sie niemandem Rechenschaft ab, entsprechend gibt es auch keine Zeugen über einen möglichen anderen Aufenthaltsort als, wie sie beteuert, der Hinterhof in der Hammerstraße, wo sie jemanden besuchen wollte. Es kann also durchaus sein, dass sie den Streit zwischen Wyss und Lachenmeier mitgehört haben kann.«

»Georg, du vergisst, dass Lachenmeiers Alibi ihn entlastet«, interveniert Yvonne.

»Sorry«, beginnt Georg zu korrigieren. »Ich meine, dass sie Zeugin des Streits zwischen Wyss und dem ominösen Fremden gewesen sein könnte …«

»… wenn es diesen Streit überhaupt gab«, unterbricht Yvonne wieder.

Wieder korrigiert Georg seine Rede. »… sofern es diesen Streit überhaupt gab, natürlich.«

»Und wen wollte sie dort besuchen? Hat man diese Person befragt?«

»Eine Iris Kübler wollte sie besuchen … wie gesagt … *wollte*. Kübler war aber nicht da, sonst wäre es ein Leichtes für sie gewesen, eine Zeugin zu haben«, erklärt Georg, »aber das wichtigste bezüglich ihres Alibis ist, dass sie für den 10. September auf keinen Fall in Frage kommen kann, denn da hatte sie den ganzen Abend bis in die Morgenstunden in ihrer Bar in Basel Dienst.«

»Nun, bleiben wir dran. Irgendeinen Fehler werden die Täter gemacht haben, davon bin ich überzeugt. Das gibt es nicht, den perfekten Mord. Man erfährt hier etwas, dort etwas, und plötzlich ergeben viele andere kleine Puzzlestücke, die vorher keine Bedeutung hatten, einen Sinn«, überlegt Yvonne laut und dreht sehr geschickt ihren Kugelschreiber zwischen den Fingern. Georg ist überrascht über Yvonnes Fingerfertigkeit und blickt gebannt auf ihre Hände. Yvonne stoppt abrupt. »Sag mal Georg, ist dir der Lachenmeier von deiner Zeit in Zürich nicht bekannt? Der hatte doch sicher hin und wieder auch mit der Polizei zu tun … so als Drogendealer.«

»Na ja, so ad hoc könnte ich es nicht sagen. Ich müsste ihn mal richtig von nahem sehen, Aug in Aug, um mich vielleicht zu erinnern. Ist halt schon eine ganze Weile her.«

»Aber der Name müsste dir doch bekannt sein«, wundert sich Yvonne.

»Ja, mag schon sein. Vage erinnere ich mich an einen solchen Namen, aber wirklich nur ganz vage«, erklärt er, während er angestrengt versucht, sich zu erinnern.

»Okay, Georg, jetzt machen wir erst mal Pause, hab' nämlich Hunger und dann rollen wir die Sache nochmals ganz von vorne auf.«

»Ja … ja …, machen wir. Bis später«, antwortet er, steht auf und verlässt Yvonnes Büro.

›Hm, irgendwann werde ich mich an den stechenden Blick gewöhnt haben‹, denkt Yvonne, nachdem Georg gegangen war, und macht sich ebenfalls auf in die Mittagspause.

11

Es ist Samstag, Ende März, genau zwei Wochen vor Ostern und der erste richtig warme Frühlingstag mit fast sommerlichen Temperaturen. Im Garten findet ein wahrhaftiges Frühlingserwachen statt. Alles sprießt, drängt explosionsartig ans Licht. Die ersten Echsen huschen über die Steine und Bienen schwirren um die Krokusse. Kleine weiße Wölkchen unterbrechen die beinahe durchgehende Himmelsbläue.

Norman sitzt auf der Veranda, hat seinen Laptop vor sich und beobachtet immer wieder seine drei Kinder, die ausgelassen auf dem Rasen spielen. Sie lachen und kreischen fröhlich. Auch Maurice scheint seinen Kummer immer dann zu vergessen, wenn er mit seinen Schwestern zusammen ist. Andrea liegt auf der Liege in ein Buch vertieft. Sie schaut nicht ein einziges Mal auf, zumindest nie so, dass Norman es bemerkt hätte. Norman fragt sich, ob ihre Ehe je wieder so werden würde, wie sie war, bevor Maurice in ihr Leben trat. Die letzten Monate waren verdammt hart. Er konnte seine Frau nicht mehr erreichen. Hinzu kommt, dass die dunkle Jahreszeit mit ihrer Kälte für eine düstere Stimmung bei Andrea sorgte. Sie hatte bisher nie unter Winterblues zu leiden. Doch dieses Jahr war es anders. Auch Weihnachten, das Fest der Liebe, konnte sie nicht aus ihrer Trübsinnigkeit herausholen. Aber nicht nur, dass sie sich ihm entzog. Nein, sie hat sich allgemein abgekapselt, traf sich nicht mehr mit Freunden. Yvonne hatte sie seit dem letzten Treffen nicht mehr angerufen.

Wenn Yvonne es versuchte, nahm sie nicht ab, wenn sie die Nummer auf dem Display erkannte. Sie war für niemanden zu sprechen. Sie wollte sich niemandem erklären.

Norman denkt daran zurück, wie sie erstmals in Maurice' Zimmer ging, um seine Bettwäsche zu wechseln. Maurice war in der Schule und er selbst ging gerade an der offenstehenden Zimmertür vorbei. Er hielt für einen Moment inne, als er sah, wie Andrea das Foto, das Maurice aufgestellt hatte, in der Hand hielt, um es genau zu betrachten. Er konnte es ihr von hinten ansehen, wie ihr Körper sich anspannte. Ihre inzwischen zugelegte masochistische Ader wollte wohl, dass sie sich selbst marterte, indem sie wie gebannt darauf starrte. Er verhielt sich ruhig und ging schließlich weiter. Er musste sich beeilen, denn er wollte um zehn Uhr in der Firma sein. Er erwartete wieder einen geschäftlichen Besuch aus Amerika. An solchen Tagen war er immer lange, bis spät in die Nacht hinein, weg.

Maurice gegenüber verhielt Andrea sich nach wie vor sehr reserviert. Norman tat es weh, dies zu beobachten. Er verlangte ja nicht, dass sie den Jungen in die Arme nahm, ihn drückte oder liebkoste. Nur ein klein bisschen Wärme, ein klein bisschen Zuneigung, na ja, Sympathie … das hätte doch schon genügt, um diesem stillen Kind das Gefühl des ›ich bin zu Hause‹ zu vermitteln. Stattdessen gab es immer wieder diese Momente, in denen er sich in sein Zimmer zurückzog und trauerte. Dem Jungen etwas mehr zu geben, als nur gerade das Lebensnotwendige wie essen, trinken, frische Wäsche et cetera, war von ihr als die Betrogene wohl zu viel verlangt.

Um einiges angenehmer verlief das Sich-Outen über seine neue familiäre Situation bei seinen Kollegen im Geschäft und den Freunden. Sarahs glasklare, logische Erklärung hatte ihn auf die Idee gebracht. Es fiel ihm viel leichter, als er dachte. Genau das war es. Bei diesem Glauben wollte er die Leute lassen. Die ganze Affäre fiel auf eine Zeit, als er noch nicht verheiratet war, und das hatte ihm keiner wirklich übel genommen. Seinem Ansehen hatte es auf jeden Fall keinen Abbruch getan. Norman hatte natürlich nichts unversucht gelassen, das ganze schön zu reden. Da kam ihm natürlich die lange Zeitspanne von acht Jahren zu Hilfe. Niemand erinnerte sich noch so genau, wie eng er und Andrea damals schon liiert waren, als er zu diesem Workshop reiste. Er ließ die Leute im Glauben, dass die Affäre nicht als Seitensprung zu werten sei. Und sein bester Freund Beat war froh, dass sich alles so gut aufgelöst hatte. Ihm war die Sache unangenehm, zumal ja Andrea bei ihm anrief und er so tun musste, als wisse er von alledem nichts. Norman schmunzelt, als er Beats Reaktion vor seinem geistigen Auge Revue passieren lässt. ›*Daas isch jo dr absoluti Hit, e Sensazioon*‹, sagte er, als er Maurice' Foto sah und vom kleinen Schachgenie erfuhr. ›*Do läbt so en herzige Bueb siibe Joor z'Franggryych und sy lyyblige Vatter waiß nyt drvoo. Und drno schtellt sich uuse, dass dä Bueb äs Käpseli isch.*‹[13]

Ja, Norman kann nicht verhehlen, dass er voller Stolz ist über seinen Sohn.

---

[13] Das ist ja der absolute Hit, eine Sensation. Da lebt so ein herziger Junge sieben Jahre in Frankreich und sein leiblicher Vater weiß nichts davon. Und dann stellt sich heraus, dass der Junge ein kleines Genie ist.

Auch Kerstins, Andreas Schwester, Reaktion lässt ihn im Nachhinein schmunzeln. Sie hatte ihn doch tatsächlich in der Firma angerufen. Nicht weil sie ihm Vorwürfe machen wollte. Sie rief ihn an in der Rolle der Psychologin. Sie wollte ihm ans Herz legen, dass er mit Andrea Geduld haben solle. Andrea leide unter der Situation sehr und er solle ihr Zeit lassen, alles zu verarbeiten, auch wenn es vielleicht länger dauern würde. Sie selbst sehe die ganze Sache zwar nicht so eng, denn sie kenne aus ihrer beruflichen Praxis Schlimmeres, und das habe sie auch Andrea gesagt. Doch ihre Schwester, deren Tugenden schon in ihrer frühesten Jugend Gradlinigkeit und Offenheit waren, würde wohl gezwungen sein über ihren eigenen Schatten zu springen. Und das, das weiß jeder, sei halt einfach nicht möglich. Sie steckte ihm auch, dass Andrea ihn immer noch liebe, hatte aber nicht verraten, dass Andrea selbst es ihr anvertraute. Sie verkaufte es ihm als ihr Gespür als Psychologin. Norman jedoch hatte sehr wohl verstanden, denn so viel Psychologe war er selbst auch, um zu wissen, dass, wenn Andrea bei ihrer Schwester Rat holte, diese ihr wahrscheinlich, ihrer unkomplizierten Natur gemäß, geradeheraus nach deren Gefühlen ihrem Mann gegenüber gefragt hatte. Diese Auskunft indes gibt ihm Hoffnung.

»Papi, Mami, dürfen wir zum Spielplatz«, wird Norman von Sarahs kräftiger Stimme aus seinen Gedanken gerissen.

»Ja, geht nur«, sagt er. Andrea blickt nur kurz auf, sagt aber nichts.

Der Spielplatz befindet sich etwa acht Fuß-Minuten vom elterlichen Anwesen entfernt, so dass sie sich keine Sorgen zu machen brauchen, wenn die drei auch mal alleine loszogen. Es ist ja nicht das erste Mal, dass sie dort hingehen und er befindet sich in einer reinen Wohngegend. Dennoch fügt er hinzu. »Aber wirklich nur bis zum Spielplatz, ja.«

»Ja-ha«, rufen sie zurück, während sie schon auf dem Weg aus dem Garten sind.

Etwa eine halbe Stunde später, Norman hatte seine Arbeit am Laptop gerade abgeschlossen, zieht es ihn ebenfalls weg. Der milde Frühlingstag hat eine angenehme Wirkung auf seine Stimmung. Da will er der herrschenden erdrückenden Atmosphäre seiner Umgebung zu Hause ebenfalls entfliehen. »Ich gehe auch mal zum Spielplatz, nach den Kindern sehen. Bin bald wieder zurück«, sagt er bevor auch er verschwindet.

Kaum ist er weg, legt Andrea ihr Buch zur Seite und starrt vor sich hin. Das Bild dieser wunderschönen jungen Frau in Maurice' Zimmer lässt sie nicht mehr los, verfolgt sie förmlich … bis in den Traum. Sie fragt sich, ob es wohl besser gewesen wäre, wenn sie das Bild nie gesehen hätte. ›Ach quatsch‹, denkt sie, ›dann hätte ich versucht, sie mir vorzustellen. Das wäre auch nicht einfacher für mich. Meine Situation hätte es nicht verändert.‹ Sie steht auf und geht ins Haus. Vor dem Spiegel bleibt sie stehen. Ihre kritischen Augen entdecken die ersten feinen Linien und Falten in ihrem Gesicht. Sie streicht mit beiden Händen über die Wangen bis hin zu den Ohren, als könne sie so diese hauchzarten Spuren des Alters glattziehen. ›Ich bin doch gerade mal 39 Jahre alt. Bin ich selbst schuld?‹, fragt sie sich. Diese Frau auf dem Bild sieht sehr viel jünger aus, dabei sind es eben mal sechs Jahre, die sie altersmäßig trennen. Auch wenn das Foto schon gute zwei Jahre alt ist, scheint es ihr, sie selbst habe nie, so jung, so schön ausgesehen, wie diese Frau. Auch nicht vor einigen Jahren. Sie schneidet ihrem Spiegelbild eine Grimasse und geht dann in die Küche, um sich einen Kaffee aus der automatischen Kaffeemaschine herauszulassen. In das Mahlwerkgeräusch hinein, vernimmt sie das Klingeln des Telefons. Sie blickt aufs Display des Apparats in der Küche. Es ist Yvonne. Andrea zögert. Nach dem vierten Klingelton nimmt sie ab.

»Endlich …«, tönt es aus dem Hörer ohne Voranmeldung. »Wie oft habe ich es nun schon versucht, und du warst nie zu Hause. Habe mir schon Sorgen gemacht.«

»Hallo Yvonne«, antwortet Andrea mit ruhiger Stimme.

»Mensch, ein halbes Jahr habe ich nichts mehr von dir gehört und du begrüßt mich mit einem trockenen Hallo. Was ist los?«, fragt Yvonne aufgeregt.

»Mir war nicht danach, mit jemandem zu sprechen, auch nicht … hm, ja, auch nicht mit meiner besten Freundin«, erklärt sie.

»Oh … ist es wegen dieser damals bei unserem letzten Treffen angedeuteten Sache mit Norman?«, fragt ihre Freundin neugierig geworden. Immerhin war das die letzte beunruhigende Information, die sie damals von Andrea erhielt. Und seither hörte sie nichts mehr von ihr.

»Ja. Seit Mitte September letzten Jahres haben wir ein drittes Kind, einen Sohn …«, sie macht eine kurze Pause in der Länge eines Atemzugs und fährt weiter: »… Normans Sohn. Er lebt in unserer Familie.«

Yvonne ist für einen Moment geschockt und sprachlos. Als sie ihre Stimme wieder gefunden hatte, stellt sie empört fest: »Das hätte ich niemals von Norman erwartet. Warum tut er so etwas? Wie alt ist der Sohn?«

Andrea erzählt ihr die ganze Geschichte, während Yvonne schweigend lauscht. Als Andrea mit dem Bericht fertig ist, nimmt Yvonne, die ja selbst geschieden ist und in dieser Hinsicht doch einiges durchgemacht hatte, es dann schon etwas gelassener. Sie meint. »Ihr wart damals ja noch gar nicht verheiratet.«

»Mensch, warum sagen das alle?«, reagiert Andrea wütend, »ob verheiratet oder nicht, wir waren zusammen und er hat mich betrogen.«

»Ja schon, aber er ist doch kein notorischer Fremdgänger. Es ist ja nicht so, dass er dich über Jahre hinweg hintergangen hätte. Eine einmalige Sache, ein Ausrutscher, mehr nicht.«

»Ja, so sprechen sie alle, die betrogenen Frauen. Solche, die mit einem Schürzenjäger verheiratet waren. Auch meine Schwester gibt mir laufend solche konstruierten, wohlgemeinten, schön klingenden Ratschläge. Bei mir verhält es sich halt etwas anders, als bei euch. Ich vertraute Norman blind. Er ist der Mann, mit dem ich mein Leben leben wollte, mit dem ich alt werden wollte. Der oder keinen.«

»Aber er ist es doch noch. Du tust so, als wäre alles vorbei, so, als wäre eure Ehe gescheitert und ihr würdet getrennte Wege gehen. Aber so ist es doch nicht. Mensch Mädchen, überleg' doch mal. Er selbst hatte nichts von seinem Sohn gewusst. Das bedeutet doch, dass er die ganzen acht Jahre von dieser Frau nichts mehr gehört und auch selbst nie mehr den Kontakt zu ihr gesucht hatte. Du hast recht, ja, hier redet eine ehemalige Schürzenjäger-Ehefrau. Derer gibt es viele, verdammt viele, mehr als du glaubst. Die wären alle froh gewesen, einen solchen Mann wie Norman gehabt zu haben. So viel Glück wie du haben nicht viele. Du jammerst auf sehr hohem Niveau, weißt du das?«

»Versteht denn niemand, dass ich enttäuscht bin?«

»Doch, ich verstehe, dass du enttäuscht bist, weil du den perfekten Mann gefunden und diese Perfektion immer vorausgesetzt hast und jetzt einen klitzekleinen Makel entdeckt hast. Leider hatte dieser Makel halt nun weitreichende Folgen, in Form neuen Lebens. Aber deine Enttäuschung darf doch nicht so weit gehen, dass du alles aufs Spiel setzt, dass du das Leben nicht mehr in richtige Bahnen kommen lässt.« Sie unterbricht ihren Redeschwall für einen kurzen Moment und fährt dann weiter. »Vielleicht täte dir gut, wenn du einfach einmal rauskämst und Distanz zur ganzen Sache erhieltest. Du brauchst wieder einen klaren Kopf, damit du die Dinge wieder etwas nüchterner betrachten kannst. Weißt du was, ich hab' eine Idee. Komm mit mir nächste Woche in die Berge ... eine Woche Urlaub von allem. Was hältst du davon?«

»Ich kann doch nicht einfach davondüsen und die Kinder alleine lassen.«

»Warum nicht? Norman nimmt doch während der Schulferien immer Urlaub. Er kann doch mit den Kindern auch mal alleine bleiben«, versucht sie, die Idee ihrer Freundin schmackhaft zu machen.

Andrea überlegt. Stimmt eigentlich. Ende nächster Woche, eine Woche vor Ostern beginnen in Baselland die zweiwöchigen Frühlingsferien. Da nimmt Norman auch immer einen Teil seines Urlaubs. Tja, warum auch nicht? Warum sollte sie sich nicht mal von der Familie abseilen?

Ganz spontan, für Yvonne schon fast wieder überraschend schnell, sagt sie zu. »Okay. Ich bin dabei. Hast du schon gebucht?«

»Oh, Andrea, so gefällst du mir wieder. Sehr gute Entscheidung, ja wirklich, sehr gut. Also, ich habe eine hübsche kleine Ferienwohnung in Zermatt gebucht, um die 45 Quadratmeter, gut für zwei Personen. Von Samstag bis Samstag. Karsamstag bist du wieder bei deiner Familie. Die zweite Ferienwoche kannst du dann, hoffentlich erholt, mit deinen Kindern und natürlich mit deinem Mann verbringen.«

Nachdem Andrea aufgelegt hatte, bleibt sie noch nachdenklich vor dem Telefon stehen. Komisch, dass alle Leute so viel Verständnis für Norman zeigen und so wenig für sie. Es kommt ihr fast so vor, als wäre er das Opfer ... das Opfer ihrer Laune. Erst der Duft, des langsam kalt werdenden Kaffees, der an ihre Nase strömt, holt sie aus ihrer Grübelei. Sie nimmt die Tasse und geht wieder auf die Veranda zu ihrer Liege. Erstmals am heutigen Tag blickt sie in den herrlich blauen Himmel, als würde sie ihn erst jetzt bewusst wahrnehmen. Sie zieht die Frühlingsluft tief durch die Nase ein und genießt den Duft des Frühjahrs. Wie gut das tut.

›Ja‹, denkt sie, ›eine Woche mal alleine weg, ganz ohne Familie. Raus aus allem. Das wird mir gut tun.‹ Und schon vernimmt sie das muntere Plappern ihrer beiden Mädchen. Frisch fröhlich kommen sie durch den Garten in Richtung Veranda gestürmt, gefolgt von Norman und Maurice, die angeregt miteinander diskutieren. Dieser Anblick schnürt ihr gleich wieder die Kehle zu, ist wie ein Dolchstoß mitten ins Herz. So abstrus es klingt, aber sie sieht in Maurice eine Konkurrenz. Ihr Ehemann steht dem Kind näher als ihr selbst. Und schon fühlt sie sich abrupt in ihr Dilemma zurückgestoßen. Das ganze gute Gefühl, das sich wie ein zartes Pflänzchen zu entwickeln begann, ist mit einem Mal dahin.

Als die Kinder im Bett sind, sitzen sie beide noch im Wohnzimmer. Wie immer ziemlich schweigsam, bis Andrea dieses Schweigen bricht.

»Heute hat Yvonne angerufen«, beginnt sie das Gespräch.

Norman blickt überrascht auf. Einerseits, weil es Andrea ist, die mit Konversation beginnt, und andererseits, weil diese Konversation nicht nur, wie bisher, das Allernötigste beinhaltet.

»Hast du mit ihr gesprochen?«, fragt er überrascht.

»Ja. Wir haben ein längeres Gespräch geführt.«

»Aha«, kommentiert Norman mit hochgezogenen Augenbrauen in der Annahme, dass Andrea ihrer Freundin vermutlich ausführlich ihr Leid klagte. Was dann aber kommt, hätte er nicht im Traum erwartet.

»Sie hat mich eingeladen, ab nächsten Samstag mit ihr eine Woche in Zermatt zu verbringen«, sagt sie, so als wäre es das normalste der Welt, nachdem sie die letzten Monate mit niemandem, außer mit ihrer Schwester Kontakt gesucht hatte, ihn gar nicht zuließ. Entsprechend erstaunt wirkt Norman, als er zu seiner Frau aufblickt.

»Prima«, sagt er, nachdem er nach der ersten Verwirrung wieder seine Sprache gefunden hatte, »das fände ich eine gute Idee. Hast du zugesagt?«

»Ja, ich habe zugesagt. Yvonne meinte, dass mir eine Auszeit und Abstand zum ganzen Dilemma gut tun würden.«

»Das ist ja wunderbar, Andrea. Und ich wäre über-glücklich, wenn Du nach dem Urlaub, unsere Familien-situation nicht mehr als Dilemma empfinden würdest«, zeigt sich Norman über diese unerwartete neue Situation überaus zufrieden.

Könnte dies ein Anfang sein? Der Anfang für ein normales, harmonisches Familienleben, so wie bisher, vor Maurice' Ankunft? Norman schöpft vage Hoffnung.

12

Mitte Woche war es vorbei mit der frühsommerlichen Herrlichkeit. Die Temperaturen sanken auf Werte zwischen null und fünf Grad Celsius. Es schneite in feinen Flocken und die Straßen und Dächer in den Niederungen von Basel-Landschaft waren wie gezuckert. In den Bergen hingegen schneite es fast ununterbrochen.

Andrea und Yvonne starteten bei dichtem Nebel schon früh am Samstagmorgen mit dem Zug ab Basel.

Kurz nach zehn Uhr kommen sie bei schönstem Wetter in Zermatt an. Der Himmel ist strahlend blau und der in der Sonne leuchtende Neuschnee blendet regelrecht.

»Schön«, freut sich Andrea, als sie vor dem Chalet steht, in dem vier Wohneinheiten untergebracht sind. Ihr kleines Apartment ist im oberen Stockwerk.

»Wow, Andrea, schau mal diese Aussicht. Ist das nicht herrlich?«, ruft Yvonne verzückt, als sie auf den Balkon hinausgetreten war. Andrea folgt ihr natürlich gleich auf den Fuß.

»Ich danke dir Yvonne, dass du mich zu dieser Woche hier überredet hast. Es ist so wunderschön hier. Ein Traum. Das wird mir gut tun«, sagt Andrea ehrfürchtig. Das erste Mal seit langer Zeit, dass sie sich wieder erlaubte, glücklich zu sein … loszulassen. »Ich freue mich wie ein Kind auf diese Woche Skifahren und Genießen.«

»Hej, und der Après-Ski, das wird dann erst richtig toll. Ganz ohne Familie. Ein kleiner Flirt hier, ein kleiner Flirt da. So wie es gerade kommt«, lacht Yvonne. Ihre Stimme gluckst förmlich.

»Ich glaube nicht, dass ich das brauche«, antwortet Andrea ziemlich nüchtern in Yvonnes Euphorie hinein.

»Genau das ist es, was du gebrauchen kannst. Zu spüren, dass du begehrt bist. Das ist nämlich genau das, was deinem Ego im Moment fehlt«, kontert Yvonne. »Du bist ein richtig unsicheres, Komplex beladenes Hascherl geworden, weil diese andere, bei der Norman sich für einmal vergaß, angeblich so makellos schön war. Ich hab' sie ja nicht gesehen, aber wenn Norman nicht widerstehen konnte und du es selbst auch sagst, muss ja was dran sein.«

»Sie ist … sie war eine außergewöhnlich schöne Frau, ja. Nichts an ihr wirkte überheblich, sondern eher bescheiden und sehr liebevoll. Ihre ganze Ausstrahlung ist bezaubernd, zieht einen förmlich in den Bann. Und das Schlimmste, sie ist genau das Gegenteil von mir gewesen … ich meine rein optisch.«

»Eben meine Liebe, wie du es sagst. Sie ist es gewesen. Und jetzt ist sie tot. Vielleicht war es ja auch gerade das Gegensätzliche, das Norman sich für ein Mal vergessen ließ. Sei nicht eifersüchtig auf eine Tote … eine Tote, die acht lange Jahre in Normans Leben keine Rolle spielte. Sie ruhe in Frieden.«

»Und sie hat einen Sohn hinterlassen, dessen Vater mein Mann ist«, erwidert Andrea traurig und trotzig zugleich.

»Herrgott, Andrea. Mir scheint, du setzt alles dran, dich selbst zu martern. Schau optimistisch in die Welt. So, wie ich dich von früher her kenne.« Yvonne pufft ihre langjährige Freundin freundschaftlich auf den Oberarm, zwinkert ihr mit einem Auge zu und lächelt. »Also? Wie steht's? Auf ins Vergnügen?«

Andrea muss lächeln über Yvonnes burschikose Art, zu der der freche Kurzhaarschnitt nicht besser passen könnte. Er ist das Tüpfelchen auf dem i ihrer Erscheinung.

Bei herrlichstem Sonnenschein erkunden die beiden, nachdem sie ihre Koffer ausgepackt hatten, zu Fuß die Gegend. Der Schnee knirscht herrlich unter den Sohlen ihrer Moonboots. Andrea fühlt sich erstmals seit langem wieder richtig befreit. Die kalte Winterluft tut ihr gut und sie freut sich riesig darauf, wenn sie erst zusammen mit ihren Skiern in die Höhe fahren. Es könnte eine vielversprechende Woche werden. Wie hatte sie es doch vermisst, mit ihrer Freundin wieder einmal etwas zu unternehmen und unbeschwert zu plaudern. Am Abend sitzen sie in der Walliserstube, die sie ihrer rustikalen Gemütlichkeit wegen schon beim Spaziergang am Nachmittag, optisch einlud, bei einem Käsefondue und Yvonne plaudert über dies und jenes, was im letzten halben Jahr so alles passierte. Auch von ihrer Arbeit und dass sie mit ihrem Mitarbeiter Georg Zeindl nun doch recht zufrieden ist, auch wenn sie sich nach wie vor schwer tut, sich an diesen stechenden Blick seiner grünen Augen zu gewöhnen. Der Blick irritiert sie noch immer. Doch Zeindl habe sich charakterlich sehr gemacht und in den letzten Monaten auch ausgesprochen gute Arbeit geleistet.

»Wie sieht es eigentlich aus mit dem Drogentoten von letztem Jahr? Hattet ihr nicht mal einen mutmaßlichen Täter gefasst?«, fragt Andrea neugierig.

»Ja, das hatten wir, mussten ihn aber wieder laufen lassen. Er hatte zur Tatzeit ein wasserdichtes Alibi. Er war praktisch zwei Tage in einer Bar, in der eine große Geburtstagsparty veranstaltet wurde, versumpft. Der Barbesitzer feierte seinen Runden und es waren eine ganze Menge Leute anwesend, die dem Verdächtigten das Alibi bestätigen konnten. Auf der anderen Seite könnte im Prinzip jeder der Gäste der Täter gewesen sein.«

»Wieso ausgerechnet Gäste aus dieser Bar? Es könnten doch auch sonst Leute aus Basel oder Basel-Landschaft gewesen sein, oder liege ich falsch?«, folgert Andrea logisch.

»Im Prinzip ja, aber …«, Yvonne schmunzelt, weil sie ihren Satz gerade eben mit dem Wortlaut von Radio Eriwan begann. »Es gab da eine Spritze unweit vom Tatort, auf der die Fingerabdrücke des zuerst Verdächtigten darauf waren. Genau an dem Abend der Geburtstagsfeier könnte jemand diese Spritze aus dem Abfall herausgeklaubt und für die Tat verwendet haben.« Sie legte eine kurze Pause ein und fuhr dann weiter: »Aber du hast Recht. Nicht zwangsläufig muss es jemand aus der Bar gewesen sein, der die Spritze am Vorabend aus dem Abfall genommen hat. Die Vorbereitungen für diese Tat, könnten ja schon viel früher getroffen worden sein. Es könnte also auch sein, dass die Spritze aus einem früheren Gebrauch schon längere Zeit auf ihren Einsatz wartete.«

»Das heißt also im Klartext, ihr seid keinen Schritt weiter gekommen?«

»So könnte man es nennen. Hast du eine ungefähre Vorstellung, Andrea, wie viele Drogenabhängige wir nur allein im Kanton Basel-Landschaft haben? Also alles Menschen, die als potentielle Täter in Frage kommen könnten?«, stellt Yvonne die Gegenfrage.

»Keine Ahnung«, gibt Andrea zu.

»Gemäß einer Datenerfassung vom letzten Jahr dürften es in unserem Kanton schätzungsweise 1000 Drogenabhängige sein. Davon sind etwa 800 beim Kanton registriert. Der Anteil der Frauen liegt zwischen 20 und 25 Prozent. Etwa 440 Personen konsumieren auf der Gasse«, erklärt Yvonne der staunenden Freundin. Ohne Pause fährt sie mit ihrer Statistik weiter. »Schon im Schulalter beginnen Jugendliche mit dem Konsum von Alkohol und Tabak, dann auch Haschisch, so dass bis zum Schulabschluss etwa 30 Prozent der Schüler, Jungs wie Mädels gleichermaßen, Cannabiserfahrung haben. Auch LSD wird von einigen schon im Jugendalter konsumiert und im Alter von etwa 20 Jahren sind es Amphetamine. Man kennt diese auch unter dem Namen Ecstasy. Später kommen Heroin und Kokain und zum Schluss Benzodiazepine wie Rohypnol hinzu. Als die Hauptproblemsubstanz erweist sich Heroin. Diese Substanz bereitet dem Klienten die größten Schwierigkeiten. Eine genaue Zuordnung von Konsument und der konsumierten Drogenart ist jedoch nicht möglich, da viele Drogenabhängige gleichzeitig mehrere Drogenarten konsumieren und öfters auch einen Drogencocktail bevorzugen«, zieht Yvonne, da sie schon mal am Erzählen ist, in einem zügigen Redeschwall die traurige Bilanz. Sie hatte ja die statistischen Auswertungen erst vor kurzem studiert und sämtliche Zahlen schwirren noch in ihrem Kopf herum.

»Oh mein Gott, das muss Eltern ja richtig Angst machen. Man weiß ja nie, wo die eigenen Kinder hineingeraten, wenn sie in der Schule sind. Man kann das ja nicht kontrollieren«, meint Andrea ziemlich besorgt mit Blick auf ihre eigenen Kinder, wenn diese dann mal älter sind. Sie überlegt einen Moment und bringt eine weitere mögliche Täterschaft ins Spiel. »Wenn ich es mir so recht überlege, dann könnten da doch auch Eltern ein natürliches Interesse haben, dass den Dealern das Handwerk gelegt wird, und dass sie dafür auch als Abschreckung den Tod eines solchen in Kauf nehmen würden.«

»Exakt. Auch in diese Richtung mussten wir recherchieren«, gibt Yvonne ihrer Freundin recht, »und, wie du dir vorstellen kannst, ist das gar nicht so einfach gewesen. Wo sollten wir beginnen? Wo gab es diese verzweifelten Eltern, die Angst um ihre Jungmannschaft hatten?« Doch gleich bringt sie ihre Zweifel zum Erfolg einer solchen Recherche, ein Grund, warum diese auch nicht weiter verfolgt wurde. »Aber wie sollten Eltern, die einen Verdacht von sich abwenden wollten, an eine Spritze unseres ursprünglich Verdächtigen gelangen? Das scheint mir eher unwahrscheinlich. Außerdem glaube ich kaum, dass Eltern so brutal vorgehen würden. Die würden den Kerl töten, aber nicht auf bestialische Art foltern. Dahinter steckt mehr, viel mehr, als nur wütende Eltern.«

Hinter Andreas Stirn scheint es zu arbeiten. Diese vielen Drogensüchtige gerade unter Jugendlichen geben ihr sehr zu denken, machen ihr Angst. Sie will nicht wahrhaben, dass man dagegen machtlos sein soll. »Sag mal, Yvonne, es gibt doch bei uns im Kanton so etwas wie ein Drogenprogramm ... das habe ich zumindest erst kürzlich gelesen.«

»Ja, das ist richtig«, fährt Yvonne in gleichmäßig dozierendem Tonfall fort. »Doch die Drogensituation ist

135

natürlich nicht lokal bedingt, und sie muss deshalb auch regional behandelt werden. Die Zusammenarbeit mit Basel-Stadt ist daher sehr eng. Letztes Jahr waren etwas mehr als 600 Personen im Laufe des Jahres im Methadonprogramm, knapp 80 Personen befanden sich in einer stationären Therapie, acht Personen im Heroinprogramm. Tja und, das muss auch gesagt werden, dreizehn Drogentote wurden registriert. Gegenüber städtischen Verhältnissen, wo bis zu einem Drittel der Drogenabhängigen stark desintegriert lebt, liegt der Anteil im Kanton Basel-Landschaft *nur* im Bereich von zehn bis zwanzig Prozent. Dieses Ergebnis ist sicher auch als Erfolg der in den letzten Jahren im Kanton Basel-Landschaft gezielt ausgebauten Überlebenshilfe zu werten.«

»Na, das ist ja schon mal was. Ich auf jeden Fall hoffe nur, dass ich bei meinen Kindern nie mit diesem Problem konfrontiert werde.«

Die beiden sind so sehr in ihr Gespräch vertieft, dass sie nicht bemerken, wie sie von einem Gast zwei Tische weiter sehr aufmerksam beobachtet werden. Dieser Gast verlässt auch gemeinsam mit ihnen die Walliserstube. Galant, mit einem verführerischen Lächeln, das den Blick auf eine Reihe schneeweißer Zähne in diesem sonnengebräunten Gesicht freigibt, hält er den beiden Frauen die Türe auf und wünscht ihnen mit einer angenehmen Baritonstimme eine gute Nacht. Um seine Gute-Nacht-Wünsche zu erwidern, blickt Andrea nur für einen kurzen Moment in sein Gesicht. Ihre Blicke treffen sich und sie ist überwältigt von diesen strahlenden, blauen Augen. Der Fremde erwidert Andreas Blick freundlich und nickt ihr zu. Alles an ihm steht in farblichem Kontrast zueinander. Die hellen

Augen, die weißen Zähne zu seinem dichten dunklen Haar, das wirr in seine Stirn fällt, und seinem dunklen sonnengebräunten Teint. Andrea lächelt verlegen zurück.

»Hej, der steht auf dich«, juchzt Yvonne, während sie beide Arm in Arm durch den Schnee zu ihrem Chalet stapfen. »Das war doch ein vollendeter Flirt mit den Augen.«

»Yvonne, ich habe dir schon einmal gesagt, dass ich nicht auf ein Abenteuer aus bin. Eine Woche Sonne und Schnee genießen, Ski fahren und mit einer alten Freundin unbeschwert plaudern zu können. Mehr nicht. Also versuche nicht, mich zu verkuppeln!«, antwortet Andrea mit gespielter Empörung. Bei jedem Wort, das sie spricht, bildet ihr Atem kleine weiße Wölkchen vor ihrem Mund.

»La-la-la-la-la«, singt Yvonne fröhlich vor sich hin. »Aber gut aussehen tut er, oder?«, fragt sie schließlich.

»Ja, das tut er«, bestätigt Andrea widerwillig.

Nur 200 Meter entfernt folgt ihnen dieser Beau, der Yvonnes Stimmung so sehr zu erheitern vermochte.

Andrea ist am nächsten Morgen schon um halb sieben Uhr wach. Sie blickt hinaus. Der Himmel wirkt noch blassblau in der aufgehenden Sonne. Das Matterhorn erhebt sich wie ein Schatten gegen dieses Blassblau. Nur die nach links geneigte Spitze ist beleuchtet. Es verspricht ein schöner Tag zu werden. Sie kuschelt sich in das Fell auf dem Sofa und vertieft sich in ihr Buch. Nach einer knappen Stunde ist Yvonne noch immer nicht aufgewacht. Sie überlegt, ob sie die Langschläferin wecken soll, denn sie verspürt langsam Hunger und möchte gerne frühstücken. ›Fünfzehn Minuten *gebe ich ihr noch*‹, denkt sie mit Blick auf ihre Armbanduhr. Sie zieht sich ihren Anorak über ihren Trainer und tritt hinaus auf den Balkon. Gleichzeitig tritt eine männliche Gestalt mit dichtem, dunklem Haar ebenfalls auf den Balkon des gegenüberliegenden Chalets. Andrea erkennt sofort den Fremden von gestern in der Walliserstube. Er winkt Andrea freundlich zu. Einen Moment zögert sie, bevor sie ihre rechte Hand hebt und verhalten zurückwinkt.

»Oh, der Flirt von gestern wird fortgesetzt«, ertönt plötzlich eine Stimme dicht hinter Andrea, die erschreckt herumfährt. Ihr Gesicht wechselte abrupt seine Farbe in ein leicht schuldbewusstes Rot. Da steht Yvonne im Bademantel Ihr Gesicht wirkt noch ziemlich verschlafen und die kurzen Haare stehen kreuz und quer von ihrem Kopf ab. Ihr lausbübisches, wissendes Grinsen rundet das Bild noch ab.

»Mensch Yvonne. Erstens hast du mich erschreckt, und …«

Sie kommt nicht weiter, denn Yvonne unterbricht sie. »… und zweitens habe ich dich beim Flirten gestört, stimmt's?«

»Nein«, widerspricht Andrea energisch. »Es war ein ganz harmloser Morgengruß, weil wir beide zufällig gleichzeitig auf den Balkon getreten sind.«

»Ja, ja, ich weiß schon. Du bist nicht auf einen Flirt aus«, sagt Yvonne leicht ironisch und dann bestimmt: »Komm lass uns frühstücken. Ich habe Hunger.«

Um zehn Uhr sieht man beide in schicken Skianzügen und mit Skiern geschultert in Richtung der Gondelbahnstation laufen, um zum Theodulgletscher am Fuße des Matterhorns zu fahren. Den ganzen Tag fahren sie unermüdlich. Sie gönnen sich nur eine einstündige Pause, um etwas zu essen. Andrea ist selbst über sich wütend, als sie sich ertappt, dass sie immer wieder nach dem schwarzen Haarschopf und den strahlend blauen Augen Ausschau hält. Gegen fünf Uhr am Abend begeben sie sich zur Abfahrt ins Tal. »Herrlich«, meint Yvonne, als sie die Skier wieder geschultert zu ihrem Chalet stapfen.

»Ich glaube ich werde Muskelkater bekommen. So wild wie wir gefahren sind. Das sind meine Muskeln gar nicht mehr gewohnt«, stöhnt Andrea wohlig.

»Ja, es war höchste Zeit, dass du mal von Kind, Mann, Haus und Herd wegkamst, um nur mal ganz für dich selbst da zu sein. Das solltest du wirklich öfters machen«, redet Yvonne ihr ins Gewissen.

»Ja Mama«, lacht Andrea ausgelassen.

Zu Andreas Überraschung, hielt sich die Sache mit dem Muskelkater in Grenzen. Montag und Dienstag nahmen sie sich vor, zum Gornergrat zu fahren. Auch an diesen beiden Tagen bekamen sie den Beau von gegenüber nicht zu Gesicht.

Erst am Mittwochmorgen sieht sie ihn, wie er mit einer Gruppe Skischülern unterwegs ist. ›Aha, Skilehrer bist du also‹, denkt sie. Er hatte sie nicht entdeckt und sie gab sich auch nicht zu erkennen.

Am Nachmittag, bei der Abfahrt ins Tal, passiert es. Kurz bevor sie unten waren, stürzt Yvonne so unglücklich, dass sie laut aufschreit. Ihr Bein hatte sich ver dreht. Andrea eilt ihr zu Hilfe.

»Kannst du aufstehen?«, fragt sie besorgt.

»Ich versuche es«, sagt die Verunglückte und be- müht sich, unbeholfen wieder auf die Beine zu kommen. Es folgt ein Aufschrei des Schmerzes. »Autsch, tut das weh.«

»Wir sind fast unten. Glaubst du, du kannst das Stück noch bewältigen? Ich trage dir die Skier und du benutzt die Stöcke als Gehhilfe.«

Mit Müh und Not schaffen sie es in ihr Apartment. Yvonnes Knöchel ist dick geschwollen und Andrea kühlt ihn erst einmal. Danach legt sie ihr einen Voltaren-Salbenverband an.

»Da wird Skifahren für den Rest der Woche passé sein«, sagt Andrea bedauernd.

»Zumindest für mich«, meint Yvonne enttäuscht.

»Ich werde natürlich auch nicht mehr fahren und bei dir bleiben«, bietet Andrea an.

»Geht's eigentlich noch? Bist du verrückt? Zwei Abos verfallen zu lassen? Das kommt doch gar nicht in Frage. Du fährst den Rest der Woche fleißig Ski und machst dir um mich keine Gedanken. Ich werde mich die beiden verbleibenden Tage zu beschäftigen wissen. Bin ja nicht sterbenskrank, so dass ich einen Aufpasser bräuchte.«

»Eine Freundin steht aber bei«, widerspricht Andrea energisch.

»Eine Freundin nutzt die Tage skifahrend und erzählt ihrer lädierten Genossin, was sie alles Schönes erlebt hat, basta. Keine Widerrede«, befiehlt Yvonne schmunzelnd.

»Okay, okay, ich geh schon, wenn du mich los haben willst.«

Yvonne quittierte diese Feststellung mit einem missmutigen Grunzen. Plötzlich prusten beide gleichzeitig los und lachen Tränen. Andrea hält sich den Bauch, kann fast nicht mehr. Als sie sich allmählich beruhigt hatte, geht sie daran, eine Kleinigkeit zum Abendessen zu kochen.

Am nächsten Tag steht sie, wie befohlen, gestiefelt und gespornt, die Skier geschultert bei der Gondelbahnstation.

Sie hatte sich gerade in der Ecke der Gondel platziert, als der Beau von gegenüber sich neben sie hinstellt. »Guten Morgen, Madame«, sagt er galant mit seiner umwerfend schönen Stimme. »Heute ohne die Freundin unterwegs?«

»Oh, Sie sind es?«, sagt sie scheinheilig, als hätte sie ihn nicht schon längst, bevor sie eingestiegen war, wahrgenommen. So jemanden wie ihn übersieht man nämlich nicht. »Guten Morgen. Ja, meine Freundin hat gestern den Knöchel verdreht. Jetzt ist er ziemlich geschwollen, tut saumäßig weh und sie wird den Rest der Woche aufs Skifahren verzichten müssen. Und Sie? Heute kein Skikurs?«

Er zieht die Augenbrauen hoch, erstaunt darüber, dass sie über sein Skilehrerdasein informiert ist.

»Ja, ich habe Sie oben am Gornergrat gesehen mit einer Gruppe Skischülern«, fügt Andrea schnell erklärend hinzu, um nicht den Verdacht aufkommen zu lassen, sie hätte gezielt nach ihm Ausschau gehalten.

»Oh, und ich habe Sie verpasst? Normalerweise stechen Sie aus Menschenmengen geradezu heraus. Sie zu übersehen ist eigentlich ein Kunststück.«

»Schmeichler«, lächelt Andrea verlegen.

»Das mit Ihrer Freundin tut mir übrigens leid«, bedauert er mitfühlend, und um Andreas Frage zu beantworten, fügt er übergangslos hinzu: »Nein heute kein Skikurs. Bin die letzten beiden Tage für einen meiner Mitarbeiter eingesprungen. Normalerweise habe ich für diese Woche Urlaub genommen. Eigentlich wollte ich über Ostern zum Einsatz kommen. Nun wird eben dieser Kollege mich an zwei Tagen über Ostern vertreten.«

Beide blicken sie dann aus dem rückwärtigen Fenster über die verschneiten Hänge und die Häuser unter ihnen.

»Es ist so traumhaft schön hier«, sagt Andrea schwärmerisch.

»Ja. Hier lässt es sich gut leben, wenn man will, auch im Sommer«, bestätigt er.

»Was heißt hier, wenn man will? Wollen Sie denn nicht? Ich meine, sind Sie als Skilehrer hier denn nicht zu Hause?«

»Im Winter ja. Im Sommer bin ich auf den Kanaren als Surflehrer tätig.«

»Schönes Leben. Beneidenswert.«

»Nun, man gewöhnt sich an alles. Irgendwann ist auch *das* normaler Alltag, so wie für andere der Gang ins Büro oder zu einer sonstigen Arbeit.«

»Nur ein bisschen schöner und abwechslungsreicher«, widerspricht sie lachend.

Inzwischen sind sie oben angekommen und sie warten, bis die Skifahrer vor ihnen die Gondel verlassen haben, dass auch sie aussteigen können.

»Darf ich Sie begleiten auf Ihrer Tagesskitour?«, fragt er.

»Hm, warum nicht?«, meint Andrea, ohne lange zu überlegen. »Wann hat man schon einen Privatskilehrer an der Seite?« Sie lächelt ihn spitzbübisch an.

»Ja, und dann noch gratis. Eine einmalige Gelegenheit«, gibt er ihr schmunzelnd recht. »Ich heiße übrigens Clemens. Ich denke, wir könnten uns duzen. Ist nicht so steif.«

»Ich bin Andrea.«

Die Abfahrt mit Clemens ist herrlich. Gleich von der ersten Minute an lernt sie einige ausgefeilte Techniken von ihm. Sie ist total begeistert. Wann hatte sie den letzten Skikurs absolviert? Sie kann sich gar nicht mehr erinnern. Auf jeden Fall, das heute ist ein richtiger Intensivkurs, der ihr äußerst Spaß macht. Über Mittag sitzen sie im Restaurant oben beim Gletscher und essen zu Mittag. Clemens beobachtet seine Begleiterin über den Tisch hinweg und sie errötet beim Blick in seine auffallend hellen Augen vor Verlegenheit leicht. Es ärgert sie gewaltig, dass sie sich mit knapp 40 Jahren wie ein Teenager benahm und das noch bei einem Mann, der sicher fünf Jahre jünger sein mochte als sie.

»Du bist eine schöne, reife, intelligente Frau«, beginnt er unvermittelt. »Dir müsste die Welt zu Füßen liegen.«

Wieder steigt ein seltsames Gefühl in ihr hoch. Es prickelt, so wie damals, als sie Norman kennenlernte. Sie muss etwas sagen, sie kann sich doch nicht so dumm und kindisch benehmen.

»Vor allen Dingen Probleme«, antwortet sie ungeschickt und ärgert sich im selben Augenblick selbst darüber.

»Wie bitte?«, fragt Clemens mit hoch gezogenen Augenbrauen.

Nun, da sie schon so dumm angefangen hatte und die Neugierde ihres Gesprächspartners damit geweckt hatte, bleibt ihr nichts anderes übrig, als ihre begonnene missglückte Rede fortzusetzen: »Na ja, vor allen Dingen liegen Probleme mir zu Füßen«, versucht sie ihre ungeschickte Bemerkung nur kurz zu erklären. Doch hatte sie nicht die Absicht, Clemens mit ihren privaten Sorgen zu behelligen und schwenkt das Thema mit einer gewissen Spur von Trotz gleich um auf ihn. »Mir scheint da schon eher, dass dir die Welt zu Füßen liegt. Du weißt genau, welche Wirkung du auf Frauen hast, auch wenn du dich so nonchalant gibst, so als wäre dein Aussehen eine ganz alltägliche Sache, nichts Besonderes.« Sie taxiert abschätzend seine Statur und fährt weiter: »Und wenn wir schon beim Blümchenverteilen sind, du hast einen umwerfenden Body ...«, und mit einem schnellen Blick auf seine Hände, beendet sie ihre Statements, »... und du hast die schönsten Hände, die ich je gesehen habe. Ende der Durchsage.« Ooops jetzt war es raus und dann noch ziemlich schroff. Eigentlich wollte sie das gar nicht und ist wütend, wütend auf sich selbst, nicht auf ihren Gesprächspartner. Warum hatte sie sich so wenig im Griff? Es wurmt sie, dass sie mit Komplimenten so schlecht umgehen konnte und sie ihr Gegenüber wegen ihrer eigenen Unfähigkeit ungerecht abkanzelte. Und warum gab sie so viel von sich preis, so dass Clemens jetzt zusätzlich noch genau weiß, dass sie, die sich krampfhaft bemühte gleichgültig zu wirken, ihn im Geheimen sehr genau beobachtet hatte. Ja, sie hatte ihn genau studiert. Nicht nur sein Gesicht oder seinen sportlichen Body, nein auch seine Hände.

Clemens wirkt betroffen, leicht verwirrt. Es ging ihm gar nicht darum, Andrea Blümchen zu verteilen. Er war nicht von der Sorte Mann, die jeder schönen Frau hochtrabende Komplimente machte, nur um sie herumzukriegen. Ihm fiel Andrea einfach auf, weil etwas Besonderes von ihr ausging ... etwas Erhabenes und doch etwas sehr Betrübtes, etwas Trauriges. Mit ihrer Bemerkung, dass Probleme ihr zu Füßen liegen würden, hatte sie seinen Eindruck, eine Traurigkeit gehe von ihr aus, nur noch bestärkt. Etwas geknickt sagt er: »Es tut mir leid Andrea. Ich wollte dir nicht zu nahe treten. Du wirktest auf mich einfach bedrückt, so als hättest du eine schwere Last zu tragen. Ich wollte dich eigentlich nur aufheitern. Na ja, vielleicht war ich etwas ungeschickt in meiner Formulierung.«

Andrea ist klar, dass sie mehr als ungerecht war und sie ärgert sich über sich selbst. Sie hatte an Clemens ihren Frust ausgelassen, der sich seit einem halben Jahr angestaut hatte. Jetzt ist sie es, die verunsichert nach Worten sucht.

»Nein, nein, Clemens, du hast nichts falsch gemacht. Du hast recht. Es ist in der Tat so, dass ich seit einem halben Jahr eine schwere Last mit mir herumtrage. Vielleicht hat mich diese Tatsache abweisend, gar kratzbürstig gemacht. Du hast es nicht verdient, abgekanzelt zu werden. Du bist höflich und korrekt und du bist mir auch nie zu nahe getreten.«

Die Mittagspause zog sich ungeplant lange hin. Clemens wusste ja jetzt, dass Andrea wirklich, wie er vermutete, Probleme hatte und zwar massive, und ihre Entschuldigung für ihre aggressive Reaktion kam auch ehrlich rüber. So vermied er es, weiter in sie zu dringen und sie war dankbar dafür. Stattdessen erfuhr sie einiges über ihren Gesprächspartner. Sie erfuhr, dass Clemens in seinem bisherigen Leben ebenfalls einige Probleme zu bewältigen hatte. Wieder einmal wurde ihr deutlich bewusst, dass man an die Menschen nur heransieht, aber nicht in sie hinein, und sein Schicksal hatte sie sehr berührt. Clemens, der entgegen Andreas

Annahme gleich alt ist wie sie, war Gynäkologe. Er hatte eine Partnerin, Cornelia, die er sehr liebte und diese Partnerin wurde ungeplant schwanger. Während er sich freute, brach für Cornelia eine Welt zusammen. Er beschwor sie, er würde zu ihr, seiner zukünftigen Frau, wie er glaubte, und zum Ungeborenen stehen. Aber sie wollte, dass er bei ihr einen Schwangerschaftsabbruch vornehme. ›Du bist doch Frauenarzt, du kannst doch so etwas fachgerecht machen‹, soll sie gesagt haben. Er weigerte sich. Es verstoße gegen seine Berufsethik, hatte er ihr gesagt. Außerdem werfe er nichts weg, was schon jetzt seinen liebenden Beschützerinstinkt geweckt habe. Er habe sie angefleht, das Ungeborene, ihr gemeinsames Kind auszutragen. Dann sei sie wütend geworden und soll geschrien haben, dass sie ihre Figur nicht wegen eines unerwünschten Balgs ruinieren möchte und dass für sie die Beziehung mit ihm, zumindest für die nächste Zukunft, keine ernste Angelegenheit gewesen sei. Sie habe hochstehende Pläne und da stünde eine ernsthafte Beziehung nur im Wege. Sie brauche Leute, die sie weiterbringen und da er äußerst gut aussehe, meinte sie, und zusätzlich noch Arzt sei, sei er repräsentabel genug, ihr zu helfen, in ihrer angestrebten luxuriösen Glimmerwelt von Film und Theater bekannt zu werden. Das sei gut für eine glorreiche Karriere, mit einem solchen Mann, wie er es ist, über den roten Teppich von Cannes zu laufen, wenn sie es denn mal soweit schaffen sollte. Clemens erklärte Andrea, wie er sich nach dieser Abreibung gekränkt gefühlt hatte und wie geschockt er darüber war, bis dahin eine Partnerschaft unterhalten zu haben, die nur dem Zweck diente, ihn in der Funktion des Vorzeigemanns zu sehen. Er habe es sich nicht mehr länger anhören wollen und habe sich wortlos umgedreht und sie einfach stehen lassen. Wenig später erfuhr er, dass Cornelia zu einem Engelmacher gegangen war, um die Abtreibung vornehmen zu lassen. Leider wurde der Eingriff nicht nach den Regeln ärztlicher Kunst durchgeführt, so dass sie verblutete. Jede ärztliche Hilfe kam zu spät. Und er? Ja, er habe sich Vorwürfe gemacht und schließlich seinen Beruf an den Nagel gehängt. Er habe es auch nicht mehr ertragen, von den Frauen, die auf seinem Stuhl lagen, angehimmelt zu werden. Viele seiner Patientinnen kamen zu Vorsorgeuntersuchungen öfter als nötig, nur um von ihm untersucht zu werden. Immer wieder bekam er eindeutige Anträge oder es gab unangenehme Annäherungen. Tja und so sei er dann Ski- und Surflehrer geworden und habe eine Ski- und Surfschule gegründet zusammen mit jeweils einem Geschäft für Verkauf und Vermietung von Sportgerät und -kleidung. Er mache das jetzt schon seit drei Jahren und es lebe sich ganz gut damit, schloss er seine Geschichte, und er habe nichts bereut.

Andrea ist über Clemens' Story tief berührt. Irgendwie empfindet sie es als Ironie des Schicksals. Hier gab es eine schwangere Frau, die einen Vater zu ihrem Kind hatte, von dem sie wusste, er freute sich darüber und würde sie heiraten. Doch sie treibt ab und stirbt. Auf der anderen Seite war da diese Schwangere in Montpellier, die keinen Vater für ihr Kind hatte, doch sie brachte ihr Kind zur Welt und ließ es mit viel Liebe aufwachsen und muss schließlich auch sterben. Andrea empfindet es auch als Fügung des Schicksals, dass ausgerechnet sie und Clemens hier aufeinandertreffen. Sie haben sich wohl gegenseitig über ihr Los angezogen.

»Das ist eine ziemlich harte Kost, schwer zu verdauen. Es tut mir sehr leid, dass du dieses Schicksal erleiden musstest«, sagt sie mit gerührter Stimme. »Aber sag, wenn du jetzt Skilehrer bist, dann wirst du doch auch angehimmelt? Kann ich mir zumindest vorstellen, denn, wenn ich das mal so sagen darf, du bist ein richtiger Adonis.«

Clemens lächelt. »Danke für die Blumen. Ja du hast recht, ich werde auch hier angehimmelt. Nur, der Unterschied liegt darin, dass diese Frauen nicht entblößt vor mir stehen oder mit gespreizten Beinen vor mir auf dem Stuhl liegen, wo ich die sexuelle Erregung bei diesen Frauen förmlich spüre.« Er zögert einen Moment, räuspert sich und fährt weiter. »Es wäre natürlich ungerecht, alle Frauen über den gleichen Kamm zu scheren. Es gab natürlich auch die anderen, die mich als Arzt aufsuchten und diese Absicht bis zum Ende der Behandlung nicht aus den Augen verloren hatten. Diese Frauen gaben nie irgendwelche Anzüglichkeiten von sich.«

»Und du hast dich danach nie wieder verliebt?«

»Verliebt? Nein. Ich habe höchstens Frauen bewundert, ihrer Klugheit oder Ausstrahlung wegen. Mehr als Bewunderung habe ich bisher aber nie mehr zugelassen. Vielleicht ist es die Angst davor, als Gallionsfigur, wie damals bei Cornelia, herhalten zu müssen.«

Andrea schmunzelt. »Der Fluch der Schönheit«.

Er lächelt zurück, blickt auf die Uhr und angesichts der fortgeschrittenen Stunde meint er, dass es Zeit sei, wieder etwas zu tun. »Es ist halb vier. Fahren wir noch eine Stunde und machen uns dann auf die Talfahrt?«

Nachdem Andrea sich von Clemens vor dem Eingang ihres Chalets verabschiedet hatte, geht sie beschwingt hinauf, um nach ihrer lädierten Freundin zu sehen.

»Hallo-ho«, ruft sie, als sie eintritt.

»Oh, du wirkst ja richtig zufrieden«, stellt Yvonne erfreut fest. »Na wie war's«

»Toll«, antwortet Andrea beschwingt.

»Lass mich raten. Du hast unseren Beau von gegenüber getroffen? Stimmt's«

Andrea errötet wie jemand, der eben auf frischer Tat ertappt wurde und das entgeht der routinierten Kriminalistin natürlich nicht.

»Komm, erzähl!«, fordert die schon von Berufs wegen scharfsinnig folgernde Yvonne ihre Freundin auf.

»Ja. Wir sind den ganzen Tag Ski gefahren. Ich habe viel gelernt. Es war wie ein Privatkurs und …«, sie hält inne.

»Komm schon. Ab jetzt nach dem ›und‹ wird die Geschichte für mich erst interessant«, sagt Yvonne fordernd aber immer noch mit spitzbübisch grinsendem Gesicht.

»Da gibt es nichts Spektakuläres, nichts das dich so sehr interessieren könnte. Wir haben uns lange unterhalten, das ist alles. Clemens ist ein hochanständiger Mensch.«

»Aha, Clemens heißt er also. Habt ihr euch geküsst?«, geht Yvonne gleich ins Detail.

»Nein, wir haben uns nicht geküsst. Er gehört nicht zu der Sorte Aufreißer, wie man von einem solch gut aussehenden Mann vermuten mag. Er ist eher zurückhaltend, aber dennoch charmant. Davon konnten wir uns ja schon am ersten Abend in der Walliserstube überzeugen.«

»Und morgen? Seid ihr morgen nochmals zusammen auf der Piste?«, fragt Yvonne gerade heraus.

»Ja. Wir haben uns verabredet.« Mit Blick in Yvonnes schelmisch feixendes Gesicht, fährt sie energisch fort. »Yvonne, da gibt es nichts, was deine Phantasie gleich so zu beflügeln bräuchte. Nichts, das ich nicht auch Norman erzählen könnte.« Als sie den Namen ihres Mannes, der sie vor acht Jahren betrog, erwähnt hatte, verdüstert sich ihr Gesicht für einen kurzen Moment. Auch das entgeht Yvonne natürlich nicht und sie sagt: »Siehst du, genau deswegen brauchst du dir auch keinen Kopf zu machen, wenn du mal einen Mann küsst, der so aussieht wie Clemens und der eine Anziehungskraft eines Magneten besitzt. Eine kleine Affäre hast du für den untergejubelten Sohn schließlich gut.«

»Ich will keine kleine Affäre«, widerspricht Andrea energisch. »Ich will nicht Gleiches mit Gleichem vergelten. Außerdem ist Clemens nicht daran interessiert, als Trophäe begehrt zu werden und ich würde ihm das auch gar nicht antun. Er hat es nicht verdient von einer betrogenen frustrierten Frau für eine vorübergehende Affäre missbraucht zu werden.«

»Edel«, kommentiert Yvonne mit Kopfnicken. »Ich wusste, dass du ein grundanständiger Mensch bist. Schon immer warst.« Sie legt ein Hand auf Andreas Schulter und sagt: »Bleib wie du bist. Du bist in Ordnung. Ach ja, Andrea, wenn er dich morgen Abend zum Essen einladen sollte, quasi als Abschluss deiner Urlaubswoche, dann sage zu. Du brauchst auf mich keine Rücksicht zu nehmen.« Andrea lächelt. »Du bist eine tolle Freundin, Yvonne. Doch davon abgesehen, wir könnten ja den Abend gemeinsam abschließen.

Kurze Strecken zu humpeln müsste doch für dich machbar sein, wenn wir dir helfen, oder?«

»Nee Andrea, lass mal. Ich schone meinen Fuß lieber. Übermorgen reisen wir ja ab und da werde ich wohl genug strapaziert werden.«

Andrea freut sich auf den nächsten Tag mit Clemens.

Als sie mit ihren Skiern an der Gornergrat-Bahn eintrifft, steht Clemens schon da. Heute wollen sie aufs Stockhorn. Die Bergstation dort oben ist mit fast dreieinhalbtausend Metern der höchste Punkt des Skigebiets am Gornergrat. Clemens hatte Andrea versprochen, ihr heute, am letzten Skitag nochmals einen richtig guten Intensiv-Skikurs zu bieten. Er fand nämlich, dass Andrea beste Ansätze und richtiges Talent für perfektes, elegantes Skifahren besaß. Sie kann seine Erklärungen gut umsetzen.

Die Bahn nach oben ist bis zum letzten Platz gefüllt. Andrea und Clemens stehen dicht beieinander. Er blickt sie an und meint: »Wenn du nicht schon vergeben wärst ... mit dir könnte ich mir vorstellen, eine echte, dauerhafte Liebesbeziehung zu beginnen.«

Wieder errötet Andrea leicht und sie ärgert sich darüber, dass sie diesen Blutstrom in den Kopf nicht beeinflussen kann. Sie versucht es zu überspielen.

»Woher weißt du, dass ich verheiratet bin? Ich habe dir von mir doch kaum etwas erzählt.«

Er lächelt und meint: »Männliche Intuition.«

Sie antwortet grinsend: »Gibt es die überhaupt? Männliche Intuition? Man spricht doch sonst nur von der weiblichen.«

»Wir Männer sind nicht so unsensibel, wie ihr Frauen oft glaubt. Ich habe dich beobachtet. Du wirktest auf mich bedrückt, wie eine Frau, die von ihrem Mann enttäuscht wurde.«

Sie lächelt. »Du wurdest auch von einer Frau enttäuscht und warst dennoch nicht verheiratet.«

»Da hast du auch wieder recht«, gibt Clemens zu.

Dann erzählt sie Clemens doch in aller Kürze ihre Geschichte, ohne in Details zu gehen.

Er streichelt ihr zärtlich über die Wange und sagt mit angenehm ruhiger Stimme: »Ich verstehe dich sehr gut, Andrea. Irgendwie verbinden uns unsere Schicksale, obwohl sie doch grundverschieden sind. Aber setze nichts aufs Spiel.« Und wie alle in ihrem direkten Umfeld zuvor schon, redet auch er ihr ins Gewissen: »Glaube mir, Andrea, einen Neuanfang zu starten, ist es immer wert und sicher auch nicht zu spät, denn ihr wart ja über viele Jahre glücklich. Gib eurer Beziehung eine neue Chance!«

Bei dieser leisen Berührung an der Wange durchzuckt es Andreas ganzen Körper. Es prickelt und ihr wird heiß, angenehm und unangenehm zugleich. Doch sie lässt dieses Gefühl zu. Ja und sie weiß, dass er recht hat.

Wie Yvonne schon vorausgesagt hatte, lädt Clemens Andrea am Ende ihres wunderschönen Skitages zum Abendessen ein. »Meinst du, du kannst deine Freundin für einen Abend alleine lassen? Oder vielleicht mag sie ja auch mitkommen?«, fragt er vorsichtig, ohne es eigentlich wirklich zu wollen. Aber er will nicht unhöflich sein.

»Yvonne wird ihren Fuß noch schonen müssen. Morgen muss sie einigermaßen fit sein, wenn wir die

Heimreise antreten. Das wird noch schwierig genug.«
Sie verrät natürlich nicht, dass sie beide schon darauf
spekuliert hatten, Clemens würde sie zum Essen einladen und dass Yvonne großzügig verzichtet hatte, dabei
zu sein.

»Ich komme morgen und helfe euch mit dem Gepäck. Ich bringe auch ein paar Krücken mit, damit sie
ihr Bein entlasten kann.«

»Das ist lieb von dir. Ich hatte mich schon gesorgt,
wie wir das morgen mit dem ganzen Gepäck anstellen
wollen.«

»Keine Ursache. Also, wie sieht es aus? Heute
Abend in der Walliserstube?«

»Heute Abend in der Walliserstube«, bestätigt Andrea lächelnd und freut sich darauf.

*

Als Clemens Andrea spät in der Nacht vor der Türe
verabschiedet, kommt es dann zu dem von Yvonne
prognostizierten Kuss. Es ist ein sehr leidenschaftlicher,
inniger Kuss. Als sich ihre Lippen voneinander gelöst
hatten, nimmt Clemens Andreas Gesicht in beide Hände, schaut ihr tief in die Augen und sagt: »Bitte entschuldige meine Liebe. Ich wollte dich eigentlich nicht
in einen Gewissenskonflikt stürzen. Ich weiß nicht,
warum ich mich nicht beherrschen konnte. Es war einfach die Situation, in der es einem schwerfällt zu widerstehen. Du bist eine so wunderbare Frau.«

Andrea lächelt verschämt. »Vielleicht ist das gar
nicht so schlimm, wenn ich diesen Zwiespalt zwischen
dem Wider-die-Vernunft-Wollen und dem Eigentlich-
nicht-Sollen kennenlerne. Vielleicht begreife ich durch
dich, wie es meinem Mann ergangen sein musste, damals vor acht Jahren. Vielleicht ist es so, wie alle Leute

mir immer einzureden versuchten, und wie auch mein Mann mir immer wieder beteuerte, dass das eine mit dem anderen nichts zu tun hatte, dass das Geschehene nichts an der Intensität der Gefühle, die er für mich empfand, änderte. Es war eine andere verzauberte Welt und die hatte nichts mit der gewohnten Welt zu Hause zu tun.« Jetzt laufen Tränen über Andreas Wangen. »Ich weiß dennoch nicht, wie ich es packen soll, mit dem Kind der anderen unter einem Dach zu leben … mehr noch, eine gute Mutter zu sein.«

Clemens wischt ihr die Tränen ab. »Du bist noch nicht so weit. Die Verletzung sitzt sehr tief und diese muss erst verheilen. Aber du wirst es schaffen, davon bin ich überzeugt.«

In dieser Nacht kann Andrea lange nicht einschlafen. Sie war froh, dass Yvonne schon schlief als sie kam. Sie wollte nicht wieder ausgefragt werden, denn diesmal hätte sie sich nicht so belanglos unschuldig geben können.

Jetzt in der Dunkelheit der Nacht ist es ihr, als spüre sie den Kuss immer noch wie Feuer brennend auf ihren Lippen. ›*Was für Parallelen*‹, denkt sie. ›*Eine kurze Affäre, bei der das Sexuelle nicht unbedingt eine Rolle spielte, aber die dennoch ergreifend tiefging. Es gab tatsächlich mehr als nur körperliches Verlangen und die Vereinigung… viel mehr. Doch wäre es dennoch zum Letzten gekommen, hätte es nicht die Krönung des Kennenlernens bedeutet. Es hätte etwas in sich Reines gehabt, ohne, dass ein schlechtes Gewissen hätte aufkommen müssen … so wie es eben bei Norman vermutlich der Fall war. Honni soit qui mal y pense.*‹[14]

---

[14] Ein Schelm, der Böses dabei denkt.

Sie und Clemens vereinbarten auch, sich nach dem Abschied nicht mehr zu kontaktieren. Dafür hatten sie weder Nachnamen noch Adressen ausgetauscht. Ihre Begegnung sollte eine einmalige Angelegenheit bleiben, ihrer beider schöne Erinnerung ... genauso wie bei Norman damals vor acht Jahren. Ja, und es ist der Moment, in dem Andrea zu verstehen beginnt.

Im Zug nach Basel ist Andrea ziemlich schweigsam. Yvonnes Taktgefühl verbietet ihr, jetzt in Andrea zu dringen. So beschränkt sie sich auf banale Konversation. »Ich fand das toll, dass Clemens uns geholfen hatte. Und die Krücken kann ich wirklich gut gebrauchen. Stell dir vor, als ich ihm sagte, ich würde sie ihm schicken, sobald ich zurück sei, meinte er nur, ich solle sie einfach, wenn ich wieder einmal in Zermatt Urlaub mache, mitbringen. Wie du gesagt hattest, ein wirklich hochanständiger, edler Mensch.«

Andrea lächelt Yvonne nur kurz an, dann wandert ihr Blick wieder verträumt aus dem Fenster.

13

Um Punkt zwei Uhr am Nachmittag kommen sie im Hauptbahnhof in Basel an. Andrea hatte Norman von unterwegs angerufen, damit er sie beide abhole, da Yvonne verletzt sei.

Norman steht ans Treppengeländer gelehnt auf dem Perron, an dem der Zug gerade laut quietschend einfährt. Andrea hatte ihn auch gleich entdeckt und winkt ihm aus dem langsam einfahrenden Zug zu.

»Ihr seht gut aus. Sonnengebräunt. Ihr hattet aber auch ein Glück mit dem Wetter … die ganze Woche strahlender Sonnenschein«, begrüßt Norman die Ankommenden. »Bei uns war es noch bis Dienstag ziemlich neblig, doch ab Mitte Woche ist es täglich immer besser geworden. Seit gestern sind die Temperaturen auch wieder angenehm und über Ostern soll es schön bleiben.«

»Hallo Norman«, wird Norman auch von Yvonne begrüßt. »Schön, dass du gekommen bist, um uns abzuholen. Ich Unglücksrabe habe mir natürlich den Knöchel verstauchen müssen. Gott-sei-Dank passierte es erst am Mittwoch. So verpasste ich nur zwei Skitage. Ist aber immer noch genug, für ein Skigebiet, das an Schönheit und Möglichkeiten, die sich einem dort bieten, seinesgleichen sucht.«

»Keine Ursache, Yvonne, ich helfe doch gerne, wenn ich kann. Das mit deinem Knöchel tut mir wirklich sehr leid. Ja, und du hast recht. Zermatt gehört wohl zum Schönsten, was man an Skigebieten so antreffen kann.«

»Ist Silvia bei den Kindern?«, wirft Andrea fragend ein.

»Nein. Silvia ist über die Osterfeiertage weggefahren. Die Kinder wollten auf den Spielplatz. Wir sind ja nicht lange weg und Maurice ist schon so verständig. Auf ihn ist Verlass.«

Andrea zieht kritisch ihre Augenbrauen hoch.

»Du brauchst dir keine Sorgen zu machen. Wirklich nicht. Er passt gut auf die Mädchen auf und sie hören auch auf ihn. Er ist doch ihr großes Vorbild.«

»Ich hoffe es«, versucht Andrea ihre Sorge herunterzuspielen.

Norman indes ist freudig überrascht über die offensichtlich positive Wandlung seiner Frau. Der Urlaub, so scheint es, hat ihr gut getan und die Zeichen für einen Neuanfang stehen sichtlich gut.

Nachdem sie Yvonne in Bottmingen abgeliefert hatten, kommen sie kurz nach drei endlich in ihrem Haus in Binningen an. Kaum, dass Andrea auf die Veranda hinaustrat hört sie eine ihrer Töchter laut weinen. Sie befürchtet Schlimmes, denn das was sie hört ist kein Zornesgeschrei streitender Kinder, sondern echtes Wehgeschrei. Hastig eilt sie zum Gartentor, durch das die Kinder kommen. Es ist Laura, die so herzzerreißend weint. Mit der linken Hand hält sie ihre rechte und Maurice hat seinen Arm um ihre Schultern gelegt. Ihnen voraus kommt ganz aufgeregt Sarah auf sie zu.

»Mama, Mama, Laura hat sich verletzt.«

»Was ist passiert?«, fragt Andrea erschrocken. Auch Norman ist inzwischen auf die Veranda getreten. Man kann auf Anhieb nicht erkennen, warum das Kind so schrie.

»Schau da, ein Pieks!«, tut Sarah sich wichtig hervor.

Nun tritt Maurice schüchtern zu Andrea. Er hat vor Andrea immer noch einen ängstlichen Respekt. Mit schüchternem, fast schuldbewusstem Gesicht hält er ihr eine Spritze entgegen. »Da hat Laura hineingefasst«, sagt er ganz unglücklich, dass dieser Vorfall unter seiner Aufsicht passierte.

Norman nimmt die Spritze entgegen. »Wo war die?«, fragt er.

»Im Sandkasten. Laura wollte eine Sandburg bauen und hat in die Spritze gefasst. Man hat sie ja auch nicht gesehen.«

»Oh mein Gott«, entringt es Andrea erschrocken.

»Die stammt sicher von einem Drogensüchtigen, die er hier entsorgt hat«, stellt Norman verärgert fest. »Das passiert in Basel an der Claramatte ständig, dass die Drogensüchtigen ihre gebrauchten Spritzen einfach irgendwo im Gelände oder auf dem Spielplatz entsorgen. Dass das hier bei uns nun auch schon so weit ist! Ist ja klar, dass sich das dicht bewachsene Waldstück am Teufernlochweg natürlich förmlich anbietet. Im Schutz der Bäume fühlen die sich unbeobachtet.«

Andrea lässt einen Schrei los. »Weißt du, was das bedeutet?«, brüllt sie aufgebracht. Mit wütendem Blick schaut sie zu Maurice und keift böse: »Konntest du nicht besser aufpassen? Du hattest doch die Verantwortung.« Maurice zuckt vor Schreck zusammen. Er steht da wie ein Häuflein Elend und fühlt sich schuldig.

»Andrea, bitte«, versucht Norman sie zu beschwichtigen. »Der Junge kann doch nichts dafür. Es war ein Unfall.«

»Er kann nichts dafür? Nein? Aber du! Du hast die Kinder ohne Aufsicht alleine gelassen. ›*Du brauchst dir keine Sorgen zu machen, Andrea. Wirklich nicht. Maurice passt gut auf die Mädchen auf und sie hören auch auf ihn*‹, hattest du versichert«, schnauzt sie nun Norman ungerecht an.

»Andrea, jetzt bist du ungerecht. Auch wenn ich dabei gewesen wäre, hätte es passieren können. Ich hätte doch auch nicht gewusst, was sich so alles im Sandkasten verbirgt. Es nutzt doch jetzt nichts, wenn wir hier herumstreiten und versuchen, jemandem die Schuld in die Schuhe zu schieben. Schuld sind doch alleine die Drogensüchtigen, die ihren Dreck überall liegen lassen. Was wir jetzt brauchen, das ist ein Arzt. Ich rufe mal Marcel an. Vielleicht ist er über Ostern zu Hause geblieben.«

Marcel Frey ist Facharzt für Innere Medizin und Infektiologie und hat eine Praxis in Binningen an der Bruderholzstraße. Er ist ein langjähriger guter Freund von Norman.

Laura hat inzwischen zu weinen aufgehört, schnupft nur noch ein bisschen, während Andrea ihren Kopf unentwegt streichelt. Im Hintergrund hört man Normans ruhige Stimme, wie er mit seinem Freund Marcel spricht.

»Geh mir aus den Augen«, sagt Andrea in ruhigem, dennoch nicht weniger wütenden Ton zu Maurice. Maurice rennt verstört weg und verschwindet in seinem Zimmer.

159

»Mama«, tut sich nun Sarah hervor. »Warum schimpfst du so mit Maurice? Er kann doch gar nichts dafür, dass Laura in die Spritze gefasst hat.«

Andrea ist aufgewühlt. Ihre kleine Tochter hatte sie soeben an ihre Vorsätze erinnert, die sie sich in Zermatt nach dem eindrücklichen Erlebnis mit Clemens zurechtgelegt hatte. Er war es, der ihr die Augen öffnete. Und sie? Kaum zu Hause, ist sie, erzeugt durch Wut und Enttäuschung, auch schon wieder in ihr altes Verhaltensmuster zurückgefallen. Warum kann sie nicht über diesen eigenen Schatten springen?

Sarah sieht ihre Mama immer noch fragend an.

»Kind, ich war einfach so aufgebracht. Ich hatte nur Angst. Weißt du, das, was Laura passierte, ist nicht nur ein Pieks mit irgendeiner Nadel. Das ... das kann viel mehr sein.«

»Was denn?«, fragt Sarah neugierig.

»Na ja, von so einer Spritze kann man im Nachhinein auch ziemlich krank werden.«

»Ich will aber nicht krank werden«, fängt Laura nun wieder an zu jammern, und Andrea streichelt beruhigend ihren Kopf. »Schsch, meine Kleine. Wir klären das ja ab.«

Inzwischen kommt Norman wieder zurück. »Wir haben Glück. Marcel ist über Ostern zu Hause. Er hat gesagt, wir sollen mit Laura in seine Praxis kommen. Er ist in zehn Minuten auch dort«, erklärt er und zu Sarah gewandt: »Sarah du bleibst hier, wir kommen gleich wieder.«

»Sarah kommt mit«, wirft Andrea streng ein.

»Meinetwegen. Auf, wir müssen los.«

Sie warten keine zwei Minuten vor der Praxis, da trifft auch schon Marcel ein.

Es geht ziemlich schnell, denn mehr, als Blut abzunehmen, das wieder mit großem Geschrei der eben Gepeinigten begleitet wird, kann er im Moment nicht für sie tun. »So das hätten wir. Jetzt müssen wir uns allerdings gedulden. Wir werden erst in etwa drei Monaten wissen, ob Laura sich mit Hepatitis oder Schlimmerem infiziert hat. Leider ist bei drogenabhängigen Menschen Hepatitis B und C weit verbreitet. Schon kleinste Mengen Blut reichen für eine Übertragung aus.« Er zögert einen Moment und skizziert anschließend das Worst-Case-Szenario: »Im schlimmsten Fall kann es zu einer Leberzirrhose oder …«, er räuspert sich, »… ähm, oder einer HIV-Infektion führen …«, doch im gleichen Atemzug, als er sieht, wie Andrea vor Schreck beide Hände vor den Mund schlägt, fügt er beschwichtigend hinzu: »Nun ich will den Teufel nicht an die Wand malen. Jetzt warten wir erst einmal ab.«

Auf dem Weg nach Hause reden Andrea und Norman nichts miteinander. Sie stehen unter dem schrecklichen Eindruck des eben Gehörten.

Darüber hinaus wurde Normans vage Hoffnung, die sich beim Wiedersehen bei Andreas Rückkehr, wie ein zartes Pflänzchen meldete, in ihrer Familie könnte sich alles wieder zum Guten wenden, jäh zerstört. Er spürt Andreas Unversöhnlichkeit und es schmerzt ihn.

14

Maurice hatte alle seine Sachen im Laufe des Abends zusammengepackt. Nun wartet er darauf, dass sein Papa und Andrea ins Bett gingen. Voll angekleidet und bis zum Hals zugedeckt liegt er im Bett und stellt sich schlafend. Er hört noch, wie jemand seine Zimmertüre öffnet, um nach ihm zu sehen. Vermutlich sein Papa, denn Andrea, so weiß er, interessiert sich nicht für ihn. Er würde sich in diesem Hause niemals daheim fühlen können. Er mochte seine beiden Schwestern und vor allen Dingen mochte er seinen Papa. Er merkte aber auch, wie unglücklich sein Papa ist und er fühlt sich schuldig. Er hatte ihm das Unglück ins Haus gebracht und deswegen hat er beschlossen, wieder wegzugehen ... nach Paris. Dort angekommen, so plante er, wollte er seinen Vater anrufen, um ihm Bescheid zu sagen.

Um 23:00 Uhr ist es endlich still. Er blickt durch den Türspalt. Alle Lichter sind gelöscht. Lautlos schleicht er sich aus dem Haus. Mittlerweile kennt er sich schon so gut in der Umgebung aus, dass er genau weiß, wohin er laufen muss. Er steuert direkt zur Tramhaltestelle in Richtung Basler Bahnhof SBB mit dem angrenzenden französischen Bahnhof SNCF. Der Zehner[15] ist nicht voll besetzt. Niemand der wenigen Passagiere kümmert sich um den kleinen Fahrgast, der zu so später Stunde alleine unterwegs ist. Die Fahrt dauert nur zehn

---

[15] Die Straßenbahnen in Basel und Umgebung werden abgekürzt nur nach ihrer Liniennummer genannt.

Minuten. Bei den gelben Abfahrtstafeln im Bahnhof sucht er sich einen Zug nach Paris aus. Er wählt den, der Basel am nächsten Morgen um 08:34 verlässt, denn er möchte weg sein, bevor das Leben in der Familie richtig losgeht. Nachdem er am Automaten ein Ticket gelöst hatte, geht er unter der Unterführung hindurch auf die andere, weniger belebte Seite des Bahnhofs, denn er möchte sich bis zum Morgen irgendwo verstecken. Er hatte natürlich Angst, dass er aufgegriffen werden könnte, noch bevor er seine Reise nach Paris angetreten hatte. Die Tiefgarage ›Parking Bahnhof Süd‹ an der Güterstraße scheint ihm ein geeignetes Versteck zu sein. Alles ist menschenleer. Dafür hat es ziemlich viele geparkte Autos. Er verkriecht sich in die hinterste, dunkelste Ecke hinter einen dort geparkten Wagen. In seinen dicken Anorak gehüllt und einer weiteren Jacke, die er sich um Gesäß und Beine wickelte, sitzt er zusammengekauert in der Ecke. Kurz nach Mitternacht, er mag etwa zehn Minuten in seiner Ecke gesessen haben, hört er Schritte. Im Schutze des geparkten Wagens beobachtet er eine dunkle Gestalt in Hut und Lederjacke, die schnurstracks auf ihren Wagen zusteuert. Gottseidank ist es nicht das Auto, das Maurice' Versteck abschirmt. Sekunden später nimmt er zwei weitere männliche Gestalten wahr, die in etwas schnelleren Schritten der ersten Person folgen. Einer davon war etwas größer als die verfolgte Person mit Hut, der andere etwas kleiner. Dann geht alles blitzschnell. Der Große hält dem Verfolgten eine Pistole mit Schalldämpfer an die Schläfe. »Hallo Erich«, sagt er mit ausländischem Akzent und unheilvoller Stimme. Dabei drückt er den Überraschten an die Wand in deren Ecke Maurice sich niedergelassen hatte. Maurice hält sich vor Schreck die Hand vor den Mund, um einen Schrei zu unterdrücken. Auf allen Vieren kriecht er dann rückwärts um das Auto herum, um dem Blickfeld der Dreiergruppe an der Wand zu entgehen.

»Was wollt ihr von mir?«, fragt der Überfallene ängstlich.

Maurice merkt, dass die drei zu beschäftigt sind, als dass sie ihn in seinem Versteck wahrnehmen würden. Leise krabbelt er wieder etwas vor, nur soweit, um beobachten zu können und doch nicht gesehen zu werden.

»Was wir wollen?«, fragt der Mann mit dem Akzent hämisch. »Ganz einfach. Wir wollen abrechnen. Wir rächen uns für die jungen Menschen, die du mit deinen Scheißdrogen auf dem Gewissen hast.«

»Ich handle nicht mit Drogen ... nicht mehr. Ich konsumiere höchstens selbst. Und mit dem Mord an Reto habe ich auch nichts zu tun. Ich habe ein wasserdichtes Alibi für die Tatzeit. Bitte glaubt mir.«

»Ja, ja, das glauben wir dir. Oder besser, wir wissen es sogar«, sagt der Große und zu seinem Kumpel gewandt, »nicht wahr? Wir wissen das sogar.« Er lacht zynisch. »Weißt du, warum wir das wissen? Weil wir das selbst erledigt haben. Er war nämlich so 'n Arschloch wie du. Leider hatte es nicht geklappt, den Verdacht dann - wie sagt man so schön in der Fachsprache? - ›nachhaltig‹ auf dich zu lenken.«

»Komm, halte keine unnötig langen Volksreden. Bringen wir es hinter uns, bevor noch jemand kommt. Ich will keine Zuschauer haben«, fordert der Kleinere nun ungeduldig.

»Okay, okay, okay. Schau mal Süßer«, höhnt der größere der beiden, »wir haben dir ein paar nette Sächelchen mitgebracht«, sagt er und zeigt auf die beiden Spritzen, die der Kumpel in jeder Hand hält. »Eine für das Vorspiel und die andere, ein richtig feiner Cocktail, als Krönung unseres Spiels. Wir spielen das ganze Programm durch. Es wird dir gefallen.«

Das Opfer schreit. »Nein … Hil….«, doch weiter kommt er nicht. Der Große hält ihm die Pistole in den geöffneten Mund. »Zieh deine Jacke aus«, befiehlt er. Dann klebt der kleinere Täter diesem Erich die Hände mit Paketklebeband vor dessen Körper zusammen. Der Große nimmt Erich die Pistole wieder aus dem Mund und drückt sie ihm in den Rücken. Mit einem Schlag in die Kniekehle zwingt er sein Opfer grob auf die Knie.

»Bitte, bitte, tut das nicht. Ich habe Geld. Ich gebe euch, was ihr wollt«, wimmert der Gefesselte, während der Kleinere ihm einen Hemdsärmel hochkrempelt, den Oberarm mit einem dünnen Schlauch abbindet und anschließend die erste Nadel in die Vene einführen will. Der Große ist beschäftigt, dem Opfer einen Knebel in den Mund zu drücken. »Wir nehmen uns schon selbst, was wir wollen. Zuerst einmal dein nutzloses Leben«, sagt er erbarmungslos. Dann schlägt er ihm mit der Faust ins Gesicht und tritt ihn in den Unterleib, so dass der Gepeinigte durch den Knebel hindurch dumpf aufschreit, mit vornübergebeugtem Oberkörper auf den Boden sinkt und schmerzverkrümmt liegen bleibt, während die Spritze noch in seinem Arm steckt. Bei diesem Gewaltakt entringt sich Maurice ein Schreckensseufzer. Beide Gangster blicken überrascht auf. Der Junge starrt einen kurzen Moment in die Augen des Mannes, der dem am Boden liegenden Opfer gerade noch den Rest des Spritzeninhalts in die Vene injizieren will.

Maurice steht auf und läuft vor Angst weg, dem Ausgang entgegen. Doch der Große folgt ihm, ohne auf seinen Kumpel, der ihm hinterherruft, zu achten und holt ihn auch schnell ein. Mit einem wuchtigen Schlag ins Gesicht schleudert er das Kind gegen ein geparktes Auto, von dem es abprallt und auf dem Boden leblos liegenbleibt. Ein dunkler Blutfleck am Auto markiert die Stelle, an der Maurice mit dem Kopf abprallte. Plötzliche Dunkelheit umgibt ihn. Der Große bleibt einen Moment stehen und blickt auf das leblose Kind, dann kommt er wieder zu seinem Kumpel und den sich inzwischen in leichtem Delirium befindlichen Opfer zurück.

»Was hast du gemacht?«, fragt der Kleinere.

»Der ist hin«, gibt der Große gefühlskalt zur Antwort.

»Bist du verrückt, du Arschloch? Wir bringen doch keine Kinder um. Dann sind wir keinen Deut besser als dieser Dreckskerl hier«, schimpft der andere.

»Der Junge hat uns doch gesehen, du Schlaumeier. Willst du vielleicht, dass der Knirps vor der Polizei eine detaillierte Beschreibung von uns abgibt? Ich habe keine Lust in den Knast zu wandern.«

»Der ist doch zu klein, um detaillierte Beschreibungen abzugeben. Außerdem konnte der doch gar nicht viel sehen. Wir haben schließlich keine Festbeleuchtung hier.«

»Du hast gut reden. Mit deiner Maskerade erkennt dich sowieso niemand, während ich mit meinem Aussehen dagegen ein richtig bunter Hund bin.«

»Du bist doch selbst schuld. Hättest dich ja auch maskieren können. Eine kleine Veränderung hier, eine da und schon bist du nicht mehr du.«

»Sag mir nicht, was ich zu tun habe. Ich weiß selbst, wie ich meine Geschäfte zu erledigen habe. Also, halt ganz einfach deine Klappe und hilf mir lieber, unseren Freund da in den Kofferraum zu verfrachten, damit wir ihn wegbringen und unser Programm beenden können, bevor noch jemand anderer hier auftaucht. Das können wir jetzt am allerwenigsten gebrauchen, besonders jetzt mit dem toten Kind da vorne.«

»Du bist so etwas von einem Arschloch«, sagt der Kleinere verärgert.

»Ja, ja, dafür macht dich deine Anständigkeit unglaublich unwiderstehlich«, antwortet der Große mit eiskalter Gleichgültigkeit und lacht hämisch.

»Ich bin wenigstens nicht so sadistisch wie du. Ich brauche die Folter nicht. Mir würde der Tod durch die Spritze genügen. Das wäre seine verdiente Strafe. Mehr braucht es nicht.«

»Ja, ja, laber laber … mir genügt es eben nicht. Das wäre ein viel zu schöner Tod für die Schandtaten dieser Dreckskerle. Auch wenn der hier dir gehört, dem soll's nicht besser gehen, als dem anderen. Und du machst gefälligst mit bis zum Schluss. Ich hasse Weicheier.«

Dann verstauen sie den leicht belämmerten Erich in den Kofferraum seines eigenen Wagens.

*

Andrea und Norman können beide in dieser Nacht nicht schlafen. Die Ereignisse des Tages hatten sie beide aufgekratzt.

Er ist verzweifelt, hatte er doch so darauf gehofft, dass alles gut werden könnte. Seine Hoffnung wurde genährt, als er Andrea vom Zug aussteigen sah. Sie sah erholt und zufrieden aus. Es schien, als habe ihr diese

167

Woche Urlaub gut getan. Er war zuversichtlich. Und dann plötzlich dieser Vorfall gestern. Ihm wurde dabei klar, dass Andrea wahrscheinlich bei jedem Zwischenfall, sei er auch noch so eine Kleinigkeit, immer wieder ausrasten würde und Maurice würde sich nie zu Hause fühlen können. Er überlegt, wie man eine Trennung bewerkstelligen könnte, so dass die Kinder dennoch ein Gefühl von Familie behalten könnten.

Sie ist verzweifelt und wütend über sich selbst, dass sie sich nicht in der Gewalt hatte. Sie hatte sich doch, motiviert durch Clemens, so fest vorgenommen, sich künftig Mühe zu geben, damit sie wieder eine Familie sein können, die sie früher einmal waren. ›*Morgen werde ich mich bei Maurice entschuldigen. Ich werde ihm sagen, dass es mir leid tut*‹, denkt sie. Sie würde ihm erklären, dass es einfach die Angst gewesen sei, die sie so ungerecht reagieren ließ. Ja, und bei Norman würde sie sich auch für ihre Grobheit entschuldigen. Immer wieder spielen sich vor ihrem geistigen Auge auch die Gespräche mit ihrer Schwester und Yvonne ab. Alle beide sagten gewissermaßen das gleiche und sie hatten wohl recht. War nicht sie es, die alles überspitzt sah? War nicht sie es, die absolute Perfektion bei Norman erwartete, selbst aber, wider alle Vernunft, bei Clemens gleich schwach wurde? Empfand nicht sie es als Fügung des Schicksals, dass sie Clemens begegnete, weil sie dadurch die Augen geöffnet bekam? In ihrem Kopf wirbeln die Gedanken wild durcheinander.

Als sie kurz vor drei Uhr am Morgen immer noch nicht eingeschlafen war, schleicht sie auf Zehenspitzen hinaus, um Norman, der sich schlafend stellt, nicht zu stören. Sie will gerade die Treppe hinuntergehen, als sie entdeckt, dass Maurice' Zimmertüre einen Spalt geöffnet war. Sie geht hin und will sie schließen, wirft aber vorher einen kurzen Blick hinein. Das Bett ist leer. Das Foto steht nicht mehr auf dem Nachttisch. Sie ahnt Schlimmes. Dennoch geht sie zuerst zum Bad, um zu sehen, ob er nur ausgetreten war. Das Bad ist leer. Zurück in Maurice' Zimmer entdeckt sie, dass der Schrank leer und seine Reisetasche weg sind. Sie stößt einen halb unterdrückten Schrei aus, rennt ins Schlafzimmer, um Norman zu wecken.

»Norman, Maurice, Maurice … er ist weg. Um Gottes Willen, er ist weg. Wir müssen die Polizei anrufen.«

So schnell war Norman noch nie auf den Beinen. Ein kurzer Blick in Maurice' Zimmer bestätigt ihm Andreas Vermutung. Maurice ist ausgebüxt.

»Wo könnte er hingegangen sein?«, fragt Andrea besorgt. Norman überlegt. »Das einzige, was ich mir vorstellen kann ist, dass er zum Bahnhof ging, um mit dem nächsten Zug nach Paris zu reisen. Ich rufe gleich die Polizei an und dann gehe ich zum Bahnhof, um nach ihm zu suchen.«

Zum Telefonieren, geht er hinunter ins Büro, denn er will nicht, dass die Mädchen etwas mitbekommen. Andrea, die inzwischen hinter ihm steht, hat Tränen in den Augen.

»Was?«, hört sie Norman aufgeregt ins Telefon sagen. »Ja, die Beschreibung passt … ach Gott, im Kantonsspital?« Andrea erschrickt und hält sich die Hände vors Gesicht während sie weiter Normans Stimme lauscht. »Wie geht es ihm? … ohne Bewusstsein? Ich werde gleich kommen … okay ja … natürlich, ich rufe vorher an … er ist weggelaufen, weil es gestern einen dummen Zwischenfall wegen einer Spritze im Sandkasten gab. Seine Schwester hatte sich daran gestochen und er fühlte sich verantwortlich ... er ist ein sensibles Kind, nimmt sich alles sehr zu Herzen«, bei diesen Worten blickt er Andrea verzweifelt in die Augen und fährt dann mit der Beantwortung der Fragen fort. »... vermutlich nach Paris ... wir haben sein Verschwinden erst jetzt festgestellt ... er ging als wir alle im Bett waren ... na ja, wir konnten wegen der Aufregung mit der Spritze nicht gut schlafen, und meine Frau ist kurz vor drei aufgestanden und hat gleich entdeckt, dass er weg war ... ja, werden wir machen ... Auf Wiederhören.«

Er legt auf und dreht sich zu Andrea um. »Vor etwa eineinhalb Stunden ging bei der Polizei in Basel ein Anruf ein, dass in der Tiefgarage an der Güterstraße von einem Parkhausnutzer ein kleiner Junge gefunden wurde, der ohne Bewusstsein war und eine Verletzung am Hinterkopf hatte. Die Beschreibung passt auf Maurice. So wie es aussieht, bekam er einen kräftigen Schlag ins Gesicht, so dass er gegen ein Auto geschleudert wurde. Man sagt, dass er Glück hatte, weil das Genick heil geblieben war und man ihn relativ früh gefunden hatte. Dann wollte die Polizei auch wissen, warum Maurice zu so später Stunde alleine am Bahnhof war«, erklärt Norman müde.

Andrea geht einen Schritt auf Norman zu. Sie hat immer noch Tränen in den Augen. »Norman ...«, stammelt sie, »Norman ... es tut mir so unendlich leid. Ich war ungerecht. Ich bin schuld, dass Maurice weggelaufen ist.«

Er schaut seine Frau nur erschöpft und traurig zugleich an. Seine Augen wirken dunkler denn je und seine Schultern hängen schlaff herunter, wie nach einem verlorenen Kampf. Er dreht seinen Kopf weg und ohne Andrea anzusehen, sagt er: »Maurice ist letzte

Woche so schön aufgetaut. Man sah ihn lachen und ausgelassen spielen. Ich hatte so sehr gehofft, dass alles gut werden würde.«

»Ich … ich … wollte mich heute bei ihm entschuldigen, glaube mir … wollte ihm sagen, wie leid es mir tut … und … ja … ich wollte ihm einen Neuanfang anbieten. Und jetzt ist er weg … Norman, bitte … bitte verzeih mir.«

»Ich rufe jetzt im Krankenhaus an, um mich genau nach Maurice' Zustand zu erkundigen«, sagt er, ohne auf Andreas Flehen einzugehen. »Die Polizei meinte, dass ich nicht gleich zum Krankenhaus aufbrechen, sondern mich zuvor informieren solle.«

Im Krankenhaus erhielt er dann die Information, dass Maurice eine schwere Gehirnerschütterung erlitt und nicht ansprechbar sei, sein Zustand aber stabil und er somit außer Lebensgefahr sei. Er solle jedoch erst nach Tagesanbruch kommen. Im Moment könne man nichts tun.

*

Um halb neun hört man im oberen Stock das Geplapper der Mädchen. Sie sehen, dass Maurice' Türe offensteht und wollen zu ihm. »Oh, er ist schon unten«, stellt Sarah freudig fest. Beide stürmen die Treppe hinunter und sehen, wie die Mama bedrückt am Tisch sitzt und Papa gerade das Haus verlassen will.

»Mama, was ist los? Wo ist Maurice? Wo geht Papa hin«, stellt Sarah drei Fragen gleichzeitig.

»Maurice ist im Krankenhaus und Papa geht ihn besuchen.«

»Mama, warum ist Maurice im Krankenhaus? *Ich* habe mich doch gestern in den Finger gestochen und nicht *er*.« Laura versteht gar nichts mehr.

»Er wurde verletzt letzte Nacht«, versucht Andrea nicht zu viel zu erklären.

Sarah rüttelt an ihrer Mutter und will es genau wissen. »Mama, warum ist Maurice verletzt.«

Nach kurzem Zögern erklärt sie dann doch in etwa, was geschehen ist. »Maurice ist gestern Nacht weggelaufen.«

»Weggelaufen? Wohin?« Als sie über Maurice' Fundort keine Auskunft erhielt, fährt die Kleine vorwurfsvoll weiter: »Mama, siehst du, du hast zu fest mit ihm geschimpft. Deswegen ist er weggelaufen ... weil er traurig war. Du hast Maurice nicht lieb.« Sarah hat Tränen in den Augen während sie ziemlich laut und aufgeregt wiederholt, »du hast ihn nicht lieb.«

Beide Mädchen schluchzen.

Andrea nimmt ihre Töchter in die Arme, um sie zu trösten.

»Doch, Sarah, ich habe Maurice auch lieb. Ich konnte es halt noch nicht so zeigen. Ich muss mich erst mal daran gewöhnen, plötzlich noch ein Kind zu haben. Aber glaubt mir, ab jetzt, wenn Maurice wieder zu Hause ist, wird alles gut werden. Das verspreche ich euch.«

»Wirklich? Ehrenwort?«, will Sarah Gewissheit haben.

»Ehrenwort«, bestätigt Andrea und drückt beide noch fester an sich.

Den ganzen Morgen bleiben die Mädchen kleinlaut. Sie wirken bedrückt. Eigentlich würde das schöne Wetter am heutigen Ostersonntag einladen hinauszugehen. Aber niemand hat zu irgendetwas richtig Lust. Das Warten ist zermürbend. Um nicht untätig zu sein, holt

Andrea den Staubsauger. Frau Ballmer, die Zugehfrau, hat die beiden Schulferienwochen auch Urlaub genommen und so geht Andrea dankbar, nicht untätig sein zu müssen, ans Werk. In Normans Arbeitszimmer fällt ihr die Ecke eines Blattes ins Auge, das unter der Schreibtischmatte verborgen liegt. Sie schaltet den Staubsauger aus, holt, wie sie jetzt feststellt, drei Blätter hervor und beginnt zu lesen. Bei der Briefansprache »*Mon cher Norman*« zieht sich ihr Herz krampfhaft zusammen. Sie kann nicht anders, sie muss diese Indiskretion begehen und weiterlesen und sie wird dabei emotional hin- und hergeschüttelt. Sie möchte weinen. Ja, sie beweint weniger sich selbst, die betrogene Frau, sondern eher diese junge wunderbare Briefverfasserin, denn das hatte sie jetzt bei der Lektüre des Briefes erkannt. Diese Nathalie war etwas Außergewöhnliches, etwas ganz Besonderes. Aber besonders tief geht ihr der Abschnitt, in dem Nathalie sie, Normans Ehefrau, mit einem guten Herzen und Einfühlungsvermögen erwähnt.

»*Deine Frau wird bestimmt verstehen, wenn Du ihr die Einmaligkeit unserer Vereinigung vor Eurer Ehe, die uns so unerwartet traf und ebenso unerwartet nicht ohne Folgen blieb, erklärst. Sie hat ganz bestimmt ein gutes Herz und wird ein Kind nicht hoffnungslos seinem Schicksal überlassen. Ich habe Dich als gefühlvollen Mann mit Herzenswärme kennengelernt, der allem Schönen zugetan ist. Eine gefühllose Frau an Deiner Seite würde nicht zu Deinem Naturell passen, und ich denke, dass Du auch nie Dein Herz an jemanden ohne Einfühlungsvermögen verschenkt hättest, da bin ich mir sicher.*

Ich flehe Dich an ... es ist mein letzter Wille in meinem ach so kurzen Leben.«

Es tut so weh. ›*Was habe ich nur getan*‹, denkt sie. Genau das, wovor Nathalie ihr Kind schützen wollte, trat in ihrem Hause ein. Statt den Jungen zu trösten, um ihm über den Tod seiner Mutter hinwegzuhelfen, war sie Maurice gegenüber ablehnend. Sie bot ihm statt Nestwärme eine kalte, lieblose Umgebung, die seine kleine sensible Seele allmählich verkümmern lassen würde. Sie fühlt sich so elend. ›*Kann ich, nach allem, was geschehen ist, wieder etwas gut machen? Oder ist der Zug endgültig abgefahren?*‹, denkt sie traurig. Sie hatte Normans enttäuschtes Gesicht und seine anschließende abweisende Haltung gesehen. Er hatte bis zum heutigen Tag so viel Geduld und Verständnis für ihren Kummer, ihre fast unversöhnliche Enttäuschung gezeigt, während sie sich ihrem Schmerz hingegeben hatte, ohne auch nur den Versuch zu unternehmen, mit ihm zu reden, zu verstehen und eine akzeptable Lösung zu finden. Alle hatten sie doch angefleht, sie solle vernünftig sein und das Beste aus der Situation machen. Es sei doch kein Weltuntergang, bei dem kein Neuanfang möglich wäre. Man nahm eigentlich immer Norman in Schutz, zumal die Affäre vor ihrer Heirat passierte, der Kontakt aber nicht weiter unterhalten wurde. Statt darüber nachzudenken war sie unversöhnlich, schwelgte in Selbstmitleid und war gar eingeschnappt mit den Leuten, die so wenig Bedauern für sie übrig hatten. Sie legt den Brief wieder unter die Matte und bleibt einen Moment gedankenverloren am Schreibtisch stehen.

*

Norman sitzt am Bett seines Sohnes. In Maurice' linkem Arm steckt eine Kanüle, die von einem durchsichtigen Schlauch mit einem über seinem Kopf hän-

174

genden Tropf verbunden ist. Sein Kopf ist einge-
bunden, auf seiner Lippe prangt eine Platzwunde,
vom Kinn über die Rechte Wange bis hin zum Auge
zieht sich eine rotblaue Verfärbung. Bei diesem Anblick
bekommt er glasige Augen. »Wer hat dir das angetan
mein Junge?«, fragt Norman leise. Er möchte seinen
Sohn jetzt so gerne in die Arme schließen und ihm ver-
sichern, dass alles gut werden würde, obwohl er noch
nicht weiß, ob er selbst daran glauben soll. Andrea
hatte ihn zwar um Verzeihung angefleht, hatte versprochen, dass sie ihr Verhalten gegenüber Maurice
ändern wolle. Und das passierte just zu dem Zeitpunkt,
da er angesichts der Unversöhnlichkeit seiner Frau ihm
und der Ablehnung Maurice gegenüber überlegte, Ta-
bula rasa zu machen. In der vergangenen schlaflosen
Nacht hatte er sich vorgestellt, wie man eine Ver-
einbarung treffen könnte, die sauber ist, ohne dass zu
viel Porzellan zerschlagen werden müsste. Das Haus ist
so groß, dass sie es sich zusammen teilen könnten. Sie
würden der Kinder wegen zusammen leben, wie eine
intakte Familie, doch ansonsten würden sie getrennte
Wege gehen. Dann verwarf er den Gedanken wieder,
denn wie sollte so etwas zu realisieren sein. Wo sollte
Maurice bleiben, wenn sein Vater arbeitete. Es ist nun
mal so, dass Andrea tagsüber mit den Kindern alleine
zu Hause ist. Er kann ja nicht für den Jungen eine Kin-
derfrau engagieren, die aufpasst, dass er zwar mit seinen Schwestern spielen kann, aber Andrea möglichst
nicht zu nahe kommt. Es ist nicht so, dass er die Schuld
auf Andrea abwälzen wollte. Er weiß, dass alleine er
für die ganze Misere verantwortlich ist und er bedauert
zutiefst, dass es so weit kommen musste. Leider hatte
es nichts genutzt, dass er alles versucht hatte. Seine

ganzen Liebesbeteuerungen, sein Flehen um Verzeihung für diesen einen Fehltritt vor der Ehe blieben ungehört. Für ihn gab es seit diesem Zwischenfall keine andere Frau mehr, denn er liebte Andrea. Nun ist er müde geworden. Er hatte vergeblich auf einen Neuanfang gehofft. Auf keinen Fall jedoch würde er zulassen, dass Maurice darunter zu leiden hätte. Ein solches Leid darf ihm niemals wieder zugefügt werden. Diesen Schwur leistet er am Krankenbett seines Sohnes.

Und nun! Nachdem er während der letzten schlaflosen Nacht in wilden, ungeordneten Gedanken ein mögliches Ende seiner Ehe durchexerzierte, hatte Andrea ihn am darauf folgenden Tag um einen Neuanfang angefleht.

So sitzt Norman noch eine Weile am Bett seines Sohnes, sein Gesicht in die Hände vergraben. Plötzlich, in seine gedankliche Versunkenheit hinein, vernimmt er eine dünne Stimme: »Papa?«

Wie aufgescheucht schnellt er von seinem Stuhl auf, um sich über Maurice zu beugen, der ihn mit nur halb offenen Augen ansieht. »Hallo mein Junge«, sagt er erleichtert darüber, dass Maurice wohl langsam sein Bewusstsein erlangt. Er streichelt die blasse linke Wange seines Sohnes und betätigt gleichzeitig den Klingelknopf über Maurice' Bett, um die Schwester zu rufen. Es vergehen nur Sekunden, so scheint es Norman, bis Schwester Anna auftaucht und sich gleich dem Bett nähert.

»Er kommt zu sich«, sagt Norman ganz aufgeregt. »Er kommt zu sich.«

Schwester Anna fühlt den Puls und legt gleichzeitig eine Hand auf Maurice' Wange. Dann lächelt sie ihn siegesgewiss an und meint: »Hallo Maurice. Bald wirst du wieder herumspringen können, als wäre nichts geschehen.«

Norman atmet tief ein und geräuschvoll wieder aus. Es kommt einem Seufzen gleich.

»Ihr Sohn hat Glück gehabt, Herr Falcon«, sagt Schwester Anna zu Norman gewandt. »Sie können wirklich aufatmen.«

Erst jetzt ruft er zu Hause an, um Bericht zu erstatten. Andrea saß wie auf Nadeln, machte sich selbst laufend Vorwürfe, weinte, lief unruhig auf und ab.

Norman vernimmt einen tiefen Seufzer, als er erklärt, dass Maurice bei Bewusstsein sei und ihn erkannt habe. Jetzt brauchten sie nur noch Geduld.

Zuhause angekommen bestürmen ihn die Mädels und wollen alles wissen. »Wie geht es Maurice? Wann kommt er wieder?«, ist das Wichtigste, das sie interessiert. Dass es sicher noch einige Tage gehen würde quittieren sie mit einem enttäuschten »Menno.«

Andrea hingegen sitzt da, wie ein Häufchen Elend. Norman nimmt ihr gegenüber Platz, während die Mädchen wieder in den oberen Stock stürmen, um sich irgendwie zu beschäftigen.

Vorsichtig beginnt sie zu sprechen. »Meinst du, wir schaffen zusammen einen Neuanfang? Es ist so viel falsch gelaufen. Vieles habe ich verbockt, das ist mir klar und es tut mir leid.« Norman legt seine Hand auf die Ihre und sie fährt weiter: »Weißt du, es tat so weh, so furchtbar weh. Und dann die Tatsache, dass du einen Sohn hast, ließ die Eifersucht in mir lodern, wie ein vernichtendes Feuer. Heute ist mir klar, dass ich dem Kind Unrecht tat und ich hoffe inständig, dass er meine Entschuldigung annehmen und dass er zu mir Vertrauen fassen kann, wie ein Kind es normalerweise gegenüber der Mama tut.«

Norman blickt Andrea erschöpft an. Er ist gezeichnet von der Aufregung der letzten Nacht. Dann beginnt er mit ruhiger Stimme: »Ja, Andrea, ich bin dafür, dass wir es versuchen. Auch wir brauchen jetzt etwas Zeit. Aber, wenn wir beide uns ernsthaft bemühen, müssten wir es schaffen.«

Zum ersten Mal seit diesem Zwischenfall, dass Andrea wieder zaghaft lächelt.

»Andrea, ich gehe nochmals weg«, sagt Norman nach einer kurzen Pause.

»Wohin?«

»Ich muss zum Bahnhof, da wo es passierte. Irgendwo muss Maurice' Tasche sein, die man letzte Nacht übersah. Und dann möchte ich einfach den Tatort sehen, wo man meinen Sohn zusammengeschlagen hat.«

In der Tiefgarage angelangt wird Norman das Herz schwer. Er muss nicht lange suchen, bis er auf den Blutfleck am Boden stößt. Dann läuft er die Garage der Wand entlang ab und findet hinten in einer dunklen, geschützten Ecke die Reisetasche und die Jacke, die Maurice um sich gewickelt hatte, am Boden liegen. Er nimmt Jacke und Tasche auf und stellt sich vor, wie Maurice zusammengekauert hier hinten in der Ecke wartete, bis sein Zug nach Paris abfahren würde. Dann verlässt Norman wieder langsam, in Gedanken versunken, die Garage.

15

Am Dienstag nach Ostern gingen Andrea und Norman gemeinsam zur Kantonspolizei in Basel-Stadt, wo sie die Vorkommnisse des vergangenen Samstags zu Protokoll gaben. Maurice selbst konnte noch nicht vernommen werden. Einen Anhaltspunkt, warum das Kind so schlimm zugerichtet wurde, hatten sie nicht.

Am selben Tag war Maurice' Geschichte der Aufmacher in den lokalen Zeitungen und alle Welt rätselte darüber, was diesen Gewaltakt an einem Kind ausgelöst haben mochte und wer zu so etwas fähig war. Manche waren auch entrüstet darüber, dass Eltern ihre Aufsichtspflicht so vernachlässigten und ihr Kind so spät noch auf den Straßen herumlungern konnte.

Eine Person hingegen, nämlich einer der beiden Täter, ist bei den Schlagzeilen ziemlich nervös geworden, denn jetzt ist genau das eingetreten, wovor er sich fürchtete. Er war sich so sicher, dass der Junge den Gewaltakt nicht überlebt haben konnte. Jetzt befürchtet er, dass der Kleine eine Aussage machen könnte. Am Morgen, kurz bevor er das Haus verließ, hatte er seinen Partner angerufen.

»Jetzt dreh bitte nicht durch«, hatte dieser ihm dann am Telefon geraten. »Ich sagte dir doch, es war zu duster im Parkhaus. Das einzige, was man herausfinden könnte ist, dass der Fall Erich, wenn man ihn denn finden sollte, im Parkhaus seinen Ursprung nahm. Ich auf jeden Fall bin erleichtert, dass der Junge noch lebt, denn bei einem Mord an einem Kind möchte ich nicht beteiligt sein.«

Ebenso an diesem Dienstag machten Andrea und Norman noch zusätzlich Angaben über den Vorfall mit der Spritze, an der sich Laura gestochen hatte. Prompt erhielten sie auch noch am selben Tag einen Anruf von Yvonne, die an diesem Tag, immer noch an Krücken gehend, ihre Arbeit wieder aufgenommen hatte und von diesem Vorfall über die Kollegen erfuhr. Sie wirkte ganz aufgeregt darüber. Als sie dann noch erfuhr, dass das verletzte Kind im Bahnhof, von dem sie in der Zeitung las, Normans Sohn war, war sie untröstlich. »Puh, gleich zwei solche gravierende Zwischenfälle an einem Tag. Und das zu der ganzen Misere hin, die die Familie sowieso zu bewältigen hatte. Manche Familien trifft es geballt, als wolle das Schicksal sie nicht zur Ruhe kommen lassen«, kommentierte sie betroffen die Geschehnisse.

*

Gegen Ende der Woche ist es soweit. Der Hund von Spaziergängern spürt im Wald von Biel-Benken, gut versteckt am Chillweg, eine übel zugerichtete männliche Leiche auf. Georg nimmt den Anruf entgegen, informiert die Spurensicherung und die Pathologin und fährt dann zusammen mit seinem Kollegen Urs zum Fundort der Leiche. Diesmal verhält er sich vor Ort vorbildlich. Er will nicht noch einmal von Yvonne einen Rüffel wegen stümperhaften Verhaltens am Tatort erhalten.

»Du, schau mal, ist das nicht dieser Typ, der im Februar in Basel-Stadt als Verdächtiger im Falle des Ermordeten in Oberwil vernommen wurde?«, stellt Urs fest. »Man würde den fast nicht erkennen, hätten die Täter zum Spott nicht Hut und Jacke neben ihm hingelegt - wie ein Wahrzeichen.«

»Ja, in der Tat, das ist er. Ui, das ist ja ein Ding«, bestätigt Georg die Vermutung seines Kollegen.

Hans-Peter, einer von der Spusi zeigt den beiden Polizisten einen Beutel mit zwei Spritzkanülen. Im Unterschied zum letzten Fall haben die Täter dem Opfer in jede Hand eine Spritze gelegt.

»Wie sieht es aus, Alice, kannst du uns schon etwas sagen?«, fragt Georg die Pathologin.

»Nun, er dürfte eine knappe Woche schon hier liegen. Die Methode ist dem Fall von vorigem Jahr sehr ähnlich. Jedoch Näheres kann ich euch erst nach der Obduktion sagen«, erklärt Alice auf die Schnelle, streift ihre Handschuhe von ihren Händen, verschließt ihr Einsatzköfferchen und verabschiedet sich. »Morgen werde ich euch mehr dazu sagen können«, sagt sie im Gehen.

»Grausam«, sagt Urs angewidert. »Wer ist zu so etwas fähig. Das sind doch keine Menschen. Das sind Monster.«

»Das werden wir nie verstehen. Dazu mangelt es uns an krimineller Phantasie und Entschlossenheit«, antwortet Georg. Dann geben sie die Leiche zum Abtransport frei. Von der Spusi erfahren sie noch, dass der Fundort vermutlich nicht der Tatort ist.

Am Freitag werden sie von der Kriminaltechnik informiert, dass dem Opfer eine tödliche Mischung aus Heroin und Anthrax injiziert wurde. Gemäß Alice könnte der Mord ungefähr am Ostersonntag begangen worden sein, das heißt, dass das Opfer, als man es fand, schon etwa fünf Tage tot war. Alice hat keinen

Zweifel daran, dass auch diesmal, genau wie beim Fall vor einem halben Jahr, vor und auch nach Eintreten des Todes mit brutaler Grausamkeit zu Werke gegangen wurde.

Yvonne will über die Gegensprechanlage zur Sekretärin Georg und Urs in ihr Büro rufen lassen. Sie erhält von Vreni die Nachricht, dass Urs diesen Morgen beim Arzt, Georg aber anwesend sei.

»Na, dann schick mir Georg.«

Es geht auch nicht lange, bis Georg ihr gegenübersitzt.

»Und, was hältst du von der ganzen Sache?«, fragt sie ohne große Einleitung.

»Na ja, es gibt ganz klare Parallelen zum Fall Wyss«, sagt er zögerlich.

»Das will also heißen, dass Lachenmeier, wie wir ja angenommen hatten, jetzt definitiv nicht als Täter im Fall Wyss in Frage kommt?«, fragt sie und mustert ihn genau.

»Nein, das will es nicht heißen. Es könnte doch auch sein, dass jemand, zum Beispiel ein Freund von Wyss, aus Wut Gleiches mit Gleichem zu vergelten, Lachenmeier dieselben Schmerzen, dieselbe Angst erleiden lassen wollte. Oder, eine andere Variante wäre, dass Lachenmeier einen Todfeind hatte, der durch die Tat an Wyss erst motiviert wurde.«

»Nun, da wir aber wissen, dass Lachenmeier aufgrund seines Alibis der Mörder von Wyss nicht gewesen sein konnte, kommt zumindest deine erste Variante nicht in Betracht.« Sie überlegt einen Moment und fährt weiter: »Wer, mit Hut und Lederjacke, hatte in diesem Hinterhof den Streit mit Wyss. Lachenmeier kann es nicht gewesen sein?«

Georg überlegt und zuckt mit den Achseln. Er hat keine Antwort darauf.

»Ich bezweifelte ja schon immer«, fährt daher Yvonne weiter, »dass dieses Gespräch überhaupt stattgefunden hatte.«

»Wieso soll das so abwegig sein. Es ist doch durchaus möglich, dass es diesen Streit gab«, insistiert Georg.

»Ich weiß nicht. Diese Monique hat gelogen, davon bin ich felsenfest überzeugt. Aber für wen arbeitet sie?« Sie guckt nachdenklich in die Ferne. »Wir sollten sie nochmals richtig in die Mangel nehmen. Was meinst du?«

»Das hatten wir doch schon gemacht«, erwidert Georg, demonstrierend, dass eine weitere Befragung vermutlich nichts mehr bringen würde.

»Dann war das halt nicht genug«, beharrt Yvonne darauf.

»In Basel hat man sie doch auch ziemlich in die Mangel genommen. Die sind sicher nicht zimperlich mit ihr umgegangen.«

»Ich bestehe darauf.«

»Okay, ich werde sie nochmals mangeln«, gibt Georg nach.

»So, und dann überlegen wir mal. Was unterscheidet den jüngsten Fall von dem vor einem halben Jahr? Man hatte dem Opfer in jede Hand eine Spritze gegeben und es gab nur Fingerabdrücke des Opfers darauf. Das heißt, die Täter waren schlau genug, Handschuhe zu tragen. Vor einem halben Jahr, waren fremde Fingerabdrücke auf der Spritze. Das wiederum heißt doch ganz klar, dass eine falsche Spur gelegt werden sollte. Weißt du, was ich denke, Georg?«

Georg schaut Yvonne mit seinen grünen stechenden Augen fragend an. »Du wirst es mir gleich sagen.«

»Ich denke, dass die Täter sich nur einmal die Finger schmutzig machen wollten«, rekonstruiert sie den Fall. »Erst töteten sie Reto Wyss und legten gleichzeitig die Spur so in eine Richtung, dass der Verdacht auf Erich Lachenmeier fiel. Somit hätten sie gleich zwei unliebsame Zeitgenossen mit einem Schlag aus dem Wege geräumt, denn Lachenmeier wäre ja dann für eine Weile aus dem Verkehr gezogen worden ... sagen wir mal, wenn in diesem Fall auch unschuldig, doch vielleicht für eine andere Sache, die nie aufgeklärt wurde, er aber die Finger tatsächlich mit im Spiel hatte. Und ein oder mehrere Betroffene wollten eine gerechte Strafe für diese Tat. Sie hatten jedoch nicht damit rechnen können, dass Lachenmeier ein wasserdichtes Alibi hatte und so musste auch er über die tödliche Klinge springen. Siehst du, ich komme einfach nicht umhin, zu glauben, dass diese Monique Francine bei dieser Sache mitgespielt hatte.«

Georg schluckt hörbar. Yvonnes logischer Scharfsinn versetzt ihn immer wieder in Staunen, imponiert ihm. Er versucht ihre Theorie zu widerlegen. »Vielleicht war das Gespräch, das Monique damals hörte ein rein zufälliges Zusammentreffen mit dem Mord. Vielleicht hatte das eine mit dem anderen gar nichts zu tun, denn wie du ja selbst sagtest, folgte deiner Meinung nach der Mord zu schnell der Drohung. Ja und, nach Hörensagen, kann ich mir schon gut vorstellen, dass der Wyss genug Feinde gehabt hatte, die im hätten drohen können«, stellt er vorsichtig fest.

»Ich habe das Gefühl, als wollest du nicht wahrhaben, dass Monique eventuell zu einem Komplott von

Mördern gehören könnte. Du wehrst dich förmlich dagegen. Was findest du an dieser Person so vertrauenswürdig, dass man an deren Aussage nicht zweifeln sollte?«, fragt Yvonne gerade heraus. Und wieder zuckt Georg die Achseln: »Na ja, ich will halt nicht, dass jemand zu Unrecht verdächtigt wird.«

Yvonne schüttelt ihren Kopf vor Unverständnis und sagt mehr zu sich als zu Georg: »*Zufällige* Zeugin eines Streitgesprächs? Nein, nein, nein.« Wieder zu Georg gewandt fügt sie immer noch kopfschüttelnd hinzu: »Ich fasse zusammen: Monique sah also *zufällig* einen Fremden mit schwarzem Hut und schwarzer Lederjacke, eigentlich *zufällig* Lachenmeiers Markenzeichen - er schien, damit auch zu Bett zu gehen - und wieder rein *zufällig* finden sich dessen Fingerabdrücke auf einem Mordinstrument? Und womöglich gibt es zwischen dem Streitgespräch und der Straftat nur rein *zufällig* ein zeitliches Zusammentreffen, hatte das eine also mit dem anderen *zufällig* gar nichts zu tun. Tja, und nochmals rein *zufällig* kommt Lachenmeier ein halbes Jahr später auf die gleiche Art und Weise zu Tode wie sein angebliches Opfer. Ein bisschen viel der *Zufälligkeiten*, findest du nicht auch? Nein, nein. Ich sage dir, da ist etwas faul.« Sie überlegt laut weiter. »Welches sind die Motive bei beiden Morden?« Sie schaut Georg wieder direkt in die Augen, um ihn in ihre Gedankenwelt mit einzubeziehen: »Vielleicht sollten wir noch in eine ganz andere Richtung recherchieren. Wir dürfen uns nicht auf unsere Region hier beschränken. Ja, genau, wir sollten unsere Recherchen in Richtung Zürich ausdehnen. Von dort kam Lachenmeier doch ursprünglich her, oder? Vielleicht hatte er Feinde, die dort zu suchen sind?«

Georg richtet sich in seinem Stuhl auf, reibt seine Nase, wiegt mit dem Kopf hin und her - er scheint zu überlegen - dann kommentiert er Yvonnes Überlegrungen: »In diesem Milieu haben doch alle ihre Feinde. In der Szene herrscht ein harter Kampf zwischen rivalisierenden Drogenbanden. Die Konkurrenten können also überall sein.«

»Das weiß ich auch. Wenn es aber stimmt, was Lachenmeier sagte, dann war er aus dem Drogengeschäft raus. Und das glaube ich ihm sogar. Er hat sich auf das Prostitutionsgeschäft konzentriert ... wenn ich seine Ausführungen interpretieren darf, so verlangte er von den Damen Schutzgeld und verdiente nicht schlecht dabei. Wahrscheinlich blieb den Damen gar nichts anderes übrig, als sich beschützen zu lassen, sonst hätten sie ihren Standplatz oder ihr Betätigungsfeld verloren und wären zudem als Alleinstreiterinnen der Gewalt, für die der Beschützer schon zu sorgen wüsste, schutzlos ausgeliefert.«

Das Spiel seiner Wangenmuskeln verrät Georgs innere Anspannung.

»Ja, ja, ich spüre deine Wut über den Typen. Wenn du dürftest würdest du seine Leiche am liebsten noch nachträglich teeren, federn und zur Krönung noch vierteilen. Ich rate dir, lass deinen Hass ruhen. Hass hinterlässt seine Spuren auf deinem Gesicht. Außerdem hat der Kerl wirklich genug gelitten, bevor er starb. Dafür haben die Mörder schon gesorgt.«

»Ist schon gut«, sagt Georg und hält seine Hände neben dem Körper hoch, während die Handflächen als Ausdruck von Unterwerfung, ›ich füge mich ja schon‹, nach oben zeigen.

»Also, konzentrieren wir uns nach Zürich. Dort interessiert mich vor allem Lachenmeiers Umfeld. Na ja, du weißt schon, was ich brauche. Ich nehme inzwischen Kontakt mit den Zürcher Kollegen auf.« Plötzlich hält sie inne, räuspert sich und ändert ihre Anweisung: »Oh, sorry. Urs soll die Arbeit in Zürich übernehmen. Ich habe ganz vergessen, dass du …«

»Ist schon in Ordnung. Du brauchst dich nicht zu entschuldigen. Ich kann es ertragen.«

»Trotzdem, Urs soll sich in Zürich schlau machen und du wirst weiter hier tätig sein. Wie ich dir schon auftrug, wirst du Monique nochmals in ein charmantes Gespräch verwickeln und ihr dabei ganz unauffällig auf den Zahn fühlen. Möglicherweise plaudert sie doch etwas aus. Außerdem hast du ja scheinbar einen guten Draht zu ihr.«

»Ich? Einen guten Draht?«, fragt Georg überrascht. »Wieso sollte ich …?«

»Ja, ich hatte das Gefühl, da du ihren Aussagen so sehr vertraust … ein Gefühl einfach. Vielleicht verquatscht sie sich irgendwann doch einmal, wenn ihr so ein bisschen harmlos plaudert. Du kennst dich ja aus in geschickter Fragetechnik. Versuch's einfach! Dann habe ich noch eine andere Aufgabe für dich. Es gab ja in Binningen diesen Zwischenfall auf dem Spielplatz beim Holeeholzweg/Teufernlochweg, wo sich das kleine Mädchen an einer weggeworfenen Spritze verletzt hatte. Die Eltern sind beunruhigt. Da müssen wir tätig werden, damit sie sich wieder sicher fühlen können. Lass den Platz absuchen. Und dann brauchen wir dort regelmäßige Kontrollen.«

»Ist der Junge von der Tiefgarage eigentlich schon vernehmungsfähig?«, fragt Georg dienstbeflissen.

»Vielleicht. Ich weiß es nicht.«

»Soll ich vielleicht …?«

»Nein, es ist Sache von Basel-Stadt. In diesem Fall allerdings werde ich das Interview führen. Erstens, muss bei einem Verhör bei traumatisierten Kindern sehr behutsam vorgegangen werden, und da eignet sich eine Frau besser, als ein Mann, und zweitens habe ich schon vorab mit den Kollegen in Basel vereinbart, dass ich diese Frau bin, weil ich die Familie gut kenne und somit schon ein vertrauter Kontakt besteht. Als drittes kommt bei einem Verhör bei Kindern erschwerend hinzu, dass die Polizei Respekt einflößend wirkt, was für diese Kleinen nicht gerade taugt, sich unbefangen zu geben.«, lehnt Yvonne ab, »Mach du dich mal an die Aufgaben, die ich dir eben aufgetragen habe. Du hast damit schon genug zu tun.«

»Okay, wird gemacht.«

»An die Arbeit«, sagt Yvonne lächelnd und Georg verlässt ihr Büro. Yvonne klemmt sich gleich ans Telefon, um bei ihren Kollegen in Zürich betreffend Lachenmeier vielleicht eventuelle Hinweise zu erhalten.

*

Nachdem sich Norman und Andrea eingehend ausgesprochen hatten und beide übereinstimmend einen Neuanfang wagen wollen, wagt auch Andrea nach über einer Woche am Montag endlich den Gang ins Krankenhaus zu Maurice.

Norman betritt als erster das Zimmer und Maurice, der mit einer Tasse in der Hand aufrecht im Schneidersitz in seinem Bett sitzt, lächelt ihm erfreut zu. Die Blaufärbung in seinem Gesicht ist einer hellen grünlichgelben Farbe gewichen und sie ist auch kleiner geworden, die Platzwunde an der Lippe war gut verkrustet. Als Maurice Andrea gewahr wird, verdüstert sich seine Miene. Andrea jedoch lächelt, tritt an sein Bett und hält seine Hand.

»Maurice«, sagt sie, verursacht durch den Anblick der letzten noch sichtbaren Spuren des lädierten Gesichts, mit glasigen Augen, »ich bin gekommen, um dich um Verzeihung zu bitten.«

Maurice schaut sie mit großen überraschten Augen fast etwas ungläubig an. Sein Blick wechselt zu Norman, der ihm zulächelt, und wieder zurück zu Andrea.

»Ich habe dir Unrecht getan, das ist mir bewusst geworden und es tut mir leid, dass du durch mich so unglücklich warst. Ich habe viel falsch gemacht und ich will nie mehr, dass du traurig bist, und auch nicht, dass dir jemals so etwas wieder zustößt. Du bist der Sohn meines Mannes und somit nehme ich dich auch als mein Kind an und ich hoffe, dass du mein Angebot zum Neuanfang annehmen kannst.« Maurice lächelt schüchtern.

»Na?«, hakt Andrea nach.

Maurice nickt und mit dünner Stimme sagt er »Ja, Andrea.«

»Wenn es dir nichts ausmacht, kannst du zu mir *Mama* sagen, so wie Sarah und Laura. Dann unterscheidet euch auch darin nichts mehr voneinander. Ich würde mich sehr freuen.«

»Ja, Mama«, bestätigt Maurice. Diesmal ist sein Lächeln offener. »Wo sind Sarah und Laura?«, möchte er bei dieser Gelegenheit wissen.

»Die beiden unternehmen heute mit dem Kindergarten einen Besuch im Basler Zoo«, erklärt sie. »Morgen können wir dich übrigens nach Hause holen, hat der Arzt gesagt. Die beiden warten schon sehnsüchtig auf dich.«

Maurice quittiert diese Nachricht mit einem strahlenden Lächeln. Er mag die beiden Mädchen - seine Schwestern. Er hätte sie wohl sehr vermisst, wenn er, wie er es in jener Nacht geplant hatte, in Paris gelebt hätte. Er hätte versucht, bei den Petitjeans unterzukommen und hoffte, dass sie ihn nicht abweisen würden.

Es klopft an die Zimmertür und nach Normans lautem »Ja« streckt Yvonne, inzwischen wieder ohne Krücken, ihren Kopf durch die halb geöffnete Türe.

»Hallo Leute, darf ich reinkommen?«, fragt sie.

Andrea geht ihrer Freundin entgegen und umarmt sie. Auch Norman begrüßt sie mit Küsschen links und rechts auf die Wange.

»Hallo, Maurice«, richtet sich Yvonne nun an den kleinen Patienten. »Wie geht es Dir?«

Maurice antwortet mit fragendem Gesicht: »Gut.«

»Entschuldige. Ich muss mich erst einmal vorstellen. Ich bin Yvonne, eine Freundin von …«, sie blickt einen Moment zu Andrea, während Norman den Satz beendet: »… von Mama.«

»Ja, genau«, bestätigt Yvonne, »von deiner Mama. Ich bin aber auch gleichzeitig Polizistin und ich würde gerne den Kerl finden, der dir das angetan hat. Sag Maurice, magst du darüber reden, was dir in dem Parkhaus passiert ist? Ich meine, kannst du dich daran überhaupt erinnern? Natürlich nur wenn du reden willst. Es eilt nicht.«

Maurice nickt und signalisiert damit seine Bereitschaft, jetzt auszusagen.

»Also mein Junge, beginne einfach von vorne und ich höre dir gut zu«, ermutigt Yvonne ihn. Sie vermied, zu fragen, warum er zu so später Stunde alleine dort war. Sie hatte es dem Polizeiprotokoll, das die Kollegen von Basel ihr zukommen ließen, entnommen. Außerdem hatte Andrea sie informiert, und sie wollte das Kind nicht in die Verlegenheit bringen, darüber sprechen zu müssen, warum es weggelaufen war.

»Ich bin in der Ecke hinter einem Auto gesessen. Plötzlich ging das Licht an, es war aber nicht sehr hell und dann hörte ich Schritte. Es war ein Mann.« Norman stellt sich vor seinem geistigen Auge genau vor, wie sein Sohn in seinem dunklen Versteck saß, genau dort, wo er am Morgen danach auch dessen Tasche und Jacke gefunden hatte.

»Kannst du den Mann beschreiben?«, fragt Yvonne. Maurice überlegt einen Moment und beginnt mit der vagen Beschreibung, denn wie er schon sagte, herrschte in der Garage nur gedämpftes Licht: »Ich habe sein Gesicht nicht gesehen, aber er hatte einen schwarzen Hut auf.«

Yvonne wird hellhörig: »Einen schwarzen Hut? Kannst du mir sagen, ob er auch eine Lederjacke trug?«

»Es war eine schwarze Jacke. Ja … schon möglich, dass sie aus Leder war.«

»Und der hat dich dann zusammengeschlagen, als er dich entdeckte?«

»Nein. Es ging nicht lange, da kamen noch zwei andere Männer. Ein großer und ziemlich starker und ein etwas kleinerer.«

»Aha«, Yvonnes Spannung steigt.

»Die beiden liefen ziemlich schnell und der Große hat den Mann mit Hut zuerst eingeholt und ihm eine

Pistole an den Kopf gehalten, so dass der Hut herunter-
fiel und man die Glatze sehen konnte. Der Große hatte
ihn mit … Emil …«, Maurice überlegt einen Moment
und korrigiert sich, »… ähm nein, mit Erich, glaube ich,
hat er ihn angesprochen. Der andere hatte zwei Spritzen in der Hand. So wie diese im Sandkasten, an der
Laura sich gestochen hatte.«

Yvonne blickt auf. Ihr Blick wandert von Norman
zu Andrea und wieder zurück zu Norman. »Ich habe
soeben etwas von einem bisher unbekannten Tatort
erfahren … na ja, ihr wisst schon, dieser Tote in Biel-
Benken.«

Dann blickt sie wieder zu Maurice, um ihn zum
Weitersprechen zu ermutigen. »Und, was geschah
dann?«

»Der kleinere hatte diesen Erich gefesselt und wollte
ihm dann eine Spritze in den Arm stechen und da hat
der Große erst mal zugeschlagen, so fest, so schlimm,
dass Erich zusammengebrochen ist. Vor Schreck habe
ich einen Schrei losgelassen. Nicht sehr laut, aber die
beiden haben es gehört. Der Kleine hat mich direkt
angeschaut ... in meine Augen. Dann bin ich vor Angst
losgerannt. Der Große ist mir dann nachgelaufen und
dann … dann weiß ich nichts mehr.«

»Kannst du die beiden, die diesen Erich bedrohten,
beschreiben?«

»Der Große hatte eine Jacke mit Kapuze an. Auf
dem Ärmel war so ein weißes Zeichen darauf, wie ein
Stern. Ich glaube, er hatte Jeans an, bin mir aber nicht
mehr so sicher. Ich hatte sein Gesicht nur ganz kurz
gesehen. Er hatte ganz schwarze Augen, so wie ich.
Aber er schaute sehr grimmig und er hatte lange
schwarze Haare, hinten zusammengebunden.«

Maurice schüttelt sich bei der Vorstellung an diesen Kerl.

»Sehr gut, Maurice. Du bist ein guter Beobachter«, lobt Yvonne ihn. »Vom kleineren Mann hast du doch auch das Gesicht gesehen. Habe ich das richtig verstanden?«

»Ja, er hatte mich ja direkt angeschaut. Er schaute so komisch.« Maurice sperrt seine Augen auf, starrt Yvonne mit stierigem Blick an und sagt: »So hat der geschaut. Seine Augen waren nicht so dunkel, wie beim anderen. Auch die Haare waren heller und lockig, nicht lang, aber auch nicht richtig kurz und er hatte einen Schnurrbart. Dafür war er ganz schwarz angezogen.«

»Maurice, ich danke dir, du hast mir sehr geholfen«, sagt Yvonne und den überraschten Eltern erklärt sie, dass Maurice nicht nur ein erstaunlich gutes Erinnerungsvermögen, sondern auch eine hervorragende Beobachtungsgabe habe.

»Ich denke das Schachspiel hat seine Beobachtungsgabe geschult. Er ist ein wahrer Meister«, sagt Norman nicht ohne Stolz.

»Dennoch erstaunlich diese gute Beschreibung nach einer Gehirnerschütterung. Die Erklärungen sind sehr präzise. Und jetzt wissen wir auch, warum er zusammengeschlagen wurde. Die Täter wollten keinen Zeugen haben. Die glaubten wohl, der Junge sei tot, als er reglos am Boden liegen blieb.«

Bei der Vorstellung, Maurice könnte tot sein, blickt Andrea erschreckt zu Yvonne. Auch Norman zuckt bei diesem Satz zusammen. Dann aber sagt er, immer noch vom Eindruck des eben gehörten überwältigt: »Ich bin total platt. Wir hatten es bis jetzt tunlichst vermieden, mit Maurice über das Erlebte zu sprechen. Also, wir hatten nie versucht, ihn über die Vorfälle zu befragen, weil wir mit Rücksicht auf seine kindliche Psyche abwarten wollten, bis er von selbst erzählen würde. Und jetzt diese nüchterne klare Beschreibung.«

»Ja, Norman, unsere Kinder versetzen uns immer wieder in Erstaunen«, bestätigt Yvonne.

»Was ich mich frage …«, beginnt Norman, »… gibt es denn in der Tiefgarage keine Überwachungskameras?«

»Man ist in Basel dabei, alle Tiefgaragen, die bis jetzt noch ohne Kamera waren, peu à peu nachzurüsten. Die Güterstraße war noch nicht an der Reihe … leider«, erklärt Yvonne und zu Maurice gewandt sagt sie. »Nun, für heute ist genug denke ich. Ich will dich für den Anfang nicht zu sehr strapazieren. Ich werde mich später nochmals mit dir unterhalten. Vielleicht kannst du mir dann auch sagen, ob du dich vielleicht an Gesprächsfetzen erinnerst. Wenn's auch nur ein bisschen ist. Manchmal sind winzige Kleinigkeiten ganz nützlich, auch wenn sie im ersten Moment unwichtig erscheinen. Denk einfach mal darüber nach. Aber es eilt nicht. Wirklich. Lass dir Zeit.« Sie will sich von Maurice verabschieden, als dieser plötzlich zu sprechen beginnt: »Der Erich hatte gesagt, dass er den … hm … den Namen weiß ich nicht mehr … dass er den nicht getötet hat.«

Yvonne blickt aufmerksam geworden zu Maurice. »War der Name vielleicht Reto?«

»Ja … ja … Reto … glaube ich. Und der Große hat gelacht und mit einer ausländischen Sprache hat er gesagt, dass er das wisse, weil er und der Kleine das selbst erledigt hätten und dass es leider nicht geklappt hätte, ihm den Mord in die Schuhe zu schieben ... so ähnlich hatte er gesagt.«

»Unglaublich«, sagt Yvonne nachdenklich. »Du sagtest, der Große hatte eine ausländische Sprache. Was meinst du damit? War es Deutsch und klang einfach nur wie bei einem Ausländer ... so mit einem Akzent?«

»Ja. Er sprach so ähnlich, wie der Papa von Akin in meiner Klasse. Ich habe es manchmal gehört, wenn er Akin abgeholt hatte.«

»Das heißt also, dass der Große vermutlich Türke war«, folgert Yvonne aus dem Vornamen.

»Ja, Akin ist Türke«, bestätigt Norman, der seinen Sohn anfänglich zur Schule brachte. »Maurice hatte sich mit Akin angefreundet und ihn mir vorgestellt.«

»Danke Maurice. Danke. Das waren ganz wichtige Hinweise.« Dann verabschiedet sie sich endgültig und verlässt das Krankenzimmer.

Auf dem Weg zum Auto ruft Yvonne von ihrem Handy aus Georg an. Bevor sie sprechen kann, kommt Georg ihr zuvor: »Hallo Yvonne, also ich habe mich nochmals mit Monique unterhalten. Ich saß mit ihr auf ein Bier. Trotz freundlichem Plauderton hat sie dann dicht gemacht. ›*Ich mag mich nicht immer und immer wieder wiederholen. Es scheint mir, als glaubt ihr mir nicht. Gut ich kann es nicht ändern. Ist eure Sache. Ich habe gesagt, was ich sah und hörte, somit ist für mich der Fall erledigt. Lasst mich also in Zukunft in Ruhe*‹, hatte sie gesagt.«

»Sie hat gelogen«, kommentiert Yvonne selbstsicher, unbeeindruckt vom eben Gehörten. Georg zuckt zusammen. Das klang wie eine klare, überzeugte Feststellung und nicht nur, wie bisher, wie eine Vermutung. »Warum bist du dir plötzlich so sicher?«, fragt er vorsichtig. »Ich war heute im Krankenhaus«, beginnt Yvonne nun ihren Bericht.

»Im Krankenhaus? Bist du krank?«, spricht Georg dazwischen.

»Nein! Ich war bei dem Jungen. Ich hatte dir doch gesagt, dass ich ihn interviewen werde.«

»Ach so! Ja, stimmt«, erinnert sich Georg.

»So, und jetzt kommt's. Du wirst es nicht glauben, aber es gibt ein zufälliges Zusammentreffen der beiden Straftaten. Beides, das zusammengeschlagene Kind und der ermordete Lachenmeier, passierten nämlich zeitgenau am selben Ort. Und jetzt kommt noch der Clou. Lachenmeiers Mörder sind auch die Mörder von Wyss.«

Georg schluckt. »Und das hat ein knapp achtjähriger Junge gesagt?«, fragt er mit zweifelnder Stimme.

»Ja genau, dieser achtjährige Junge, der neben einer hervorragenden Beobachtungsgabe, trotz schwerer Verletzung ein bemerkenswertes Erinnerungsvermögen besitzt. Er machte erstaunlich klare Aussagen, die Zusammenhänge erkennen ließen. Nicht so eine Wischi-Waschi-Aussage wie die von dieser Monique. Du kannst mir sagen, was du willst, die war gekauft. Ihre Aussage sollte helfen eine falsche Spur zu legen.«

»Das musst du mir genau erklären, wie eine Aussage eines kleinen Jungen zu dieser Erkenntnis führen konnte. Soviel ich weiß, erfinden Kinder doch gerne abenteuerliche Geschichten.«

»Sicher, Kinder erfinden gerne abenteuerliche Geschichten, da hast du recht. Aber dann spricht die Aussage nicht eine solch klare Sprache, die Zusammenhänge so unmissverständlich erkennen lassen. Der Kleine hatte nämlich keine Zeitung gelesen, so dass er sich eine Geschichte hätte zusammenreimen können, die zu unserem Fall passt. Er sprach frank und frei heraus. Und durch den Jungen habe ich auch schon mal ein Täterbild.«

»Welches da wäre?«

»Ein Täter war groß und türkischer Abstammung und einer war klein.«

»Und das soll der Junge gesehen haben, dass da ein Mann türkischer Abstammung beteiligt war?«, fragt Georg ungläubig.

»Genau. Aber lass es mich später erklären, ich bin in zwanzig Minuten in Liestal, dann besprechen wir alles. Bis später.« Yvonne klemmt ab. Sie hat ihr Auto inzwischen erreicht.

*

»Hallo Vreni. War etwas während meiner Abwesenheit?« Wie immer betritt Yvonne wild entschlossen das Büro ihrer Sekretärin, wenn auch nach ihrem Skiunfall nur halb so schwungvoll, wie gewohnt, dennoch mit dem nötigen Biss, der auf die ganze Belegschaft eine auffordernde Wirkung zeitigt.

»Hallo, Yvonne. Ackermann vom Amt in Zürich wollte dich sprechen«, gibt Vreni Auskunft und nimmt schon ihren Telefonhörer in die Hand, weil sie weiß, welche Order gleich folgen wird. »Ja, gut, stell bitte durch«, lautet die erwartete Anweisung. Vreni schmunzelt, während sie ihrer Chefin hinterherschaut, als diese in ihrem Büro verschwindet.

Yvonne wirft ihre Tasche auf den Besuchertisch, hängt ihre Jacke an den Garderobenständer, nimmt aus ihrer Tasche ihre Haarbürste, um sich wieder salonfähig zu machen, und schon klingelt ihr Telefon. Sie beeilt sich, es abzunehmen, denn sie ist gespannt, was der

Kollege, den sie letzten Freitag angerufen hatte, ihr über Lachenmeier zu berichten hat.

»Grüezi Herr Ackermann. Schön, dass Sie so schnell zurückrufen. Was gibt es über Lachenmeier zu berichten.«

»Er war kein unbeschriebenes Blatt, aber clever genug immer durch die Maschen des Gesetzes zu schlüpfen. Wir waren ihm manchmal dicht auf den Fersen, dann wurde er wie unsichtbar. Sein Markenzeichen schwarzer Hut und Lederjacke waren eigentlich nur ein Mittel, dann sichtbar zu sein, wenn er es wollte. Wenn er sich in der Nähe junger Drogensüchtiger aufhielt und er ergriffen wurde, konnte ihm Dealerei nicht nachgewiesen werden. Er hatte nie Drogen bei sich, obwohl wir hundertprozentig sicher waren, dass er seine Hände mit im Spiel hatte, wenn es darum ging, Abhängige zu versorgen oder neue Abhängige zu schaffen.«

»Hatte er Feinde?«

»Nun, er war ein Einzelkämpfer. Er hat sich nicht gerne auf andere verlassen. Er verkehrte zwar in einer bestimmten Bar, in denen das Drogen- und Prostitutionsmilieu verkehrte, bewegte sich dort aber ziemlich unauffällig. Er beobachtete nur sehr aufmerksam. Ein Undercover, der nichts Auffälliges herausfinden konnte, womit man ihn hätte festnageln können, meinte, dass er auf diese Art wohl sein Feld absteckte.«

»Das Bild, das Sie zeichnen, überrascht mich eigentlich nicht«, sagt Yvonne nachdenklich. »Was mich noch interessiert. Soviel wir herausgefunden haben, hatte er mit Drogenhandel seit einiger Zeit nichts mehr am Hut. Können Sie das bestätigen?«

»Das ist schwierig zu sagen, da wir ja, wie ich erklärte, ihm nie etwas nachweisen konnten, nicht einmal
dann, als dieser siebzehnjährige Junge, Felix Zeindl,
durch eine Überdosis starb.«

»Sie meinen Georg Zeindls Sohn?«, hakt Yvonne
nach.

»Ja, genau der Zeindl. Ein guter Polizist, der ja jetzt
bei euch arbeitet, den wir eigentlich ungern gehen ließen. Ja, und diese Sache mit seinem Sohn gab damals ja
einen richtigen Aufruhr. Wir waren hundertprozentig
sicher, dass Lachenmeier damit etwas zu tun hatte.
Andere Jugendliche hatten bestätigt, dass sie den Jungen schon zusammen mit Lachenmeier gesehen hatten.
Es gab aber nie einen schlagenden Beweis, dass Lachenmeier ihn auch mit Drogen versorgte. Das war
eine richtige Tragödie kann ich Ihnen sagen. Georg
Zeindl war außer sich. Zur Trauer kam grenzenlose
Wut.«

»Aha. Hm. Gibt es sonst noch etwas?«

»Das ist eigentlich alles. Mehr gibt's über diesen Lachenmeier nicht zu sagen.«

»Dann bedanke ich mich für Ihre Auskunft. Sie haben mir sehr geholfen.«

Als Yvonne den Hörer aufgelegt hatte, bleibt sie eine Weile nachdenklich sitzen. ›Warum hatte Georg nie
erzählt, dass er diesen Lachenmeier schon von Zürich her
kannte? Von Anfang an, hatte er sich nie etwas anmerken
lassen. Ihm sind doch sicher alle Warnlampen angegangen,
als von einem Mann mit Hut und Jacke die Rede war. Wäre
das seine persönliche Rache gewesen, diesen Lachenmeier
endlich hinter Gitter zu sehen? Kann es sein, dass er gar
nicht wollte, dass der Kerl als unschuldig entlassen wurde?‹
Jetzt wird es Yvonne erst richtig bewusst, wie Georg

zufrieden war, als man Lachenmeier gefasst hatte und wie enttäuscht er sich zeigte, als dieser wieder frei gelassen wurde.

Sie erschrickt, als das Telefon erneut klingelt. Es ist Urs, ihr Mitarbeiter, der noch am Freitag zuvor nach Zürich reiste, um im einschlägigen Milieu etwas über Lachenmeier in Erfahrung zu bringen.

»Oh, hallo Urs. Wo bist du gerade?«

»Ich sitze im Zug und bin in einer halben Stunde in Liestal.«

»Ah, gut. Und, was gibt's? Kannst du zusammenfassend schon etwas sagen?«, fragt Yvonne neugierig.

»Ja, eine ganze Menge. Also ich habe mich in der Szene mal versucht umzuhören. Doch die Leute dort waren natürlich nicht sehr gesprächig. Sie ließen sich auf keine Fragen von mir ein. Aber Freddy, der Barkeeper, ließ schließlich mit sich reden. Der sagte, dass Erich, also der Lachenmeier, als ruhiger, cleverer Zeitgenosse galt. Er ließ sich mit niemandem in der Szene richtig ein, dennoch war er unverbindlich freundlich und man zollte ihm Respekt. Seine Lieblingsbeschäftigung jedoch war, zu beobachten. Er schien die Leute zu studieren. Seinen Hut legte er nie ab, wenn er da war. Die Leute spekulierten schon darüber, ob er mit seinem Hut wohl auch schlief. Einen einzigen echten Kumpel, mit dem er etwas enger verkehrte, schien er hier jedoch gehabt zu haben. Das war Victor. Doch der ist, nachdem Erich nicht mehr in Zürich war, ebenso nicht mehr aufgekreuzt. Als ich Freddy fragte, ob Erich mit Drogen handelte, sagte der nur, dass er, sollte er je mit Drogen gehandelt haben, es sehr diskret tat. Man konnte immer nur mutmaßen, beobachtet hatte ihn jedoch nie jemand. Freddy glaubte, dass Erich zwei

Persönlichkeiten verkörperte: die eine war der Erich mit Hut und die andere, der verwandelte Erich, war die ohne Hut. Das sei aber nur eine Vermutung, weil man ihn einfach nie ohne Hut sah, oder man glaubte zumindest, ihn nicht gesehen zu haben. Freddy nämlich war der Meinung, dass man ihn einfach nur nicht erkannte. Diese Aussage bestätigt zumindest auch meine Vermutung. Ein richtiges Problem bekam er aber vor über einem Jahr, als dieser Siebzehnjährige an einer Überdosis starb. Freunde dieses Jungen sagten aus, dass sie ihn des Öfteren mit Erich zusammen gesehen hatten.«

»Mit dem Erich mit Hut oder mit dem ohne Hut?«

»Das ist eine gute Frage. Vermutlich mit Hut, weil man ihn nur damit erkannte. Auf jeden Fall, vor dem Tod des Jungen, wurde Erich mit Hut schon einmal geschnappt, und da konnte ihm nichts nachgewiesen werden. Also ließ man ihn wieder laufen. Kurz später starb dieser Felix, übrigens Georgs Sohn, an einer Überdosis. Erich wurde erneut von der Polizei aufgegriffen, und wieder mussten sie ihn laufen lassen. Er war sich seiner Sache wohl ziemlich sicher. Er soll bei der Polizei gesagt haben, ob sie wohl glauben, er sei so blöd und ließe sich fassen, wenn er wirklich etwas damit zu tun gehabt hätte. Er habe eine saubere Weste und müsse sich deshalb nicht verstecken. Dann gab es einen Zwischenfall in der Bar, als Georg auf ihn los ging und ihn am Kragen packte und sagte, ›dich Schwein kriege ich noch, das verspreche ich dir, so wahr ich Georg Zeindl heiße‹. Erich soll sich nicht geregt, nichts gesagt haben, und als Georg den Erich wieder los ließ, soll dieser sich nur mit dem Handrücken seine Klamotten abgewischt haben, so als wolle er demonstrieren, Georgs Spuren zu beseitigen. Dann stellte er den Kragen seiner Jacke und wandte sich ab. Georg verließ, schon dieser unverschämten Geste wegen, wutschnaubend die Bar. Freddy meinte, dass Georg wohl den falschen Lachenmeier erwischt habe, den nämlich mit Hut. Er hätte wachsamer sein und ihn ohne Hut erwischen sollen.«

»Glaubt man also in der Bar, dass dieser Lachenmeier mit dem Tod dieses Jungen zu tun hatte?«

»Ich denke schon. Ich denke, jeder wusste es. Keiner hätte aber je etwas darüber gesagt. Da hackt keine Krähe einer anderen ein Auge aus. Und ich komme halt wieder darauf zurück: er war ein ruhiger, beobachtender und cleverer Zeitgenosse.«

»Hat dieser Freddy eine Ahnung, warum Lachenmeier ausgerechnet nach Basel kam?«

»Nun, er war schon früher immer wieder mal in Basel. Vermutlich hatte er dort erst einmal nur seinen Wirkungskreis abgesteckt. Es gab Leute, die behaupteten, er habe in Basel *das* Geschäft entdeckt. Irgendwann, etwa vor einem Dreivierteljahr, hat man ihn nur noch sporadisch in Zürich gesehen, und bald blieb er ganz weg. Zumindest sah man ihn dann nicht mehr.«

»Gut Urs. Dein gezeichnetes Bild und die Erklärungen des Kollegen in Zürich runden einander gut ab. Jetzt habe ich zumindest von Lachenmeier ein klares Bild. Allerdings die Frage, wonach wir eigentlich suchten, und zwar die nach Erzfeinden in der Szene, die gar seinen Tod gewünscht haben könnten, bleibt offen.« Yvonne schweigt einen Moment nachdenklich ›außer eben Georg, dessen Sohn er wahrscheinlich auf dem Gewissen hatte … sofern dieser Lachenmeier überhaupt so etwas wie ein Gewissen besaß‹.

»Okay, Urs. Danke. Wir sehen uns ja gleich«, sagt sie abschließend. Wieder einmal bleibt eine nachdenkliche Yvonne zurück. Sie sieht plötzlich Maurice' Augen vor sich, als er erklärte, wie der kleinere der Täter schaute. ›So hatte der geschaut‹, hatte er gesagt, während er einen starren Blick aufsetzte. Dann schüttelt sie energisch ihren Kopf, als wolle sie diesen schrecklichen Gedanken abschütteln. Georg ist zu solcher Grausamkeit nicht fähig, das konnte man an seinen Reaktionen erkennen. Er schien von dieser Brutalität förmlich angewidert. Und außerdem trägt er sein schon ziemlich ergrautes Haar sehr kurz, hat weder Locken noch Schnauzbart.

16

Norman, der seinen Urlaub noch um zwei Tage verlängerte, hatte seinen Sohn vom Krankenhaus abgeholt und kehrt eben zusammen mit ihm nach Hause zurück. Er öffnet die Tür und Maurice kommt aus dem Staunen nicht mehr heraus. Girlanden wurden aufgehängt. Eine Girlande quer zum Eingang trägt die Buchstaben ›*Herzlich Willkommen Maurice*‹. Auf dem gedeckten Tisch steht ein herrlicher Schokoladekuchen. Mit den entzündeten Kerzen erhält das Ganze eine feierliche Atmosphäre. Maurice' Augen leuchten und die beiden Mädels stürmen freudig auf ihn zu. Man sieht an der ungestümen Umarmung, wie sehr sie ihren Bruder vermisst hatten.

»Langsam ihr beiden, ihr werft ihn ja um!«, versucht Andrea auf die Kinder Einfluss zu nehmen. »Bitte denkt daran, Maurice braucht noch viel Ruhe. Er muss erst ganz gesund werden, bis er wieder richtig mit euch herumtollen kann.«

Die Warnung bleibt ungehört, denn das Geschnatter der Mädchen übertönt alles. Endlich, nachdem einigermaßen Ruhe eingekehrt war, sitzen sie alle um den Tisch, um Maurice' Heimkehr zu feiern. Während die Mädchen erzählen, was sie alles während Maurice' Abwesenheit erlebt hatten, schaut Norman Andrea mit vielsagendem Blick an. Ihre Blicke treffen sich und sie scheinen sich gegenseitig zu sagen ›*Alles wird gut*‹.

Doch beide sind sich bewusst, dass es einiger Zeit und Geduld bedarf, bis alle Geschehnisse der vergangenen Monate und Tage verwunden sein würden. Auch das Warten darauf, ob Laura sich mit der Spritze auf dem Spielplatz hoffentlich nichts Schlimmes eingefangen hatte, würde noch eine zermürbende Belastungsprobe bleiben.

Maurice erholt sich zusehends. Die Spuren der Gewalteinwirkung sind kaum mehr sichtbar und auch die Gehirnerschütterung scheint er ziemlich gut überstanden zu haben.

Andrea und Norman sind froh, dass der Junge trotz seiner schlimmen Erlebnisse psychisch stabil geblieben ist und nicht von Albträumen heimgesucht wird. Er ist zwar immer noch sehr ruhig, wie er es auch schon vor dem schlimmen Erlebnis war, wirkt aber entspannter, vor allen Dingen im Gespräch mit seiner neuen Mama. Er scheint langsam aber sicher Vertrauen zu ihr zu schöpfen. Andrea nutzt für die Annäherung natürlich intensiv die ruhige Zeit, in der die Mädchen im Kindergarten sind, während Maurice wegen der erlittenen Gehirnerschütterung noch nicht zur Schule darf.

Diese Ruhe ist jetzt, da Norman tagsüber wieder geschäftlich abwesend ist, für Andrea sehr wichtig. Auch sie wirkt sichtlich entspannter, obwohl es in ihrem Innern noch immer schmerzt, besonders dann, wenn sie täglich mit dem Foto in Maurice' Zimmer konfrontiert wird. Den sensiblen, feinfühligen Maurice selbst, hatte sie inzwischen ins Herz geschlossen. Als sie einmal zum Bettenmachen in seinem Zimmer vor dem Bild stand trat der Junge leise hinter sie und fragte: »Es tut dir sehr weh, nicht wahr?«

Sie wandte sich zu ihm herum. Sie war so gerührt von dieser Art, wie Maurice sprach. Sie nickte und Tränen traten in ihre Augen.

»Du hast meinen Papa schon gekannt, bevor er meine Mama kennengelernt hatte. Stimmt's?«

»Ja«, sagte sie leise und nahm den Jungen in den Arm.

Eigentlich hätte sie ja allen Grund gehabt, zufrieden zu sein, weil sich die Situation so wunderbar beruhigt hatte. Dennoch fühlt sie immer und immer wieder diesen Schmerz in sich. Auch wirkt noch immer der Inhalt des Briefes von Nathalie in ihr nach. Obwohl sie sich dagegen wehrt, fühlt sie sich Nathalie gegenüber minderwertig, auch wenn Norman ihr bisher absolut nie Anlass für dieses Gefühl gab. Oft sitzt sie in Gedanken versunken da, um sich gleich darauf selbst zu schelten, weil sie sich in einer geradezu masochistischen Art selbst quält.

Gerade ist wieder ein solcher Moment gekommen, da sie sich diesen Gedanken zensurlos hingibt, als das Telefon sie aus ihrer Grübelei herausschreckt und ihren Herzschlag abrupt beschleunigt. Sie meldet sich mit schwacher Stimme.

»Hej, Andrea, was ist los?«, hört sie Kerstin sagen, die ein sehr gutes Gespür für die Gefühlswelt ihrer jüngeren Schwester hat.

»Ach du, es ist nichts los. Wirklich nicht. Ich war in Gedanken und bin dann einfach nur erschrocken, als das Telefon klingelte«, versucht Andrea, Kerstins Besorgnis als unbegründet abzutun.

»Wirklich? Ich kenn dich doch. Wenn du in Gedanken versunken bist, dann hast du einen triftigen Grund.

Dann ist etwas im Busch. Eigentlich wollte ich hören, dass es dir gut geht. Wollte wissen, wie es Maurice geht. Ja, und schließlich wollte ich wissen, ob ihr euch vertragt. Ich möchte so gerne glauben, dass es überstanden ist und ich den Fall ›Ehepaar Falcon‹ ad acta legen kann.«

»Das kannst du auch. Ich habe Frieden mit der Situation geschlossen. Maurice werde ich nie mehr einen Grund bieten, ausbüxen zu müssen. Das ist beschlossene Sache, mit mir selbst, mit Norman und vor allen Dingen mit Maurice. Aber du weißt ja selbst, dass die Umsetzung guter Vorsätze seine Zeit braucht. Wunden müssen heilen und je tiefer sie sitzen, desto länger brauchen sie. Auch bei Maurice, nicht nur bei mir. Und wahrscheinlich auch bei Norman. Aber glaube mir Kerstin, wir werden es schaffen. Wir sind auf dem besten Weg dazu. Die Situation ist schon jetzt sehr entspannt. Maurice hat Vertrauen zu mir gefasst. Ich gebe mich viel mit ihm ab. Du siehst also, dass du dir wirklich keine Sorgen mehr zu machen brauchst.« Sie atmet tief ein und wieder aus und gibt schließlich einschränkend zu, dass eine hundertprozentige Heilung dann erfolgt sein würde, wenn sie beim Anblick von Nathalies Bild, ohne das nagende Gefühl von Minderwertigkeit in sich zu spüren, innerlich gelassen bleiben könne. Auf jeden Fall, hege sie keinen Groll und keine Wut mehr.

»Aha, und als ich anrief, standst du gerade mal wieder vor dem Foto«, sagt Kerstin folgerichtig.

»Ja, so ähnlich. Ich war in Gedanken. Ich habe eben nicht immer die totale Kontrolle über meine Gedanken, die sich manchmal halt aufdrängen. Aber, Kerstin, du kannst wirklich unbesorgt sein, ich schaffe es … *wir* schaffen es. Es gibt keinen Grund, unglücklich zu sein … wirklich … für niemanden von uns.«

»Na dann bin ich beruhigt. Aber sag, gibt es schon Näheres zu den Tätern? Ist es tatsächlich so, dass es zum Fall Maurice und dem Ermordeten in Biel-Benken eine Verbindung gibt?«

»Ja, das ist offensichtlich so. Maurice' Aussagen waren unwiderprüchlich klar. Jetzt müssen die Täter nur noch gefunden werden«, bestätigt Andrea.

»Dann passt aber gut auf den Jungen auf. Wenn der oder besser die Täter erfahren, dass es einen Belastungszeugen gibt, werden sie alles daran setzen, diesen auszuschalten«, beschwört Kerstin ihre Schwester.

»Ja, das ist uns klar. Im Moment ist Maurice ja noch zu Hause. Sobald er wieder in die Schule gehen wird, werde ich ihn persönlich hinbringen und wieder abholen.«

»Okay meine Liebe. Wir hoffen das Beste. Bitte halte mich auf dem Laufenden.«

»Klar, mache ich.«

»Ach ja, Andrea, was ich noch sagen wollte. Ich freue mich, dass du und Norman wieder das seid, wofür ich euch immer hielt: das ideale Vorzeige-Ehepaar. Es hätte auch mich traurig gemacht, wenn ihr euch getrennt hättet.« Sie lächelt nochmals Mut machend, bevor sie auflegt.

Kaum, dass Andrea aufgelegt hatte, klingelt das Telefon erneut. Bevor sie abnimmt wirft sie einen kurzen Blick durchs Fenster auf den Garten. Dort sitzt Maurice in einem Liegestuhl in sein Buch ›Les secrets de l'ancien monde‹ vertieft. Sie lächelt und nimmt anschließend das Telefon ab.

»Oh, hallo Yvonne. Gibt es etwas Neues?«

»Jeden Tag etwas mehr. Wir kommen Stück für Stück voran, das heißt ein Puzzlestück legt sich neben das andere. Bis wir aber ein ganzes Puzzlebild zusammengefügt haben werden, braucht's noch dies und das. Tja, und deswegen rufe ich dich an. Ich brauche nochmals Maurice' Hilfe. Er ist der wichtigste Zeuge im Mordfall Lachenmeier, und wie wir ja mittlerweile wissen, könnte dabei gleichzeitig noch der Fall von vorigem Jahr gelöst werden. Meinst du, ihr könntet heute Nachmittag zu uns nach Liestal kommen, damit wir die Verbrecherkartei mal durchgehen könnten? ... Oder hast du etwas vor?«

»Hm, heute geht es schlecht. Ich kann für die Mädels so kurzfristig nichts organisieren. Aber was hältst du davon, wenn ich mit Maurice morgen Vormittag, sobald die beiden im Kinsgi[16] sind, zu dir nach Liestal käme?«

»Gerne. Das wäre super. Im Anschluss werde ich eigens für Maurice eine kleine Führung machen. Wann würdet ihr kommen?«

»Ich schlage vor so um halb zehn Uhr. Ist das gut für dich?«

»Absolut. Bestens.«

»Das Angebot mit der Führung finde ich klasse. Das wird Maurice gefallen. Dann bis morgen.«

*

Andrea hatte eine befreundete Nachbarin gebeten, sollte sie selbst sich verspäten, die Mädchen vom Kindergarten mitzunehmen, wenn diese ihren Sohn abholt. Die Nachbarin hatte auch angeboten, dass die Kinder

---

[16] schweizerische Abkürzung für Kindergarten

bei ihr essen könnten, so dass Andrea sich nicht abzuhetzen bräuchte. Dieses willkommene Angebot nahm sie natürlich gerne an. Ihre Mädels hatte sie ebenfalls informiert und die freuten sich, mit ihrem Gschpänli[17) nach Hause gehen zu dürfen.

Punkt halb zehn steht Andrea mit Maurice im Büro von Yvonnes Sekretärin. Vreni blickt von ihrer Arbeit auf und begrüßt die Eingetretenen freundlich. »Grüezi Frau Falcon. Salut Maurice. Sie können gerade durchgehen, Frau Mäder erwartet Sie schon. Möchten Sie gerne einen Kaffee Frau Falcon?«

»Ja, gerne.«

»Und du Maurice? Ich habe Apfelsaft, Sprudel oder Orangensaft da.«

»Gerne auch einen Kaffee«, antwortet Maurice höflich.

Vreni zieht eine Augenbraue hoch, was ihrem Gesicht einen durch diesen ungewöhnlichen Kindeswunsch ausgelösten überraschten Ausdruck verleiht, und lächelt: »Sehr wohl. Noch einen Kaffee für den jungen Mann. Kommt gleich.« Dabei wirft sie Andrea einen kurzen nachfragenden Blick zu, um sich ihres Einverständnisses dazu zu vergewissern.

Doch auch Andrea schmunzelt und erklärt: »Ja, unser Sohn liebt den Kaffee, wie wir ihn in der Schweiz zubereiten. Gottlob übertreibt er es nicht mit dem Kaffeekonsum.« Sie lächelt Maurice liebevoll an. Der beantwortet dieses Lächeln, zusätzlich mit einem Augenzwinkern.

[17) schweizerisch für Kamerad

»Ah, da seid ihr ja«, begrüßt Yvonne die beiden freudig. Nach einem kurzen Austausch von alltäglichem freundlichem Geplänkel, kommt Yvonne gleich zur Sache. »Maurice, schau mal hier im Computer habe ich eine Menge Leute drin, die irgendwann einmal straffällig wurden. Du sagtest, dass der größere der beiden Täter einen türkischen Akzent hatte.«

Maurice nickt.

»Sprach er gebrochen, ähm, sagen wir mal … ähm … unverständlich, so dass man kaum etwas verstehen konnte?«

»Nein, sein Deutsch war sehr gut. Es war nur einfach etwas anders, als zum Beispiel bei dem anderen.«

»Also, wie jemand, der schon lange hier lebt, dessen Herkunft man aber immer noch etwas heraushören kann?«

»Ja, genau so«, bestätigt Maurice.

»Gut. Siehst du, ich habe hier in meiner Kartei einen Filter, das heißt ich habe dem Computer das Kriterium ›türkischstämmige Straftäter‹ eingegeben und er suchte mir alle raus. Somit habe ich eine überschaubare Menge. Sag mir, ob du einen als den Täter in der Tiefgarage identifizieren kannst.«

Maurice betrachtet jedes Bild. Während er bei manchen sehr schnell darüber hinweggeht, verweilt er bei anderen etwas länger. Doch immer wieder schüttelt er den Kopf. Als er alle durchhat, hebt er seine Augen zu Yvonne, schüttelt den Kopf. »Da ist keiner von denen der Mann, der mich im Parkhaus zusammenschlug.«

»Bist du ganz sicher, oder erinnerst du dich nicht mehr so genau?«

»Ganz sicher. Vielleicht sehen sie sich ein bisschen ähnlich, aber mehr nicht.«

»Okay, da kann man nichts machen«, lächelt Yvonne, »wir wollen ja schließlich niemanden verdächtigen, der nichts angestellt hat.«

»Jetzt zum zweiten Täter. Das ist jetzt etwas schwieriger. Du sagtest, dass dessen Haare nicht so dunkel waren, wie die des Türken. Dann erinnere ich mich, dass du etwas zu dessen Augen sagtest. Er habe komisch geschaut.«

Maurice nickt und, als hätte man ihn aufgefordert, wiederholt er den starren Blick, wie beim ersten Verhör.

»Die Augen waren also weit aufgerissen ... man könnte also sagen, er hatte einen stechenden Blick«, versucht Yvonne diese Aussage zu präzisieren.

Maurice schaut zuerst zu Andrea, dann wieder zu Yvonne

... dann hebt er unsicher geworden die Schultern. Er zögert.

»Gut, Maurice, ich möchte dich da jetzt nicht festnageln. Wenn er seine Augen aufgerissen hatte, ist es durchaus möglich, dass er erschrocken war, weil er dich plötzlich entdeckte. Ich glaube, das ginge jedem so, der gerade dabei ist, etwas Böses zu tun und dabei feststellt, dass er beobachtet wird. Gehen wir also lieber nochmals zu seiner Haarfarbe. Waren sie hellblond, mittelblond, rot oder braun?«

Wieder überlegt Maurice. Das Bestimmen einer Haarfarbe, wenn sie nicht gerade weißblond oder blauschwarz ist, ist gar nicht so einfach. Er schaute sich um, um Vergleichsfarben zu finden. Es war nicht so rotbraun, wie das von Andrea, es war auch nicht so brünette wie das von Yvonne. Er blickt aus dem Fenster.

»Da, so war die Farbe«, ruft er ganz plötzlich und zeigt auf einen vorbeifahrenden Langholztransporter.

»Du meinst die Farbe des Holzes?«

Maurice nickt.

»Aha, die Farbe ist von ... na, was ist das für ein Stamm?«, stellt Yvonne die Frage mehr an sich, um auch gleich die Antwort selbst zu geben, »es könnten Buchen sein. Was meinst du Andrea? Sieht aus wie Buchen.«

»Also, nehmen wir mal das Kriterium ›aschfarbenes Hellbraun bis Mittelbraun‹. Einen Schnurrbart hatte er auch noch, wenn ich mich an das erste Interview noch recht erinnere. Und er war nicht sehr groß. War die Farbe seiner Augen hell? «

Maurice nickt wieder und sagt schließlich: »Die Farbe seiner Augen kann ich nicht nennen. Es war eigentlich keine Farbe.«

Es geht eine Weile, bis der Computer seine Auswahl getroffen hatte, und dann brachte er eine ganze Menge möglicher Individuen, auf die die Kriterien ungefähr passten.

»Diese Kriterien haben in unseren Breitengraten natürlich viele Menschen. Es wird nicht einfach sein. Also Maurice, wollen wir es probieren?«

Maurice nickt und wieder vergeht eine geraume Zeit ... er blättert und blättert, bis er nicht mehr kann.

»Machen wir eine Pause und trinken mal etwas.« Doch auch die zweite Runde nach der Pause bringt kein zufriedenstellendes Ergebnis.

»Okay Maurice. Du hast genug gearbeitet. Jetzt lass uns zum angenehmen Teil des heutigen Tages übergehen«, schlägt Yvonne vor, auch wenn sie etwas enttäuscht ist, weil sie sehr auf dieses Treffen setzte. Sie erhoffte sich nämlich klare Hinweise auf die Täter.

Indes Maurice' Augen strahlen. Er freut sich richtig auf die Führung, von der Andrea ihm schon vorab berichtete.

»Zuerst gehen wir zur Einsatzzentrale, wo Notrufe entgegengenommen und bearbeitet werden.«

Maurice lauscht gebannt den Ausführungen. Der emsige Betrieb fasziniert ihn.

»Als nächstes gehen wir ins Museum. Dazu müssen wir zur Gutsmatte. Dort steht unser Neubau, in den wir nächstes Jahr einziehen werden. Doch unser Museum ist schon im fertiggestellten Teil des neuen Gebäudes untergebracht und du wirst sehen, es ist ein richtig tolles Museum.«

Als Einführung bekommen sie einen Film über die Kantonspolizei und ihre Spezialeinheiten vorgeführt.

»Hättet ihr gedacht, dass die Polizei Basel-Landschaft eine Hundestaffel ›Sirius‹ und Sondereinheiten wie die ›Orca‹ für die Einsatztaucher oder ›Taifun‹ für die Einsatzbootsführer des Polizeibootes in ihren Reihen hat?«, fragt Yvonne ihre Gäste, nachdem diese den Film fasziniert verfolgt hatten. Anschließend führt sie beide durch das interessante Museum der Polizei. In den Vitrinen gibt es echte Raritäten zu sehen, wie zum Beispiel Original-Polizeifotos, alte Polizeischilder, Uniformen, Knochen und zu guter Letzt aktuelle Fotos aller Mitarbeitenden. Maurice betrachtet das Poster mit den Fotos und schlägt erschreckt beide Hände vor seinen Mund. Ein unterdrückter Schreckenslaut entfährt ihm.

»Was ist?«, fragen Andrea und Yvonne wie aus einem Munde. Maurice deutet auf eine Person und mit vibrierender Stimme sagt er: »Das da, das ist er.«

»Wer ist was?«, fragt Yvonne und legt einen Arm um Maurice' Schultern.

»Das war der eine, der kleinere, im Parkhaus.«

Yvonne zeigt auf Georg Zeindl und fragt ungläubig: »Der da?« Maurice nickt.

»Aber der hier auf dem Bild hat doch graue Haare, keine Locken und vor allen Dingen keinen Schnauz.«

»Ja, schon, aber seine Augen. Seine Augen. Die kann ich nie mehr vergessen. So wie der geschaut hat«, erklärt Maurice.

»Sag mal. Hat der denn auch etwas gesagt in der Nacht?«, will Yvonne wissen.

»Ja. Hat er, aber nicht viel.«

»Kannst du dich erinnern, was er sagte?«

»Ähm …«, Maurice grübelt. »Er sagte so etwas Ähnliches wie, dass der andere nicht so viel reden soll und … und … er will es schnell hinter sich bringen. Er hat Angst, dass jemand kommen könnte und er will keine Zeugen. Ja, so ähnlich hat er es gesagt.«

»Hm«, Yvonne reibt sich ihr Kinn und Andrea schaut sie nur verblüfft an.

»Sag mal Maurice, glaubst du, du würdest die Stimme wieder erkennen?«

»Ich glaube schon.«

Yvonne überlegt einen Moment und sagt dann: »Ich habe eine Idee. Wir machen das so. Ich rufe den Kollegen an, stelle ihm Fragen und du passt gut auf, ob du die Stimme erkennst. Du kannst dir Zeit lassen. Ich verwickle ihn lange genug in ein Gespräch. Ist das okay?«

Maurice nickt und Yvonne wählt Georgs Nummer. Es geht auch nicht lange bis er abnimmt.

»Hallo Georg«, begrüßt Yvonne ihn, »mir ist nach den Informationen, die ich vom Kollegen in Zürich und von Urs erhielt so einiges durch den Kopf gegangen. Es gibt da einige Dinge, die ich nicht begreife. Möglicherweise kannst du mir da weiterhelfen. Vielleicht gibt es ja auch ganz einfache Erklärungen …«

»Ja gerne, wenn ich dir helfen kann. Worum geht es denn?«

Maurice reißt vielsagend seine Augen auf.

»Na ja, mich wundert einfach, warum du mir nie gesagt hattest, dass du diesen Lachenmeier kanntest. Ich hatte dich doch ausdrücklich danach gefragt.«

»Ich kannte ihn ja nicht wirklich. Wir hatten ihn damals wegen eines Verdachts mehrmals verhört, mussten ihn aber jedes Mal wieder laufen lassen, weil sich der Verdacht nie erhärtete. Es ging dabei um Dealerei. Ihm konnte Drogenhandel einfach nie nachgewiesen werden.«

Dieses Mal nickt Maurice ganz klar. Es ist die Stimme, die er in der Tiefgarage hörte.

»Aber nach Aussage eines Barkeepers der Szenenknille in Zürich hattest du Lachenmeier am Kragen gepackt … das heißt also, dass du ihm Aug in Aug gegenübergestanden hattest. Du sagtest aber, dass du ihn nicht kennst«, hakt Yvonne nach.

Sie hört, wie Georg geräuschvoll ausatmet.

Um keinen Verdacht zu erwecken, fährt Yvonne mit ruhiger Stimme weiter: »Das hättest du mir aber sagen müssen, das ist dir doch klar. Aber stattdessen hattest du dich so verhalten, als hättest du den Namen Erich Lachenmeier nie zuvor gehört.«

»Das tut mir leid Yvonne. Ja, du hast recht, ich hätte etwas sagen müssen. Es ist mir einfach nicht in den Sinn gekommen. Sorry.«

»Ja, ich verstehe«, antwortet sie Verständnis heuchelnd. »Was mich aber zusätzlich sehr nachdenklich macht, dass gemäß den Recherchen, die Urs anstellte, damals der Verdacht aufkam, Lachenmeier habe etwas mit dem Tod deines Sohnes zu tun gehabt.«

Wenn Georg Yvonne jetzt gegenüber gesessen hätte, hätte sie gesehen, wie ihm die Schweißperlen auf die Stirn traten. Er schluckt, versucht sich zu beruhigen: ›Ganz ruhig, ganz ruhig. Klaren Kopf bewahren, nichts anmerken lassen. Du hast alles im Griff. Ganz ruhig‹, und sagt schließlich: »Der Verdacht bestand, ja, aber er hatte sich nicht erhärtet … ich hatte aber trotzdem nie daran gezweifelt, dass er meinen Sohn auf dem Gewissen hatte. Deswegen kam es ja zum Zwischenfall, dass ich ihn am Kragen packte.«

Georg fühlt sich in die Enge getrieben und fährt mit einer anderen Rechtfertigung auf. »Sorry Yvonne, es war einfach so, dass ich die Vergangenheit in meinem Gehirn auslöschen wollte. Ich wollte nicht mehr an den Tod meines Sohnes erinnert werden. Deshalb habe ich darüber auch nie gesprochen. Ich konnte nicht.«

»Ja, ja, klar, ich verstehe. Das war ja auch der Grund, warum du versetzt wurdest, damit du Distanz gewinnen konntest.«

Yvonne macht eine kurze Pause, während sie Maurice genau mustert. »Georg komm doch bitte in mein Büro. Ich bin gerade noch unterwegs … sagen wir, so in einer halben Stunde?«

»Ich werde da sein.«

Yvonne wirkt geknickt, als sie den Hörer auflegt. Die Geschichte geht ihr ganz schön an die Nieren. Georg, an den sie sich in einem Jahr allmählich gewöhnt hatte, den sie als guten Polizisten kennen- und schätzengelernt hatte, wurde von einem Kind der Mittäterschaft bei einem Mord bezichtigt. Das zu verdauen wird ihr schwerfallen.

Auch Maurice wirkt ergriffen, denn er spürt, wie Yvonne an diesem Verdacht schwer zu knappern hat. Er hat mittlerweile aus eigenem Erleben darin Erfahrung, die Betroffenheit enttäuschter Menschen zu fühlen.

Yvonne bemerkt natürlich Maurice' Bedrücktheit und gibt sich einen Ruck. »Alles klar Maurice?«, fragt sie mit einem dünnen Lächeln.

Maurice nickt fast ein bisschen schuldbewusst.

»Du hast alles richtig gemacht mein Junge. Ich habe noch nie ein Kind erlebt, das so präzise Aussagen machen konnte … und … na ja, du hast uns sehr geholfen. Ich danke dir.«

Jetzt lächelt auch Maurice und bedankt sich seinerseits für die tolle Führung. Dann verabschieden sie sich voneinander und Yvonne macht sich auf in Richtung Büro. ›Verdammt, verdammt‹, denkt sie, ›warum muss ich das erleben. Verdammt.‹

Georg sitzt ihr gegenüber und sie mustert ihn.

»Ich werde unser Gespräch mitschneiden«, sagt sie und betätigt den Knopf des Aufnahmegeräts. Dann aber herrscht erst einmal eine unangenehme Stille. Georg ist sich sehr wohl bewusst, was ein Mitschnitt bei einem Gespräch bedeutet. Jetzt, da er sie in Erwartung des nun folgenden Gesprächs schweigsam anschaut, wird Yvonne seit langem der stechende Blick, der sie von Anfang an verwirrt hatte, wieder stärker bewusst. ›*Erstaunlich, wie man sich allmählich an alles gewöhnt, auch an diesen stechenden Blick, der alles zu durchdringen scheint*‹, denkt sie.

»Yvonne, ich gebe zu«, beginnt Georg, der die Stille nicht mehr aushält, »ich habe einen Fehler gemacht. Ich hätte wissen müssen, dass Urs darauf stoßen würde. Ich hätte etwas sagen müssen, bevor dich die ganzen Rechercheergebnisse erreichten.«

»Da gibt es noch etwas anderes, Georg«, antwortet Yvonne erschöpft. »Ich habe heute nochmals mit unserem einzigen Zeugen jener Nacht in der Tiefgarage gesprochen.«

Georgs Gesicht verliert jede Farbe. Er sitzt aufrecht da und starrt seine Chefin bewegungslos an, als sie mit einer schonungslosen Frage weiterfährt: »Besitzt du eine hellbraune Perücke und Schnauzbart?«

Georgs starre Haltung verliert sich, als er entmachtet die zuvor krampfhaft angespannten Schultern fallen lässt. Er senkt seinen Blick. Yvonne wertet diese Körperhaltung als klare Antwort auf ihre Frage. Eine Antwort ohne Worte.

»Geht dieser Reto Wyss auch auf dein Konto ... dein und das deines Komplizen?«, fragt sie erbarmungslos weiter. Die Enttäuschung kann man ihrem Gesicht ablesen. Georg schweigt. »Ja, du brauchst mir nicht zu antworten. Ich weiß jetzt, warum du dich damals am Tatort von diesem Reto so stümperhaft verhalten hattest. Du wolltest ganz einfach Spuren verwischen. Wahrscheinlich seid ihr etwas zu leichtsinnig gewesen beim Spurenhinterlassen. So fiel es nicht auf, dass deine Fußspuren sich mit den anderen vermischten ...

aber warum, Georg, warum? Und warum diese Folter?«

»Der Lachenmeier hat meinen Sohn auf dem Gewissen. Mit dem Tod meines Sohnes, habe auch ich aufgehört zu leben«, bekennt er, »und die Folter, die war nicht meine Sache. Die hatte der … ähm … wie du ja herausbekommen hattest, der Türke gewollt. Der hat halt eine sadistische Ader, die ich nie mit ihm teilte. Aber wir sind beide gleichermaßen Geschädigte und deshalb haben wir auch gemeinsame Sache gemacht. Dass er den Jungen im Parkhaus zusammengeschlagen hatte, war nicht in meinem Sinn. Ich hatte gelitten wie ein Hund, weil ich glaubte, dass das Kind tot war. Und ich war erleichtert, als du erzähltest, dass der Junge überlebt hatte. Mir fiel ein Felsbrocken vom Herzen.«

»Siehst du es immer noch so … ich meine, ist es immer noch eine Erleichterung für dich, jetzt nachdem der Junge dir zum Verhängnis wurde?«

»Ja. Der Junge war nicht eingeplant. Es war unser Risiko. Auf jeden Fall wollte ich kein unschuldiges Opfer. Damit hätte ich noch weniger leben können. Schließlich habe ich einen Sohn verloren und weiß, was das bedeutet.«

»Sag mir bitte, warum dieser Reto auch sterben musste.«

»Auf Retos Konto ging Yasemin, die Schwester meines Verbündeten. Türken können da ziemlich empfindlich reagieren, wenn ihre weiblichen Familienmitglieder geschändet, entwürdigt werden. So gab es zwischen uns ein Abkommen. Du hilfst mir, ich helfe dir.«

»Und wer ist dieser Türke? Wie heißt er, wo wohnt er?«

»Weiß nicht.«

»Diese Monique war auch gekauft?«

»Sie war nicht gekauft. Sie war jene, die sich mit Reto wegen der Geschichte um Kenans Schwester überworfen hatte. Sie hatte auch eine Stinkwut auf ihn.«

»Aha, Kenan heißt er! Wie noch?«

»Weiß nicht.«

»Die Spur war also bewusst so gelegt, dass sie unweigerlich zu Lachenmeier führte: die Spritze mit dessen Fingerabdrücken und Moniques Aussage …?«

»Ja. Ich hätte mich nämlich damit begnügt, wenn der Kerl für seine Taten in den Knast gegangen wäre. So war es auch geplant, denn seinen Tod habe ich nicht für meine Genugtuung gebraucht. Aber dieser Lachenmeier war halt einer, der nie in den Knast wanderte, egal, was er alles anstellte. So war es in Zürich und so war es hier. Du hast ja mitbekommen, wie der aalglatte Typ uns hier elegant durch die Maschen schlüpfte. Ergo, musste auch er sterben.«

»Und das so genannte Plaudergeld? … Ich meine den Fuffi, der angeblich dafür bestimmt war, dass Monique aussagt, habt ihr damit einen netten Abend gemacht?«

»Nein, das Geld habe ich an eine Opferschutzorganisation gespendet.«

Yvonne schüttelt ihren Kopf vor Entrüstung über all diese Enthüllungen. In ihrem Kopf tanzen die Bilder des vergangenen Halbjahres wild durcheinander und plötzlich fügt sich ein Puzzlestück ans andere. Es fällt ihr schwer, das alles zu glauben.

»Sag mal, du warst gerade mal ein knappes halbes Jahr hier in der Region und hast gleich die Bekanntschaft eines Leidensgenossen gemacht?«, wundert sich Yvonne.

»Es hat sich so ergeben. Wahrscheinlich ziehen sich Leute mit ähnlichen Schicksalen gegenseitig an.«

Georg gibt so gelassen Auskunft, wie einer, der nichts mehr zu verlieren hatte. Vielleicht ist er auch erleichtert. Vielleicht hatte er innerlich dem Druck nicht mehr standgehalten und ist froh, dass alles vorbei ist.

»Georg, ich muss dich festnehmen wegen des dringenden Tatverdachts Reto Wyss und Erich Lachenmeier ermordet zu haben. Du hast das Recht jede weitere Aussage zu verweigern. Jedoch alles, was du sagst, kann und wird gegen dich verwendet werden.«

Yvonne atmet schwer ein und aus und fährt weiter: »Bitte überlege dir, ob du uns den Namen deines Komplizen nicht doch nennen willst. Schließlich ist er ja für die Morde mit- und vor allen Dingen für die Folter hauptverantwortlich. Wir bekommen es sowieso heraus, nur ginge es mit deiner Mithilfe schneller.«

Georg schüttelt nur den Kopf.

Über die Gegensprechanlage gibt Yvonne Vreni den Auftrag, einen Beamten für eine Festnahme in ihr Büro zu schicken. Yvonne empfindet die Luft im Büro plötzlich unerträglich stickig. Ihr ist heiß und so steht sie auf, um das Fenster zu öffnen. Eine herrlich frische Frühlingsluft strömt ins Büro. Sie blickt hinaus auf das alltägliche Bild, das sich ihr von ihrem Büro aus bietet. In die Stille tönt das fröhliche Zwitschern der Vögel, so als wäre nichts geschehen. So als wäre es ein ganz normaler Tag. Ein Tag wie jeder andere. Ja, das Leben geht weiter und nimmt keine Rücksicht auf Einzelschicksale. Gedrückt geht sie zum Kleiderständer, nestelt an ihrer dort aufgehängten Jacke nach einem Taschentuch und mit dem Rücken zu Georg gewandt sagt sie mit trauriger Stimme: »Georg, ich habe dich als guten Polizisten sehr geschätzt. Du warst ein wertvoller Mitarbeiter.«

Doch Georg hört Yvonnes Worte nicht mehr. Ein dumpfer Aufprall lässt sie herumfahren. Georg sitzt nicht mehr vor ihrem Schreibtisch. Sie stürzt zum Fenster und sieht ihn unten auf dem Asphalt in seinem Blut liegen. Sofort hatten sich Menschen um ihn versammelt. Der Beamte, der das Büro inzwischen betreten hatte, eilt ebenfalls zum Fenster.

*

Georgs Leichnam ist abtransportiert worden und an das Geschehen erinnert nur noch ein dunkler Blutfleck auf dem Asphalt. Alle im Amt stehen unter Schock und Yvonne sitzt an ihrem Schreibtisch, das Gesicht in ihre Hände vergraben.

Vreni betritt das Büro. »Yvonne, kann ich etwas für dich tun?«, fragt sie mit bedrückter Stimme.

Yvonne blickt auf. Sie wirkt blass und abgekämpft.

»Verbinde mich bitte mit Daniel Weibel in Basel und … wo ist eigentlich Urs?«

»Urs ist unterwegs und hat angerufen, dass er in etwa zwanzig Minuten hier sein wird. Ich hatte ihn über den Vorfall kurz informiert«, gibt Vreni Auskunft.

»Er soll sofort zu mir kommen, sobald er da ist.«

Sie weiß im selben Moment, dass dieser Auftrag unnötig war, denn es wird das erste sein, das Urs tun wird, wenn er wieder zurück ist.

Vreni verlässt wieder Yvonnes Büro und kurz darauf ist die Telefonverbindung mit Basel hergestellt.

In groben Zügen informiert Yvonne ihren Kollegen über die Lösung der beiden Mordfälle, den Fenstersturz und den noch frei herumlaufenden Mittäter. Sie will, dass jetzt sehr schnell gehandelt wird, bevor die Beteiligten gewarnt sein würden und bittet deshalb, dass Monique Francine unbedingt zum Verhör vorgeladen wird. »Am besten jetzt gleich, bevor die Sache mit Georg Zeindl die Runde macht«, sagt sie, »sie darf nicht gewarnt sein. Ich komme heute Nachmittag zu euch nach Basel. Gib mir doch kurz Bescheid, wenn ihr sie zum Verhör Vorort haben werdet.«

Kurz später steht auch der ebenfalls erschütterte Urs in ihrem Büro. »Um Gottes Willen Yvonne, das ist ja schrecklich. Ich kann's noch gar nicht fassen.«

»Ich auch nicht, Urs, ich auch nicht. Aber jetzt müssen wir schnell handeln. Wir suchen nach einem Mann türkischer Herkunft namens Kenan. Den Nachnamen wissen wir noch nicht, aber das dürften wir heute erfahren, sobald diese Monique aufgeboten ist. Und dieses Mal wird sie singen, das schwöre ich dir, so wahr ich Yvonne Mäder heiße. Dann wird der Kerl gesucht in Basel und Umgebung.«

Am Nachmittag sitzt Monique im Verhörraum bei der Kantonspolizei in Basel, ihr gegenüber Daniel und Yvonne. »Was denn noch?«, fragt Monique genervt. »Alles, was ich weiß, habe ich doch erzählt. Dass ich mich in der Person irrte, die mit Reto gesprochen hatte, hatten wir doch geklärt. Warum also lasst ihr mich nicht in Ruhe. Zu dieser Sache gibt's von meiner Seite aus nichts mehr hinzuzufügen.«

»Oh doch, Frau Francine, da gibt's noch einiges hinzuzufügen und zwar die Wahrheit, und ich rate Ihnen, jetzt mit uns zu kooperieren. Sie könnten damit Ihr Strafmaß für uneidliche Falschaussage mildern«, sagt Yvonne mit ungewohnter Härte. Monique zuckt zusammen, fasst sich aber schnell wieder und sagt: »Sie können mich nicht eschrecken. So schnell lasse ich mich nicht einschüchtern.«

»Oh doch. Das können wir. Wir taten es schon. Ihre Körpersprache hat Sie verraten.« Yvonne steht auf, um vor Monique auf- und abzugehen und in aller Schärfe fährt sie mit der Befragung weiter: »Wie heißt Kenan mit Nachnamen? Wo können wir ihn finden? Was war damals mit Yasemin?«

Monique schluckt und ihr sonst sehr blasses Gesicht verändert seine Farbe in lebhaftes Rot. Ihr Körper richtet sich auf und verharrt in totaler Anspannung. Alle diese nonverbalen Signale wertet Yvonne als Zeichen dafür, dass die Einschüchterung Höchststufe erreicht hatte. Monique stand jetzt unter Strom, und Yvonne beobachtet diese Entwicklung mit Genugtuung. »So und jetzt erzählen Sie uns, wie alles gelaufen ist. Mein Kollege und ich sind sehr gespannt.«

Monique ist klar, dass es zwecklos war, weiterhin Theater zu spielen, denn offensichtlich wusste die Polizei Bescheid. Sie hatte nur eine vage Ahnung, woher sie die Informationen hatten. Vermutlich von Georg, der dem Druck nicht mehr standhielt. Denn sie hatte von Anfang an gespürt, dass Georg eigentlich ein grundanständiger Typ ist, nicht so aggressiv wie Kenan. Jetzt, da die Polizei die Informationen nun mal hatte, das verriet die Kenntnis der Namen von Yasemin und Kenan, beginnt sie mit ihrer Geschichte.

Yvonne und Daniel erfahren, wie Yasemin, ein noch blutjunges, bildhübsches Ding vom schwulen Reto hofiert wurde. »Reto war ja sehr gut aussehend, schien jünger als er war und er konnte sehr charmant sein, müssen Sie wissen … wie alle Schwulen. Yasemin war noch unerfahren und hatte es genossen, von einem reifen, gut aussehenden Mann begehrt zu werden. Sie traf sich heimlich mit ihm, denn ihr Bruder, Kenan, durfte davon natürlich nichts wissen. Sie dachte, die große Liebe gefunden zu haben. Eines Tages brachte Reto sie in die Kontaktbar. Er hatte sie wie eine Ware ein paar geilen Freunden zum Gebrauch angeboten. Er tat ihr etwas ins Glas, nicht viel, nur so viel, dass sie gefügig wurde, und dann fielen die geilen alten Böcke, sechs an der Zahl, über sie her. Reto hatte das Mädchen für ziemlich gutes Geld verkauft, denn die Kleine war noch Jungfrau. Jungfrauen sind immer ein bisschen teurer. Und Yasemin war zudem ausgesprochen hübsch, was den Wert ebenfalls steigerte. Ich bin leider zu spät gekommen, denn die Kerle waren mit ihrem Geschäft schon fertig, als ich kam, und machten sich daran, die Bar zu verlassen. Ich blickte durch die offene Türe und sah die Kleine leblos daliegen. Sie blutete. Ich schrie Reto an, bin auf ihn losgegangen und habe auf ihn eingeschlagen. Er stieß mich nur von sich und lachte hämisch. ›*Kümmere du dich um dein Geschäft und ich mich um meines. Wir haben jetzt eine Neue und die bleibt hier, verstanden. Schließe sie in der Nr. 8 ein. Es braucht noch eine Zeit, bis sie richtig zugeritten ist und Routine hat*‹, hatte er mit Frauen verachtender Miene gesagt und verließ die Bar, denn es war ja mitten im Tag und die Bar war noch gar nicht geöffnet. Ich kam immer schon nachmittags, weil ich alles herrichtete, schaute, ob etwas fehlte und so. Ich kümmerte mich um die Kleine. Als sie halbwegs wieder zu sich kam und laufen konnte, verließ ich mit ihr zusammen die Bar. Ich musste sie stützen und sie hatte geweint, so bitterlich geweint. Unter Tränen erzählte sie mir, wie sie Reto kennenlernte, wie sie sich verliebte und glaubte, das große Glück gefunden zu haben. Sie wollte schon mit ihrem Bruder sprechen, was natürlich der schwierigste Part war. Ach wie tat mir Yasemin leid. Unten rum war sie ziemlich verletzt. Sie hatte Schmerzen. Mir blieb nichts anderes übrig, als sie nach Hause zu bringen. Kenan erzählte mir später, dass sie sich davon nie wieder erholt hatte. Ja, sie war ein psychisches Wrack. Er hatte seine Schwester dann in die Türkei zu einer Tante geschickt. Ich sah sie nie wieder, und Kenan schwor Rache. Ich war so wütend, so dass ich meinen Job bei Reto geschmissen hatte. Hatte sowieso keine Lust mehr, bei dem Dreckskerl zu arbeiten. Aber die Geschichte kennen sie ja schon. Das war der Teil, bei dem ich nicht gelogen hatte.«

»Warum sind Sie denn nach der Schändung nicht zur Polizei gegangen?«, will Yvonne wissen.

»Na ja, weil Kenan mit ihm selbst abrechnen wollte. Er sagte, er vertraue den Gerichten nicht … der Typ würde seine Strafe auf einer Backe absitzen und würde dann wieder auf die Menschen losgelassen. Das wollte er nicht riskieren … und das was der Reto Yasemin angetan hatte, meinte er, verdiene die Höchststrafe.«

Yvonne und Daniel sind erschüttert von Moniques Bericht.

»Wie heißt Kenan mit Nachnamen?«

»Arslan.«

»Wohnort?«

»Basel, Kleinhüningerstraße.«

»Wie kam es, dass ihr beschlossen hattet, gemeinsame Sache zu machen?«

»Als Kenan den Polizisten kennengelernt hatte. Georg, der auch eine Sauwut hatte … na ja, weil dieser andere … eben der Typ mit Hut, seinen Sohn auf dem

Gewissen hatte, wollte für ausgleichende Gerechtigkeit sorgen. Lachenmeier ist nie dafür bestraft worden, was er getan hatte. Georg wollte aber nicht seinen Tod. Er hätte sich zufrieden gegeben, wenn der Kerl in den Knast gewandert wäre. Und da habe ich halt mitgeholfen. Ich hatte dabei kein schlechtes Gewissen, denn ich hätte ja nur der Gerechtigkeit Genüge getan. Auch ich hatte dem Schwein den Knast gewünscht. Doch der Typ war wie ein Aal. Dem war nicht beizukommen. Mit dessen Tod und auch mit dem von Reto habe ich aber nichts zu tun. Der war schon tot, als ich ins Spiel kam. Zu einem Mord hätte ich mich niemals hinreißen lassen.«

»Wer hatte die Idee mit der Falschaussage?«

»Fragen Sie doch Georg. Der arbeitet schließlich bei euch. Er kann sagen, warum er wollte, dass der Lachenmeier in den Knast geht. Ich habe doch nur ein bisschen mitgewirkt.«

»Georg ist tot.«

Monique fällt die Lade herunter. »Tot? Georg tot? Das glaube ich nicht.«

»Sie können davon ausgehen, wenn wir etwas sagen, dass das auch der Wahrheit entspricht. Wir haben nichts vorzutäuschen. Kein Abkommen mit irgendwelchen Rächern.«

»Wer … wer … wer hat ihn umgebracht?«

»Niemand. Er hat sein Leben selbst beendet. Er konnte mit der Schuld nicht mehr leben.«

29. Juni 1996

Herrliches Sommerwetter begleitet die Sommer-
und gleichzeitig Geburtstagsparty der Falcons an diesem Samstag. Verwandte, Freunde und Nachbarn sind
geladen und da Maurice sein achtes Wiegenfest feiert
sind auch viele Kinder gekommen. Silvia hatte die
Kinder um sich versammelt, um mit ihnen ein kleines
Spiel zu spielen, bis alle Gäste endlich eingetroffen und
die Kaffeetafeln hergerichtet sind. Norman legt einen
Arm um Andreas Schultern und beide schauen zufrieden auf die spielende Kinderschar. »Maurice hat sich
phantastisch gut gemacht, meinst du nicht auch?«,
fragt Norman.

»Ja, er ist richtig aufgeblüht und unsere beiden Racker sind so glücklich, endlich ihren Bruder zu haben«,
bestätigt Andrea, »ich selbst bin froh, dass er diese
schlimme Zeit gut überstanden hat. Ich habe ihn richtig
ins Herz geschlossen. Er ist ein außergewöhnliches
Kind.« Sie stockt einen Moment, dann gesteht sie:
»Norman, ich muss dir etwas beichten. Als du zu Maurice ins Krankenhaus gingst, habe ich beim Staubsau-
gen zufällig den Brief von Nathalie, der unter deiner
Schreibtischmatte hervorlugte, entdeckt. Ich konnte es
nicht verkneifen, ihn zu lesen, und es hat sich in mir
alles zusammengezogen ... die Eifersucht hat mich fast
zerfressen. Das Schlimmste war, dass ich mich ihr gegenüber minderwertig fühlte.«

»Du hast den Brief gelesen? Ach meine Liebe, es tut mir so leid, dass dir das Ganze nicht erspart blieb ...«, er drückt sie stärker an sich, »... und wirklich, Minderwertigkeitsgefühle brauchtest du zu keiner Zeit zu haben.«

Andrea schmiegt sich stärker an Norman.

Yvonne gesellt sich zu ihnen und stellt freudig fest: »Ein glückliches Paar. Schön, euch in so friedlicher Eintracht zu sehen.«

»Da muss ich zustimmen«, sagt Kerstin, die ebenfalls von hinten hinzugetreten war, »das ideale Vorzeigepaar.« Sie lacht in ihrer herzlichen Art. Sie und Andrea scheinen aus einem Guss gemacht, so sehr sehen sie sich ähnlich. Andreas noch sehr rüstige, jung wirkende Eltern, die die neue Situation überraschend gut aufgenommen hatten, stehen etwas abseits mit Nachbarn ins Gespräch vertieft.

»Wann kommt die Überraschung für Maurice?«, fragt Yvonne neugierig.

»Beat ist zum Flughafen gefahren, um die drei abzuholen. Sie müssten in spätestens zwanzig Minuten hier sein«, erklärt Andrea und strahlt in der Vorfreude auf Maurice' überraschtes Gesicht. »Ah, der Rest unserer Nachbarn ist eben auch eingetroffen. Komm, lass uns sie begrüßen.« Langsam füllt sich der Garten mit den Gästen. Im Hintergrund hört man lachende Kinder.

Beat kehrt eben vom Flughafen zurück, im Gefolge drei ganz besondere Gäste, eingeflogen extra für Maurice. Als dieser sie entdeckt, erstrahlen Augen in einem total verblüfften Gesicht.

Er löst sich aus der Kinderschar und läuft den neu Angekommenen, den Petitjeans und Leroy, entgegen um sie stürmisch zu umarmen und ein paar Takte zu plaudern. Erst danach erhält Norman die Chance, sie dann endlich seiner Frau und den unmittelbar ihn umgebenden Gästen vorzustellen.

Als alle an den Tischen Platz genommen hatten, beginnt Norman mit seiner kleinen Ansprache. »Wie jedes Jahr feiern wir zum Schuljahresende in unserem Garten das Sommerfest. Auch dieses Jahr haben wir das Glück, dass uns der Wettergott ein weiteres Mal gut gesinnt ist. Wir haben jedoch noch weitere wichtige Begebenheiten, die wir heute feiern. Unser geliebter Sohn Maurice feiert heute seinen achten Geburtstag, und ... jetzt kommt's ... gestern erhielten wir die Entwarnung, die uns endlich beruhigt schlafen lässt: Laura hatte sich an der Spritze im Sandkasten nicht infiziert. Uns ist unser Mädchen noch einmal neu geschenkt worden. Maurice' Geburtstag wird uns jedes Jahr daran erinnern.«

Die Gäste klatschen, während Maurice und Laura sich vielsagend anlächeln. Norman nimmt diese süße Übereinstimmung zwischen den Kindern amüsiert wahr. Dann fährt er mit seiner Rede weiter: »Die letzten neun Monate waren für unsere Familie nicht einfach, nämlich genau damals kam in unsere vierköpfige Familie ganz unerwartet ein fünftes Mitglied ... ein ganz phantastischer Junge ...«, Norman blickt liebevoll zu seinem Sohn am Kindertisch, »... Maurice, mein Sohn. Ja, wir hatten wirklich eine schwierige Aufgabe zu bewältigen. Es ging um Enttäuschung, verletztes

Vertrauen und um Liebe, ganz speziell für meine liebe Frau.«

An dieser Stelle blickt er Andrea an, während er ihr mit einem Auge zublinzelt. »Aber nicht nur für Andrea war es eine schwierige Zeit, eine Zeit, in der ich von ihr erwartete, dass sie über ihren eigenen Schatten springe, nein auch für Maurice. Er spürte, dass es Probleme gab, nicht nur zwischen Andrea und ihm, sondern auch zwischen Andrea und mir. Es ist uns klar gewesen, dass auch er sehr gelitten hatte, weil er sich durch seine Anwesenheit schuldig fühlte. Sein Leid hatte auch tragische Folgen für ihn, die mit einem Krankenhausaufenthalt endeten.«

Normans ernster Gesichtsausdruck weicht jetzt einem Schmunzeln. »Doch wir wissen auch, dass nichts so schlecht ist, dass es nicht für irgendetwas anderes auch wieder gut sein könnte. Unser kleiner Held nämlich hatte durch sein Ausbüxen gesorgt, dass gleich zwei Morde aufgeklärt werden konnten. Seine außergewöhnliche Beobachtungsgabe und super präzise Beschreibung führten schließlich zu den Tätern. Tja, und nun sind wir hier versammelt zu Maurice' Geburtstag und ich stehe da, um allen hier zu verkünden, dass Andrea und ich unseren Sohn mit dessen Einverständnis adoptiert haben und er seit Mitte Juni Maurice Cédric Falcon-Marchand heißt. Den Doppelnamen hatte Maurice sich in Memoriam seiner Mama gewünscht. Bleibt nur noch zu sagen, dass wir unseren Sohn, und unsere Töchter ihren Bruder ins Herz geschlossen haben, und wir wollen ihn nie mehr missen. Er gehört zu uns.« Dann geht er zum Tisch der Kinder und nimmt Maurice in die Arme, um ihn fest an sich zu drücken.

Das Lächeln, das der Junge in Anbetracht dieser liebevollen Geste seinem Vater schenkte, ließ tief blicken. Es war pure Liebe in seinen Augen.

Die Gäste applaudieren und Andrea hat Tränen vor Rührung in den Augen. Sie blickt zu Leroy, der ihr freundlich zulächelt.

»Darf ich als Vertrauter von Maurice' verstorbener Mutter und bevollmächtigter Beistand von Maurice ein paar Worte sagen?«, beginnt Leroy nun. Norman blickt auf, lässt einen Arm jedoch auf Maurice' Schultern ruhen und lauscht dem Sprecher, der für ihn überraschend das Wort ergreift. Er nickt ihm zu.

»Zuerst, Norman, habe ich Bewunderung für Ihre mutigen, ehrlichen Worte. Ich muss sagen, dass ich, als ich Sie das erste Mal traf, volles Vertrauen in Sie hatte. Sie würden alles daransetzen, dass Maurice es gut haben würde, dachte ich damals. Dass es nicht einfach sein würde, war mir natürlich sehr bewusst, aber ich ließ die Hoffnung nie sterben. Nicht nur ich, sondern auch meine Schwester Valérie und ihr Mann Pierre, die Maurice ebenfalls ins Herz geschlossen hatten, freuen sich, dass es ihm sichtlich gut zu gehen scheint. Und ich bin glücklich, dass das Vertrauen meiner lieben verstorbenen Freundin nicht enttäuscht wurde. Ihre einzige Sorge nämlich, bevor sie starb, galt einzig ihrem geliebten Sohn. Ich danke der ganzen Familie Falcon, dass sie über die eigenen Probleme hinweg diesem letzten Willen Genüge getan hat. Und ich danke auch dafür, dass wir heute gemeinsam mit Maurice seinen Geburtstag feiern und uns gleichzeitig von seinem Wohlergehen überzeugen dürfen.«

Wieder applaudieren die Gäste, gerührt von der Fürsorgeverpflichtung, die dieser Leroy ausstrahlt.

»Danke, Gérard, dass Sie alle gekommen sind. Sie haben uns, und im besonderen Maurice, eine große Freude bereitet. Aber jetzt lasst uns feiern. Der Kaffee kann serviert werden.«

Im Nu geht ein gesprächiges Raunen durch die Gesellschaft. Norman der neben Yvonne sitzt vertieft sich ins Gespräch mit ihr in die spektakuläre Geschichte, die vor mehr als zwei Monaten mit dem Freitod von Georg Zeindl ein tragisches Ende nahm.

»Ich bin heil froh, dass Maurice die Selbstmordgeschichte nicht mitbekam. Er hatte so schon viel zu verarbeiten. Ich glaube, er hätte sich zusätzlich noch schuldig für dessen Tod gefühlt«, sagt Norman.

»Ja, das stimmt. Ich hatte auch schwer daran zu knappern. Zeindl sprang, als ich ihm kurz den Rücken zuwandte. Auch ich mache mir deswegen Vorwürfe. Ich hätte sehen müssen, wie geknickt er war. Er sagte ja einen entscheidenden Satz: ›*Mit dem Tod meines Sohnes, habe auch ich aufgehört zu leben*‹. Dieser Satz hätte in mir alle Alarmglocken schrillen lassen müssen.«

»Weißt du«, wirft Andrea, die Yvonne gegenübersitzt, ein »diesen Kenan Arslan verstehe ich schon irgendwie. Was dieser Reto Wyss mit seiner Schwester angestellt hatte, verdient die schlimmste Strafe überhaupt. Man kann es schon nachfühlen.«

»Andrea, Mord bleibt Mord, auch wenn der Täter gewichtige Gründe hatte, die übrigens auch ich sehr gut verstehen kann. Doch die Todesstrafe ist längst abgeschafft und Selbstjustiz steht bei uns unter Strafe.«

»Klar, das versteht jeder. Ich meinte ja nur. Man begreift die Wut. Aber wie ist das mit dieser Frau, wie heißt sie gleich? ...«

»Meinst du Monique Francine?«

»Ja genau, diese Monique. Gilt die jetzt als Beteiligte an den Morden?«

»Nein. Ihr Vergehen fällt unter die falsche uneidliche Aussage. Bei diesem Straftatbestand handelt es sich um den Grundtatbestand der vorsätzlichen Falschaussage und in ihrem Fall wurde dieser mit drei Monaten Freiheitsstrafe belegt. Die Strafe wurde auf Bewährung ausgesetzt, weil sie sich bis anhin noch nie etwas zuschulden kommen ließ.«

»Nun ich bin auf jeden Fall froh, dass unsere Familiengeschichte unter diesen Vorfällen im Nachhinein nicht zu leiden hatte. Ein gutes Ende, das sich jeder gewünscht hatte. Ich hatte nämlich wirklich ein ganz schlechtes Gewissen Maurice gegenüber und ich hätte es ihm nicht verübeln können, wenn er mir mein Verhalten nie verziehen hätte und mir gegenüber misstrauisch geblieben wäre.« Andrea wirft einen kurzen Blick zum Kindertisch, wo die Kinder unbeschwert miteinander plaudern, und ergänzt »Er ist wirklich ein ganz ungewöhnlicher Junge. Und die Mädchen lieben ihn über alles.«

Plötzlich erklingt instrumental ein ›Happy Birthday‹ und die Gespräche verstummen im selben Moment. Alle blicken in die Richtung, woher das Spiel kommt. Es ist Silvia, die auf ihrer Querflöte spielt und von ihrer Freundin Veronika auf der Violine begleitet wird.

Maurice steht auf, geht zu den beiden Virtuosinnen hin und bleibt vor ihnen stehen. Er ist so fasziniert und gerührt zugleich. Bei der Wiederholung des Liedes stimmt die ganze Gesellschaft mit ihrem Gesang mit ein.

Maurice ist angekommen … man kann es deutlich spüren.

Danksagung

Als ich auf den Philippinen weilte, lernte ich die sympathische Pavla Fuksova kennen. Ganz nebenbei zeigte sie mir eines Tages ein Foto von ihrem Sohn Roland Kunz, dessen Gesicht mich gleich zum Schreiben inspiriert hatte. Ich danke Pavla dafür, dass sie mir für die Covergestaltung das Foto ihres Sohnes zur Verfügung stellte, und ebenso gilt mein Dank natürlich auch dem heute erwachsenen Roland, dass er mir den Abdruck seines Konterfeis aus Kindertagen erlaubte. Mein Dank geht auch an David Jentzen, der meinen Vorschlag für die Cover-Gestaltung fachlich umsetzte.

Weitere Bücher von Ellen Heinzelmann

Der Sohn der Kellnerin
ISBN 978-3-8423-5995-6
212 Seiten, Paperback
E-Book: EAN   978-3-8448-6282-9

Das Leben der Studentin Hannah nimmt eine überraschende Wendung. Unerwartet wird sie schwanger und ein schwerer Schicksalsschlag trifft sie. Doch tapfer stellt sie sich dem Leben mit ihrem Kind, einem ganz besonderen Jungen, der klare Merkmale eines Genies zeigt.

BLUTSVERWANDT
ISBN 978-3-8423-6856-9
212 Seiten, Paperback
E-Book: EAN 978-3-8448-4537-2

Mit dreißig Jahren entdeckt Boris Petrow zufällig, dass sein verstorbener Zwillingsbruder Ilja gar nicht sein Bruder war. Sein wirklicher Zwillingsbruder mit Namen Eric wuchs 60 km entfernt in einer anderen Familie auf und er lebt. Durch seine Recherchen gerät Boris in große Gefahr, denn Adrian, Erics Vater, setzt einen Berufsverbrecher auf ihn an.

Wir seh'n uns in der Hölle
ISBN 978-3-8482-0935-4
216 Seiten, Paperback
E-Book: EAN   978-3-8448-3761-2

Mario der älteste und auch tüchtigste von insgesamt drei Söhnen der Galanisfamilie hat es mit seiner Steinmetzkunst zu Wohlstand gebracht. Zwanzig Jahre lebt die Familie gut und gerne von Marios Wohlstand. Doch im Hintergrund schwelt der Neid. Die unstillbare Gier führt zu Hass und blinder Zerstörungswut. Und die gierige Gesellschaft merkt nicht, dass sie am Ast sägt, auf dem sie selbst sitzt. Mario wird an den Abgrund seiner Existenz getrieben. Auf der Suche nach dem '*Warum'*, stößt Mario auf ein dunkles Familiengeheimnis.

Es geschah in der Wolfsschlucht
Der Markgräfler Krimi

wird 2016 neu aufgelegt
212 Seiten, NEU 300 Seiten,
Paperback

In der Wolfsschlucht ist so einiges los, wovon niemand etwas ahnt; und dann geschieht auch noch ein Mord. Der Täter, ein Gymnasiallehrer aus Lörrach, ist schnell gefunden, denn alle Spuren führen ganz klar zu ihm, unter anderem der Hinweis eines stummen Zeugen. Doch, ist er wirklich der Mörder?   Seine Schwester zweifelt daran. Sie möchte die Wahrheit herausfinden und engagiert eine Rechtsanwältin Celine Endress. Celine und ihr ›Matula‹, wie diese ihren Kompagnon, Detektiv Friedhelm Kulau, gerne scherzhaft nennt, nehmen sich des Falles an. Bei der Recherche stoßen sie auf erschreckende, äußerst gefährliche Details.

Verhängnisvoller Deal
Der Markgräfler Krimi

ISBN 978-3-7386-0352-1
248 Seiten, Paperback
E-Book: EAN Nr. 978-3-7386-8599-2

Joachim Winterstein, Geschäftsführer einer renommierten Firma in Lörrach, war ein erfolgreicher, aber auch ausgekochter Geschäftsmann, dessen Nebengeschäfte und sonstige Aktivitäten vor dem Auge des Gesetzes nicht immer auf Wohlwollen gestoßen wären. Daher sah er sich auch immer wieder mal genötigt, ungeliebte Mitwisser durch großzügige Vereinbarungen zum Stillhalten zu bringen. Doch einer dieser Deals stellte sich als verhängnisvoll heraus.